TORMENTAS

TORMENTAS

MARIA FERNANDEZ SNITZER

ARPress
45 Dan Road Suite 5
Canton MA 02021

Línea directa: 1(888) 821-0229
Fax: 1(508) 545-7580
Información sobre pedidos:
Ventas por lote. Las empresas, asociaciones y otros 'Para más información, póngase en contacto con el editor en la dirección que se indica arriba de este mensaje.

Impreso en USA.
ISBN-13:   Tapa blanda   979-8-89330-947-8
                        Libro electrónico   979-8-89330-946-1
Número de control de Biblioteca del Congreso: 2024902469

CONTENIDO

PARA JEFF

En cada vida humana, se encuentra una tormenta,

por la cual se mide el tiempo…

Una tormenta a través de la que el pasado

se reexamina, y el futuro se revela.

M. F. S.

Miércoles

Elise estaba sentada en la escalera de atrás con su abuela LaLa y observó a la anciana pelando las papas, la cuales pronto añadiría a la gran olla de sopa que ya hervía lentamente. El aroma del delicioso caldo entraba por la puerta del mosquitero, se mezclaba rápidamente con el aire pesado y húmedo, y en poco tiempo se vio superado por los olores de los almacenes y los muelles.

LaLa preparaba lo que ella siempre llamaba su sopa "helada." Eso significaba que limpiaba su refrigerador y ponía casi todo lo que encontraba, en la olla de la sopa. LaLa nunca se acostumbró a decirle "nevera" en lugar de decirle "hielera." Se reía y mencionaba demasiado vieja para todas esas nuevas palabras. De todas formas, casi todo el mundo estaba limpiando refrigeradores y congeladores. No había duda de que la electricidad no estaría funcionando por un tiempo incluso si la tormenta no golpeaba Bayou Chouteau de forma directa. Así que en vez de perder toda la comida o tener que llegar a casa a los olores terribles de la carne fermentada y podrida, mariscos y verduras, ellos prefirieron cocinarlo todo.

Una porción de la comida preparada y de los productos horneados acabaron en manos de las familias en refugios de huracán, en casa de un amigo o de un familiar, o en un hotel—a donde sea que el plan de evacuación los llevara. El resto de la comida se comía toda uno o dos días antes de la evacuación—un festín antes de la catástrofe. Amigos y familiares se reunían en cenas y comidas para así, hacer planes, comparar estrategias de preparación y a menudo también se lamentaban de que del mismo mar que alimentaba y nutría sus cuerpos y almas podrían de igual forma convertirse en la ruina de sus hogares, negocios y de sus medios de vida.

La tormenta normalmente comenzaría como una simple ola en el Atlántico oriental, cerca de costas que sus ojos nunca podrían contemplar. A lo largo de su curso hacia el oeste, esta crecería lentamente hasta convertirse en un monstruoso y fuerte depredador, deslizándose a través de estrechos pasajes hacia el Golfo de México. Allí, las cálidas aguas tropicales se convertirían en su adrenalina, dándole más fuerza, más poder y aún más ira antes de atacar a su presa en algún lugar de la costa del Golfo. ¿Dónde? ¿Cuándo? Ésas eran las preguntas que sólo se responderían cuando el gran monstruo decidiera atacar.

Los minutos, horas y días de observación y espera trajeron a todos los adultos de Bayou Chouteau juntos en un grupo, concentrándose y centrándose en una sola preocupación en común. Esto creó una cierta cantidad de libertad para los niños, que también se unieron en su propio grupo, concentrándose también en aprovechar sus días libres de ir a la escuela. Elise se había dado cuenta de que LaLa manejaba la ansiedad de la espera de forma muy diferente a la de sus padres. Ella estaba más relajada. Mientras que hacía su parte, LaLa parecía observar cómo los demás no dejaban de moverse inquietos de un sitio a otro, con los ojos pegados al televisor para no perderse ni un segundo de las últimas novedades. Y mientras observaba, todas sus expresiones y movimientos parecían sugerir un aire omnisciente a su alrededor. Era como si viera una película de terror con una sala llena de gente que saltaba y chillaba en cada escena, pero ella ya conocía el guion. Sabía qué esperar. Sabía que tampoco podía cambiar el guion, así que se sentó a ver cómo se desarrollaba cada escena, impasible. Su actitud y su reserva silenciosa le recordaban a Elise que, al final, después de la tormenta, todo iría bien. Al fin y al cabo, LaLa había sobrevivido a muchas tormentas en su larga vida.

Mientras Elise observaba los arrugados dedos de su abuela mientras pelaba diligentemente la última tira de piel de la patata, sus ojos fueron atraídos hacia el cielo por el lastimoso canto de una bandada de gaviotas que volaban en círculos por encima de los cobertizos de empaquetado. LaLa también miró en su dirección.

"Um, hmm. Ahí están", dijo LaLa. "Esa tormenta es de dos días cuando mucho."

"¿Cómo puedes saber eso?" preguntó Elise. El clima parecía tan quieto y tranquilo.

"Vinieron a avisarnos."

"¿Quién? ¿De quién estás hablando?"

"Gaviotas de tormenta." ¿Ves esas gaviotas de ahí arriba con los anillos negros alrededor de sus cuellos? Mi padre las llamaba tormentosas, mensajeras de la Madre Naturaleza. Viven en mar abierto, pero cuando su territorio es invadido por los fuertes vientos y las lluvias de un huracán, son expulsadas tierra adentro. Entonces supimos que debíamos prepararnos. Empacar y cerrar las escotillas."

"¿Tu no lo sabías antes? ¿No te lo dijeron los meteorólogos?"

"Oh, no, niña", se rió, pero no de manera condescendiente como lo hacen mucho los adultos cuando los niños dicen cosas que no son graciosas. LaLa nunca le hacía eso a Elise. No teníamos televisión cuando yo era niña. No había meteorólogos con radares ni aviones volando directo al centro de las tormentas. Sólo la madre naturaleza. Sólo los pájaros de las tormentas. Con eso teníamos todo lo que necesitábamos. Eso es todo lo que necesito ahora, también. Veo a todo el mundo corriendo a los televisores, esperando los informes sobre la tormenta, ¿para qué? Nadie puede jamás predecir dónde caerán esas tormentas."

"Mamá dice que es por eso que los nombran después de las damas -porque ellos son volubles. Eso significa que pueden cambiar de opinión tantas veces como quieran."

"Hmm." LaLa dio ese aliento desafiante que inevitablemente precedió a una declaración profundamente desagradable. "He oído todas esas tonterías. Pero no te creas nada de eso ¿me escuchas? Por qué dicen que las mujeres son muy inconstantes, no lo sé. Realmente son los hombres los que son inconstantes. Todas las mujeres que conozco están demasiado ocupadas para ser volubles. Siempre empiezan a trabajar cuando ponen los pies en el suelo por la mañana y no se detienen hasta que las recogen en la cama por la noche. ¿Quién tiene tiempo para ser voluble, dime?"

"Bueno, entonces, ¿por qué crees que nombran a los huracanes con nombres de mujeres, ¿LaLa?" Elise confiaba más en las ideas de su abuela que en las de cualquier otra persona.

"Sabes, Lissy, no estoy muy segura," respondió para sorpresa de Elise. Pero luego añadió, como pensando en voz alta, hablando al espacio, como si Elise no estuviera allí: "Mi padre me dijo una vez que los ancianos les ponían el nombre del día del santo en que la tormenta golpeaba la costa. De cierta forma, no me lo puedo imaginar, nombrando algo tan malo en honor de un alma bendita del cielo, a menos que, por supuesto, pensaran que haciendo eso, el santo podría rezar con más fuerza al Señor por su misericordia." LaLa se decia asi misma una católica devota, aunque no gustaba de las misas. Odiaba a los curas, decía, porque pensaba se llevaban toda la gloria mientras que las pobres monjas hacían todo el trabajo realmente importante y no recibían ningún mérito real. Aun así, ella daba dinero a St. Michael y siempre mantuvo su fe en Dios y en "todos los ángeles y santos" hasta que llego el día de su muerte. Ella siguió reflexionando sobre la pregunta de Elise. "Nunca pusimos nombre a las tormentas," dijo. "Sólo las llamábamos por el año en que ocurrían. Como 'la tormenta de 1918'. Esa ha sido muy mala." Elise vio a LaLa respirar hondo, cerrando los ojos, y levantando un poco la cabeza hacia el cielo mientras decía esto. Luego, como si volviera a despertar en el presente, continuó explicando: "Para ser honesta Lissy, no estoy segura de cuándo empezaron a darle nombres a las tormentas. Creo que fue en los cincuenta. De hecho, podría haber sido el año en que naciste, porque a tu madre le encantaba el nombre Frances. Ella había dicho que, si tenía una niña, la llamaría Frances y le diría Franny. Pero el huracán Frances golpeó en septiembre de ese año inundando la zona. En diciembre, cuando naciste, ...todo había vuelto a la normalidad, y tu mamá menciono que no tenía el corazón para ponerte ese nombre. Por eso te puso Elise. Hermoso nombre, pero me hubiera gustado que te llamara Frances. ...no me molestaría llamarme como alguien tan fuerte y poderosa… con mente propia. Muchas cosas buenas pueden salir de cualidades como esa."

Elise sintió que algo caía muy dentro de ella. Estaba de acuerdo con LaLa. Sabía que nunca podría ser tan enérgica ni poderosa. Simplemente no era algo que estaba en ella. Pero tal vez, pensó, podría trabajar en la parte de "tener mente propia." Miró a LaLa con discreción para que la anciana no sintiera su mirada y rompiera el silencio del momento, ese era un instante que quería conservar para siempre. Con solo nueve años, sabía que LaLa no viviría para siempre, de hecho, no estaría con ella por mucho más tiempo. Había escuchado a sus padres hablar sobre la "condición" de LaLa cuando creían que ella no escuchaba. Sentía que se le hinchaban los ojos y ella sabía que estaba a punto de llorar, así que hiso un esfuerzo por sacar las palabras para retomar la conversación.

"LaLa, ¿cómo es que eres tan lista? Siempre sabes las respuestas a todas mis preguntas". El viejo rostro ajado que siempre revelaba a Elise toda la sabiduría y el amor que Dios había creado, miró al rostro joven y Elise vio que ella también contenía sus lágrimas. Vio que los labios de su abuela se apretaban más de lo normal mientras se esforzaba por responder a la pregunta y así ocultar las emociones que la inocencia de la preciosa Elise habían tocado.

"Soy una mujer anciana, Lissy. He vivido en este mundo mucho tiempo - demasiado tiempo, creo. Y a través de todos los años, he escuchado y prestado mucha atención a todo lo que decían y lo que pasaba a mi alrededor. Durante esos años, aprendí a separar todas las tonterías de la verdad. Estoy segura de que cuando seas una anciana como yo, serás tan inteligente como crees que yo soy. Sólo recuerda siempre ser paciente, siempre paciente. No vas a aprenderlo todo cuando seas una adolescente, aunque ahora pienses que eso es posible. Ni aun cuando tengas la edad de tu madre lo aprenderás todo. Deja que ocurra todo a su tiempo. Sólo espero que cuando seas una anciana como yo, tengas a alguien especial con quien puedas compartir todas esas maravillosas cosas que también aprenderás. Alguien a quien le importe lo que una anciana pueda tener que decir como yo te tengo a ti, mi ángel."

LaLa puso su colador de patatas peladas en el escalón de abajo y rodeó a Elise con sus delgados y frágiles brazos. En un silencio que mostraba todo el amor, la alegría, los miedos y las penas que llenaban sus corazones, ellas dejaron que sus lágrimas fluyeran libremente y sin necesidad de explicaciones. Con sus cuerpos abrazados tan estrechamente que sus corazones parecían tocarse, Elise sintió como un temblor por todo su cuerpo, una especie de inexplicable corriente de energía, algo que sin duda podría llamarse espiritual. La reconfortó. Le dio paz. Así supo que el espíritu de LaLa estaría con ella por siempre.

Entonces, súbitamente, todo a su alrededor se volvió completamente oscuro. No vio nada, ni sintió nada. Sólo era completamente consciente de su propia existencia, de su propia sensación de ser. Estaba rodeada de lo que parecía un vasto espacio negro y vacío y estaba sola. Era lo único de lo que estaba realmente segura: estaba totalmente sola. El primer sonido que escucho fue el sonido de su propia respiración, cada vez más rápido y aun más superficial al igual que como su desesperación crecía. Y entonces las voces extrañas, respiración, resonando susurros, venían de todas direcciones. "Delilah Charleville está muerta; Delilah Charleville está muerta..." Y entonces creyó oír la voz de su madre. Sí, estaba segura de que era la voz de su madre, abuela ha muerto, Elise."

"¡No! No, ella no está muerta, sólo hablaba con ella. Estaba justo aquí, a mi lado," y aunque estiró la mano en la oscuridad para sentir el cuerpo de la anciana, ella no sintió nada. Sólo el espacio vacío. "Ella no puede estar muerta, ella..." Las voces de aquellos extraños susurraban de nuevo, y ella comenzó a sentir esas voces tocando su piel, pero, cuando ella pasó sus manos por los brazos, no sintió más que su propia piel irritada. Repitieron, esta vez más alto: "Delilah Charleville ha muerto."

"¿Quién es que dice eso? ¿Quién eres tú? ¿Dónde está mi abuela? ¿Dónde está LaLa?" Había un grupo de voces ahora, burlándose de su creciente miedo con una variedad de exclamaciones. "Está muerta. Pobre Elise, pobre, pobre ¡Elise! Delilah Charleville ha muerto". Era palabras dolorosas desde todas direcciones, golpeando dentro de su cerebro con un palpitar rítmico como el de su corazón roto. "¡Basta ya! Deja de decir esas cosas tan horribles. Deténganse, ¡LaLa! ¡LaLa!" Sus brazos, una vez más, se extendían, alcanzando el espacio vacío, sólo para encontrar la nada que aun continuaba rodeándola.

Entonces volvió la voz de su amada madre y, aunque su voz era muy reconfortante en presencia de todos los crueles e invisibles extraños, su mensaje también atormentador, no le trajo mucho alivio, "Sé que estás disgustada, cariño, pero todo saldrá bien". Elise chilló, esperando que su voz le llegara a su abuela, dondequiera que estuviera en la oscuridad. "¡LaLa! LaLa!" Pero la única respuesta que obtuvo con el intento fue la risa de las horribles voces extrañas. La risa solo crecía y crecía, como si más y más voces estuvieran llegando y rodeándola completamente. Y entonces la espesura de las voces y la total oscuridad empezaron a acercarse a ella, lentamente, constante y metódicamente, ella estaba asfixiándose - hasta que sintió que la vida se le escapaba. Tenía que respirar, tenía que poder respirar...

Elise se despertó con un sobresalto y se incorporó rápidamente mientras jadeaba. "Fue tan real", murmuró, despertando rápidamente a su marido, que la acercó para darle un abrazo. Aún sentía punzadas en la piel, como si cada terminación nerviosa de su cuerpo pidiera atención a gritos. Esto se sentía en todos los lugares donde el cuerpo de Brad tocaba el suyo.

"¿Qué pasa, Lissy? ¿Tuviste una pesadilla?"

Las lágrimas corrían por su cara, y se alegró de estar en la oscuridad de su dormitorio. "Sí", respondió, con la voz temblorosa. "Era el mismo sueño. Ya sabes, ese de LaLa."

"Mmm. Debes de estar muy preocupada por algo. Ven aquí. Déjame frotar tu espalda, y tú intenta dormir un poco."

"Eso suena bien, pero no creo poder volver a dormir muy fácilmente en este momento. Todo lo que haré es darme vueltas en la cama y que sigas despierto, y tú debes levantarte temprano por la mañana. Creo que mejor bajaré y me prepararé una taza de leche caliente. Eso siempre relaja el alma inquieta." Mientras le besaba en la frente sutilmente, oyó la respiración constante y un poco más pesada que era una señal segura de que ya se había quedado dormido. "Menos mal que opté por la leche caliente, en lugar del masaje en la espalda, "pensó, con el ánimo levantado por sus buenas intenciones.

Ella deslizó sus brazos por las amplias mangas de su bata de rizo, esta le resultaba especialmente cómoda al ajustarse el cinturón alrededor de la cintura para más seguridad. Caminando con sus gruesos calcetines de invierno, lo que eran imprescindibles para dormir, se puso de puntillas y caminó así por el pasillo, deteniéndose en la puerta del dormitorio de cada niño.

La habitación de Lilah era siempre la primera. Delilah Charleville Steiner era la primogénita de Elise y Brad. El siguiente en la fila era Joseph Paul, más conocido como J. P., y luego Casey, cuyo nombre de pila era William Bradley Steiner. El día que Elise supo que estaba embarazada de su tercer hijo...había informado a Brad diciéndole que su furgón de cola estaba venia en camino. Cuando el médico rápidamente dedujo de una ecografía que el furgón era un niño, Brad empezó a llamar al bebé Casey Jr, como el maquinista de trenes ficticio sobre el que había leído de niño. Después de meses de referirse al bebé como Casey, era difícil pensar en llamarlo por otro nombre después de su nacimiento. Por esa razón se quedó como Casey.

Los niños dormían profundamente, acurrucados en sus camas. Aun con la posibilidad de despertar a los tigres dormidos, Elise entró en cada cuarto y les dio un beso y una bendición en la frente a todos. Se trataba de una pequeña tradición familiar trazar una cruz en sus frentes cada noche, para dar una pequeña bendición y pidiendo a los ángeles solo buenos pensamientos en sus cabezas y que los protegieran de las pesadillas. Pero en este momento en particular y a esas horas de la noche, los besos y las bendiciones eran más para que Elise se animara. Siempre le asombraba y le llegaba al corazón ver sus tres energéticos hijos, tumbados tan quietos, tan tranquilos, como si ellos descansaran bajo las tiernas caricias de todos los ángeles que velaban por ellos.

Salió de sus habitaciones y bajó en silencio la escalera de la cocina. Una vez en la cocina, su "espacio sagrado", se sintió segura de que podía moverse libremente sin despertar a nadie en el piso de arriba. Respiró muy hondo, como si la exhalación también fuera a liberar su cuerpo de la tensión, y se preparó una gran taza de leche caliente y humeante. La espolvoreó con un poco de azúcar y nuez moscada, igual que LaLa solía hacer. Luego entró en la sala de estar y se sentó cómodamente en el mullido sillón que reclamaba como suyo. Este era el único asiento de la habitación que no estaba en dirección a la gran pantalla de televisión que parecía ser el pegamento que mantenía unida a la familia la mayoría de las noches. Ella odiaba la televisión, pero quería estar con su familia, y tenía que encontrar alguna forma de compromiso. Con eso dicho, en una noche de insomnio, un poco de televisión podría ser de ayuda para relajarse, así que dio una vuelta a su cómodo sillón para poder ver a la gran pantalla negra. Colocó su ya muy viejo edredón sobre sus piernas dobladas y bebió un sorbo de su leche caliente. No estaba muy segura de si quería volver a dormirse, porque no podría soportar el sueño una vez más.

Brad Estaba en lo cierto. Ella estaba preocupada por algo. Más temprano esa noche, veía las noticias de las diez de la noche mientras ella se ocupaba asegurándose de que los dos niños estuvieran arropados, sintiéndose amados, con su bendición y dormidos. Lilah, su procrastinadora habitual, seguía despierta terminando su montaña de deberes. Fue cuando Elise oyó a su hija gritar desde la cocina. "Mira, mamá, es Cayo Hueso. Es el restaurante en el que comimos aquella noche. Casey se sintió muy mal con la sopa de marisco y vomitó. ¿Te acuerdas?"

"Seguro que sí lo recuerdo. Bonito lugar, pero mala sopa, ¿verdad cariño?". Las dos se rieron. La familia había pasado sus vacaciones de Pascua en Cayo Hueso solo unos meses antes. Ese había sido realmente un gran viaje, y toda la pandilla sin duda había amado el lugar a pesar del estómago muy delicado de Casey.

"Todo el mundo se va de los Cayos por causa de un huracán. Apuesto a que le lleva una eternidad que toda esa gente se vaya por esa estrecha carretera. ¿No crees que así sea, mamá?"

"Sí, así lo creo, porque nos llevó al menos cuatro horas y media poder conducir desde Miami un hermoso viernes por la tarde. Por supuesto que el viaje no habría parecido ni la mitad de largo si la empresa de alquiler de vehículos nos hubiera alquilado el que pedimos, en lugar del Chevy Cavalier con el que no quedo más que conformarnos."

La carretera que había llevado a los Steiner a sus vacaciones tropicales y que ahora conducía a los residentes de Key y a los turistas a la seguridad, se había construido sobre los restos de la vía férrea y la cual había sido construida a principios del siglo XX por Henry Flagler. Este fue el empresario que convirtió los pantanos de Florida en un paraíso vacacional. Fue su ferrocarril el que conectó la cadena de pequeñas islas con el continente y permitía a los pasajeros subir a un tren en Nueva York y viajar hasta el punto más meridional de los Estados Unidos: Key West, Florida. En 1935, estos fueron destruidos en el huracán que arrasó Cayo Matecumbe, en Isla morada, asi dejando cientos de desprevenidos y muy mal preparados y también muchos muertos y aún más heridos y sin hogar. Elise recordaba ver la estatua erguida en Isla morada que estaba ahí en memoria de los que perdieron sus vidas y todos sus medios de subsistencia en aquel devastador huracán. La tormenta azotó la pequeña isla por la noche, y se estremeció al pensar lo que fue para los pasajeros del tren de Flagler cuando vieron el muro de agua, esa enorme marejada que se dirigía hacia sus vulnerables vagones de acero, que viajaban en el puente de vías a unos 9 metros sobre el nivel del suelo. El gran terror de aquella noche estaba más allá de la comprensión de Elise, y trató de aclarar su mente concentrándose en la detallada versión de Lilah, todo sobre su baño con delfines en Key West.

En ese momento, sin embargo, el reportero, de pie bajo la llovizna en Cayo Hueso, pasó la emisión a un colega que informaba de la devastación en la República Dominicana. Al igual que los habitantes de Isla Morada, los residentes de la República Dominicana habían sido sorprendidos por la furia del huracán Georgette. Los boletines meteorológicos Georgette pasaría por las zonas menos habitadas de la isla. Los habitantes de Santo Domingo y otras regiones del norte se habían ido a la cama esa noche con la seguridad de que iban a salvarse. Pero en mitad de la noche, todo su mundo fue arrasado por vientos, tornados e inundaciones repentinas. Cientos de personas murieron, cientos de desaparecidos y la mayoría quedaron sin hogar. Como en 1935, pensó Elise.

No era extraño eso, pensó Elise, dado que ver el telediario de las diez de la mañana justo antes de acostarse despertó recuerdos en su subconsciente. LaLa siempre aparecía en sus todos sus sueños cuando estaba teniendo problemas, y esos sueños la solían calmarla y reconfortarla. Pero en los últimos años, los sueños que tenía empezaron a cambiar. Ahora comenzaría exactamente de la misma manera, teniendo a su abuela a su lado hablándole y Elise se sentiría feliz y muy despreocupada. De repente, como si el principio fuera nada más una trampa malvada para ella, la escena cambiaba y con ella se llevaban a LaLa, dejando a Elise sola en la oscuridad, solo con extraños y con voces extrañas. Estaba envuelta en la penetrante amenaza de los muchos terrores desconocidos que también la rodeaban. Ella se preguntaba por qué sus felices sueños la habían abandonado. Los añoraba Los echaba de menos. Le permitían revivir su pasado en el Bayou con LaLa a su lado. Ella se preguntaba si LaLa estaba también enfadada con ella por alguna razón, o tal vez le estaba enviando una advertencia. La leche caliente no hacía mucho por calmar la inquietud que toda la oscuridad y el silencio de la noche parecían intensificar en ella.

Elise decidió mejor encender el televisor y ver lo último que sucedía con la actualización sobre los trópicos. Lo encendió justo a tiempo para poder ver a un joven corresponsal del tiempo que llevaba un gran impermeable amarillo brillante y una expresión de completa sorpresa sobre un montón de escombros en Puerto Príncipe, Haití. Sin duda, su rápida, y emocionada entrega de información ejemplificaba su posición de completo novato en la cobertura de huracanes. Los reporteros más experimentados siempre cubrirán las principales zonas de Estados Unidos, sin embargo, el aprendiz se las arregló de alguna manera para explicar los detalles gráficos del encuentro de Haití con la muy infame Georgette. Ahora el número de muertos ascendía a 250 y se esperaba que también aumentara. Miles de casas fueron completamente barridas o cubiertas por los aludes de lodo junto con todos sus habitantes. También los fuertes vientos y las crecidas repentinas sin duda destruyeron las granjas y todo el ganado. Las inundaciones repentinas destruyendo la ya endeble base económica de la isla.

El reportero terminó su informe completo haciendo un total seguimiento de las condiciones en Puerto Rico, lugar donde el huracán había hecho una fuerte visita apenas un par de días antes. Aunque Georgette evitó a la isla la horrible escena que había dejado al salir de Haití y la República Dominicana, la pérdida de energía eléctrica y la gran contaminación del suministro de agua dejaron a más de treinta mil personas en refugios mal construidos que estaban por toda la isla. Cuba y Cayo Hueso fueron los siguientes destinos de Georgette. Aun cuando el terreno montañoso de las otras islas le había drenado de mucha fuerza, seguía sin duda considerándose un muy formidable huracán de categoría 2, este venia con vientos de 110 millas por hora y traía una marejada que se esperaba que elevará aún más las ya altas mareas hasta tres metros que estaban por encima de los niveles normales.

"Basta ya," murmuró Elise en sus adentros, chequeando así todos los canales en busca de algo que la entretuviera un poco durante su insomnio inducido por el miedo. Buscaba una vieja película en blanco y negro llena de estrellas. Eso era lo que necesitaba. Glamour, ostentación y una buena historia de amor. Dejó de buscar cuando un primer plano de una entonces muy joven Barbara Stanwyck llenó su pantalla. "Esto servirá." Ella dejó el control remoto a la distancia, se subió la colcha hasta el cuello, entonces movió los dedos de los pies y preparó su cuerpo cansado e inquieto para experimentar una escapada romántica. Justo cuando su mente y su cuerpo estaban perfectamente preparados para esto, la emisora tuvo una pausa publicitaria y una voz grave anunció: "Volveremos con Stella Dallas en un momento."

¡¿"Stella Dallas"?! Oh no. No es exactamente lo que necesito ahora". Elise empezó a comprobar de nuevo las opciones en su televisor hasta que encontró un canal que mostraba una hermosa cascada con el Canon en Re de Pachelbel sonando de fondo. "¡Pachelbel, esto sí funciona!" Suspiró y cerró los ojos, escuchando la música que sonaba mientras caminaba por el pasillo para estar al lado de Brad la noche de su boda. "Buenos pensamientos. Piensa en cosas buenas", se dijo a sí misma, como si Martha, su terapeuta, estuviera realmente sentada a su lado aconsejándola. Tomo aire profundamente contando hasta cinco, contuvo la respiración contando hasta cinco, dejo ir el aire lentamente contando hasta cinco, y volvió a contener la respiración, contando hasta cinco. Así repitió el ciclo imaginando toda su boda, que parecía haber sido solo ayer, y dejó asi que la leche caliente se asentara en su cuerpo, que ahora estaba completamente exhausto. Finalmente, se quedó completamente dormida.

Jueves

E lise fue súbitamente despertada por una gran variedad de llamadas que suplicaban de arriba y de abajo, desde el área de Brad hasta el cuarto de Casey. ¡Elise! ¡Mamá! ¡Mamá! ¡Mamá! ¿Dónde estás? ¡Necesito mi ropa! Tengo mucha hambre ¿Puedo comer algunas tostadas francesas? ¿Tengo escuela hoy? La cacofonía total de súplicas, preguntas y órdenes chocaron en su cabeza como los múltiples sonidos discordantes que escuchaba los sábados por la mañana, cuando todo el equipo de música, el ordenador y la consola de juegos se oían a todo volumen en la sala de estar.

Se levantó de un gran salto y se agarró la parte de atrás de la cabeza, la que le dolía desde detrás de la oreja hasta la parte de la nuca. Elise no estaba muy segura de sí se había dado un tirón al despertarse tan repentinamente de su profundo sueño o si tenía un tirón en el cuello por haber dormido con la cabeza en una posición incómoda en la silla. Qué más daba para ese momento, pensó. Se sentía como si la hubiera atropellado un gran camión de dieciocho ruedas y la hubiera arrastrado por todo el estado de Luisiana. Estrés, pesadillas y además pocas horas de sueño. No era una muy buena combinación. Por supuesto que tenía muy poco tiempo para pensar en su actual estado de fatiga, porque era día de colegio para sus tres hijos y día de trabajo para su marido. La necesitaban. Por ello, segundos después de su desagradable despertar, Elise tomo el control y comenzó su rutina matutina de forma semi militar.

Sin duda se había quedado dormida, y odiaba empezar las mañanas con retraso, porque para Elise cada minuto de la rutina matutina estaba previsto, con su propio propósito y significado. Aun tan cansada como estaba, se puso manos a la obra. Después de atender todas las necesidades inmediatas de sus implorantes seres queridos, ella se puso sus cómodos vaqueros y también su favorita y muy vieja, sudadera de gran tamaño. Aunque sólo era el segundo día de septiembre y todavía era extremadamente caluroso y húmedo en Nueva Orleans, Brad mantenía el clima dentro de su casa a temperaturas muy cercanas a la ventisca.

No se ducharía sin antes de llevar a los niños a la escuela. Pero Jacqui iba a venir a almorzar a eso de las 10:30, y si Elise conocía a su prima -y así era-, Jacqui iba a ir a almorzar con ella. Elise conocía mucho a su prima, y así era, Jacqui iría vestida a la última moda de otoño coordinada de pies a cabeza, con el pelo, las uñas y el maquillaje siempre perfectos. Y Elise no quería oír ningún comentario sobre su atuendo desaliñado y su coleta. Se echó el pelo hacia atrás y se lo recogió en una gran pinza de carey, se lavó los dientes y la cara, se saltó el maquillaje, y corrió escaleras abajo para empezar con los almuerzos escolares.

Con la ayuda de una segunda taza de café muy fuerte, ella puso con energía la línea de montaje de la mañana en alto rendimiento, hablando consigo misma mientras avanzaba. "Sólo mostaza, mayonesa y mostaza, solo mayonesa ... agrega el pavo, queso, queso, sin queso ... corteza, sin corteza, sin corteza ... corta en mitades, mitades, cuartos ... ahora envuélvelos ... " Cada mañana, ella prepararía una taza extra de café para Brad, y cada mañana él rechazaba su oferta. Ella sabía que la única mañana en que decidió no hacer suficiente para él sería la mañana en que decidiría participar en su vicio matutino. Se había ido un poco antes de lo usual, besándola adiós y murmurando algo sobre pasar su día argumentando ante un político juez corrupto y corrompido, y para qué servía. Ella ignoró sus quejas y solo respondió sarcásticamente cuando llegó a la puerta, "Te quiero, también, querido." Y luego agregó:

"¡Llámame si tienes oportunidad!" Con el sonido del coche saliendo del garaje, la atención de Elise se dirigió completamente hacia los niños.

"Casey, ¿hiciste pis?" El pequeño estaba sentado en el escalón inferior. Su cabello marrón grueso y polvoriento todavía estaba despeinado por su revoloteo y girar durante la noche. Movía sus pequeños dedos rígidos de manera muy deliberada y metódica en un esfuerzo por atar los cordones de sus pequeños zapatos escolares negros.

"No, no tengo que hacerlo."

"Casey, al menos trata. Si no, estarás en pánico para llegar al baño mientras estemos en la fila del coche." Elise podía ver por la determinada mirada en su rostro que nada lo iba a desviar de su tarea. Casey mencionó anteriormente en la semana que su maestra había decorado un tablón de anuncios con zapatos de papel de construcción cortados a medida, un par para cada estudiante en la clase. A medida que cada niño aprendía a atarse sus zapatos, se adjuntarían un par de cordones coloridos y brillantes a los zapatos de papel de ese niño. Se sentía mal por Casey, porque le molestaba ser el último niño en dominar el reto. Era el más joven de su clase, y era su bebé, así que también le molestaba que le hicieran sentir tan incompetente. Hizo una nota mental para hablar con su profesor sobre el asunto.

"No tengo que ir al baño, mamá."

"Bien, bien, bien... Lilah, asegúrate de que has recogido todos tus libros, hojas de deberes, papeles firmados, y cualquier otra cosa que necesites entregar hoy. No quiero hacer ningún otro viaje a la escuela hoy."

"Lo haré, mamá. De todos modos, recuerda que ahora estoy en los grados medios, y no permiten que los padres lleven nada que sus hijos olviden, excepto el almuerzo."

"Es cierto, lo olvidé. Ahora estás en quinto curso, así que esperan que actúes como un adulto. Uhmmm, estoy segura de que los profesores nunca olvidan nada."

"¿Qué has dicho, mamá?"

"Oh, nada, cariño, sólo expresaba una pequeña diferencia de opinión. Nada más."

"¿Estás enfadada con nosotros, mamá?"

"No, Lilah. ¿Por qué crees que estoy molesta?"

"No lo sé. Tu cara se ve como cuando te agraviamos diariamente."

"No, no. Ven aquí viejecita, mi pequeña preocupada. Dame un fuerte abrazo. Tu mamá sólo está un poco preocupada por el tiempo. Eso es todo. Tengo mucho que hacer, mucho en que pensar. Lo siento si te he hecho sentir que estoy enfadada contigo."

"No pasa nada. Pero mira fuera, mamá. Hace buen tiempo. No creo que tengas que preocuparte."

Bien, creo que tienes razón. Debería hablar contigo más a menudo, Srta. Lilah. Ahora, ve a recoger tus cosas, amor. Por cierto, ¿dónde está J. P.?"

"No lo sé. No lo he visto."

"Casey, ve a buscar a tu hermano mayor por mí, por favor."

"No puedo hacerlo." Casey seguía sentado en el último escalón, con los zapatos desatados, y sus grandes y tristes ojos azules y su ceño fruncido era todo lo que Elise necesitaba ver para saber que, en los próximos segundos, las lágrimas iban a fluir.

"¿Cómo que no puedes?"

"Simplemente no puedo hacerlo."

"Casey, mamá necesita un poco de ayuda aquí. Vamos, te ayudaré con tus zapatos. Para eso están las mamás. Por favor, ve a buscar a tu hermano."

"No puedo."

"Pero por el amor de Dios, Casey, ¿por qué no?"

"Porque creo que podría tener pipí en mis pantalones."

"¡Qué! Oh, Casey. ¿Por qué no fuiste al orinal cuando te pedí que fueras? Ahora tengo que limpiarte y rezar para que tengas otro par de pantalones cortos de uniforme. Camella va a venir hoy a lavar, y creo que todos tus shorts están sucios. Vamos arriba. Vamos a mi baño." Ella lo levantó y subió volando las escaleras. Cuando entró en su dormitorio, estaba tan concentrada en llegar al baño que apenas vio el movimiento bajo su edredón.

"¡J. P.! ¿Por qué no estás listo para ir al colegio? Tenemos que irnos en cinco minutos y aún estás en pijama. ¿Ya te cepillaste los dientes?"

"No."

"Entonces, vamos, salgan de la cama, y muévanse, o todos ustedes vais a llegar tarde al colegio."

"¿A la escuela? Lilah me dijo que hoy era sábado, y no teníamos escuela."

"¿De qué estás hablando? ¿Por qué diría eso?"

"No lo sé. Pregúntale a ella."

"Lilah, ven aquí. ¡Lilah! ¡Ven aquí ahora mismo!" Inmediatamente, se oyeron pasos rápidos subiendo las escaleras de la cocina. Entonces, el rostro inocente, con la mirada de un ángel apareció ante los de Elise.

"¿Qué pasa, mamá? Estaba recogiendo mis cosas, como me dijiste que hiciera."

"¿Le dijiste a J. P. que hoy era sábado y no había colegio?" La expresión angelical se derritió como un cubito de hielo en la acera en el Cuatro de Julio.

"Mamá, sólo estaba bromeando. No puedo evitar que no sepa los días de la semana."

"Ya lo he oído. Yo también sé los días de la semana. Sólo que lo había olvidado. ¡No eres más qué una bruja, Lilah! Una bruja mala y malvada."

"Está bien, está bien, es suficiente. Serás castigada, Lilah, por llegar tarde, ahora que tenemos que esperar a J. P. Ahora, ve a la habitación de Casey y coge un par de calzoncillos limpios. ¡Por favor!"

"No puedo creer que realmente me creyera. Lo juro."

"No jures. La Biblia dice que no jures. Ahora, ¡vete!"

De alguna manera, Elise logró que todos se vistieran, comieran, empacaran y que entrarán en la minivan. Estaba agradecida de que St. Michael no estaba muy lejos...La mayoría de sus vecinos habían optado por las escuelas en Nueva Orleans, lo que significaba una hora de viaje por la mañana y por la tarde. ¿Cómo lo hacían, se preguntaba, sobre todo en mañanas como aquella?

"Mamá, J.P. no lleva bien puesto el cinturón de seguridad."

"Deja de chismorrear, Lilah. J. P. ¿cuántas veces te he dicho que no te pongas la correa del hombro bajo el brazo?"

"Se siente raro, mamá."

"Te vas a sentir rara, si tenemos un accidente y...no te pones el cinturón correctamente". Dios mío, sueno como mi madre, suspiró en voz baja.

"La madre de Abbey Carriere nunca le hace ponerse el cinturón de seguridad. Ella dice que, si van al pantano con el cinturón puesto, seguramente se ahogarían."

"Ahogarse, no ahogue. Y recuérdame que nunca te deje montar en el carro con la madre de Abbey Carriere."

"También tiene un tatuaje," añadió Lilah con descaro, ignorando la corrección de su madre.

"¿Quién? ¿Abbey?"

"No. Su madre. Es una serpiente o algo así."

"¿Cómo lo sabes? ¿Realmente la has visto?" Elise preguntó, ahora cuestionándose si tal vez debería tener a sus hijos en una escuela en Nueva Orleans.

"No. Abbey nos lo contó en clase. Dijo que lo había conseguido al divorciarse del padre de Abbey. Se suponía que le recordaría a él o algo así."

"OK. Es suficiente. Realmente no necesito escuchar más. ¿Y por qué Sra. Garrison dejó que Abby le dijera algo así a la clase?"

"Oh, ella no estaba escuchando. Fue durante el grupo de arte, y se nos permitido converisar."

"Lilah, converisar no es una palabra."

"¿No lo es?" Esta vez se dirigió a la corrección, pero no sin un desafío.

"No. No lo es."

"Pues debería serlo. ¿No crees que suena como una palabra real?"

"No importa lo que yo piense, Lilah, o lo que tú pienses. No es una palabra."

"Bueno, Abbey también está consiguiendo una, ya sabes."

"¿Haciéndose qué?"

"Un tatuaje. Dice que se va a hacer uno por su 13 cumpleaños."

"Oh, por favor, Lilah. Cambiemos de tema." Ella miró en el espejo retrovisor, para asegurarse de que J. P. se había ajustado el cinturón de seguridad.

"J. P., mira a ver si puedes arreglarte un poco el pelo, ¿quieres? Parece como si acabaras de salir de la cama. Sé que lo hiciste, pero el resto del mundo no tiene por qué saberlo. Toma, usa mi cepillo."

"Pero mamá, odio cepillarme el pelo. Hace que me duela el pelo."

"Tonto. No te puede doler el pelo. Te duele el cuero cabelludo." La risa de Lilah llevaba consigo la inconfundible cualidad condescendiente típicamente encontrada en palabras de sabiduría recibidas de hermanos mayores.

"Cállate, bruja. ¿Cómo sabes si me duele el pelo o no?"

"Está bien, está bien. Ya está bien. No insultes y no digas 'cállate'. Si no quieres usar mi cepillo, al menos usa tus dedos, J. P. Intenta hacer algo con tu pelo."

"Mamá, ¿puedes poner algo de música?"

"Claro, pero vamos a escuchar la radio. No voy a escuchar discutir a los tres sobre qué CD poner."

"Vamos, mamá."

"Lo siento." Por suerte, la última canción de la semana de Lilah salió a todo volumen de los altavoces del monovolumen.

"¡Sí! ¡Eso es exactamente lo que quería oír!" chilló Lilah.

"Bien. Me alegro de que estés contenta. Casey, ¿por qué estás tan callada esta mañana?"

"Estoy triste."

"¿Estás triste? ¿Pero por qué estás triste?"

"Porque hoy te voy a echar de menos. Y puede que no vengas a recogerme."

"A ver, Casey, ¿cuándo no te he recogido al final del día? Sabes que siempre estoy allí, normalmente soy la primera madre en la cola del vehículo. ¿Por qué piensas que no voy a recogerte?"

"Porque me hice pipí en los pantalones, y dijiste que tenías que rezar...para que tenga más pantalones... y yo..."

"Eres tan estúpido, Casey." Esta vez fue J.P. quien añadió el comentario del hermano mayor.

"¡J. P.! Eso no está bien y no es aceptable. Ahora discúlpate."

"Lo siento, Case."

"Casey, te extraño mucho cuando vas a la escuela. Extraño a todos...a todos ustedes, tontos. Pero cuando vas a la escuela, estás muy ocupado con tu trabajo, y yo estoy muy ocupada con el mío. Y hoy mientras estás en escuela Camella y yo lavamos todos sus uniformes para asegurarnos de que estén listos para otro día de escuela. Vaya. Aquí estamos tropa. ¿Te sientes mejor, mi amor?"

"Sí."

Después de los besos y las bendiciones, las puertas del monovolumen se abrieron, se cerraron de golpe, y ellos al fin salieron. Elise apagó la radio, lentamente y dejó que la paz y la tranquilidad se apoderaran de su cuerpo y su mente. Por mucho que lo intentara, las mañanas nunca iban bien. Siempre parecía que debería ser algo tan sencillo. Tener todos los uniformes lavados, doblados, ordenados y listos para usar. Todas las bolsas de libros de las mochilas preparadas y colocadas en la puerta. Zapatos escolares alineados, listos para ser llenados por los pies de cada respectivo dueño. Los almuerzos preparados, rápidamente ensamblados, empaquetados según las distintas especificaciones y a la escuela. Pero, de algún modo, las cosas siempre se complicaban en los últimos minutos del ajetreo matutino, normalmente por algún caos imprevisto.

Sus amigos y Brad sabían que no debían llamarla durante la rutina de las mañanas, a menos que se tratara de una emergencia. Pero su madre, a pesar de que Elise le pedía que esperara a dejar a los niños a las ocho y media, seguía llamando de vez en cuando, en el momento en que estaba organizando el equipo. Y ante la creciente impaciencia de Elise preguntaba: "¿Qué haces?," "¿Cómo están los niños?" o "¿Van a ir al colegio hoy?" De hecho, Elise no necesitaba la comodidad para saber que el timbre del teléfono al entrar en casa era el anuncio de la llamada matutina de Peggy Anne Charleville. "Menos mal que esta mañana ha esperado", murmuró Elise mientras buscaba el teléfono inalámbrico, que nunca parecía estar donde debía.

"Buenos días, Peggy Anne," dijo al descolgar.

"¿Cómo sabías que era yo?", preguntó su madre, como si su como si su llamada rutinaria fuera una sorpresa.

"Elise negó con la cabeza y se preguntó si su madre realmente no se daba cuenta de lo predecibles que se habían vuelto sus llamadas. Sabía la siguiente respuesta de su madre antes de que las palabras salieran de su boca.

"¿Los niños han ido hoy al colegio?"

Elise quería contestar: "No, hoy han cogido el vehículo y se han ido a la costa" o algo ridículo, sólo para darle un giro a la conversación. Pero en lugar de eso, respondió: "Sí, todos han ido a la escuela", y perpetuó el ritual matutino que se había vuelto tan rutinario como la oración de un niño.

"Elise, ¿has visto el último boletín meteorológico?" Peggy Anne preguntó con una voz que revelaba a la vez miedo y presentimiento, así como excitación y anticipación. Podría haber sido la voz de un niño parado en la fila para su primer gran viaje en una montaña rusa.

"En realidad, no", mintió. Ya estaba nerviosa por el huracán, y sabía que la ansiedad de su madre no ayudaría a la situación. Pero Peggy Anne no estaba dispuesta a dejar el tema.

"Tu padre dice que esta cosa se dirige directamente hacia nosotros. Dice que va a ser peor que Camille. Dice que no quedará nada de Bayou Chouteau si esa cosa nos golpea. ¿Vas a quedarte en tu casa casa si viene aquí?"

De nuevo, el nivel de paciencia de Elise disminuye mientras su nivel de ansiedad empezaba a subir. Podía sentir su cuerpo cada vez más tenso y su cuello comenzando a dolerle de nuevo.

"A decir verdad, mamá, no he pensado mucho en ello. La tormenta todavía está muy lejos en el golfo, ¿no? Cualquier cosa puede cambiar su curso". Ella estaba tratando de mantener una mente racional, a pesar de la presión interna y externa para que reaccionara de forma exagerada.

"Eso no es lo que dicen. Dicen que no hay frentes lo suficientemente cerca como para impedir que se dirija directamente a la desembocadura del río. Tu padre cree que tu casa sería lo suficientemente fuerte. ¿Qué opinas tú? ¿Qué piensas?"

"Ya te lo he dicho madre; no lo he pensado mucho..." Entonces fue interrumpida... "Bueno, será mejor que empieces a pensarlo pronto. Todos nuestros amigos de la desembocadura del río y de Grand Isle ya están evacuando."

"Pero no vivimos exactamente en la desembocadura del río ni en Grand Isle, así que tengo un poco más de tiempo para pensarlo. Cambiemos de tema por un minuto. ¿Qué más hay de nuevo?"

"Oh, casi se me olvidó decírtelo. Mi primo James murió anoche. Louise me llamó esta mañana temprano para decírmelo. Parece que había estado enfermo durante mucho tiempo. El pobre no eligió un buen momento para irse, con este huracán que se avecina. Y ni siquiera saben cuándo podrán velarlo, porque tiene dos hijos que viven fuera de la ciudad. Quién sabe lo que van a hacer con el aeropuerto. Puede que no sean capaces de volver por una semana. Ese es el problema con los niños que se mudan. Te digo, siempre es algo. Espero que podamos ir al velatorio."

Elise se puso nerviosa. "¿De quién estás hablando? Ni siquiera he oído hablar de tu primo James."

"Claro que sí. Es mi primo tercero, por parte de madre. Su abuela y mi abuela eran hermanas."

"Nunca he oído hablar de este hombre, y en medio de este huracán, ¿te preocupa ir a su velatorio? ¿Cuándo fue la última vez que viste a este hombre con vida?"

"La verdad es que no recuerdo el momento exacto..." y mientras hacía una pausa para Elise preguntó: "¿Hace veinte o treinta años?"

"No estoy segura, cariño. Vivía en Houma, pero éramos muy amigos desde pequeños."

"Mamá, ¿por qué demonios te preocupa ir a un velatorio de una persona a la que no has visto ni oído en más de veinte años?"

A Peggy Anne se le erizaron las plumas y su tono se puso a la defensiva "¿Qué clase de pregunta es ésa, Elise? Yo iría a presentar mis respetos. Por eso."

Elise estaba demasiado cansada para discutir y demasiado cansada para intentar que su madre entendiera su punto y debería haber abandonado el tema junto con el del huracán. "Pero no te molestaste en verle cuando estaba vivo. Estos velatorios no son nada más que fiestas a expensas de las familias en duelo. Odio toda esa tradición. Si me pasa algo, no quiero nada así." Ahora, ella lo había hecho. Había cruzado la línea. Ella había cuestionado la antigua tradición.

"Hablas como un pagano. No puedo creer que digas cosas como que, Elise."

"No es pagano. Sabes tan bien como yo que todo el mundo estará...allí, mirando a este pobre hombre en su ataúd y pasarán más tiempo comentando cómo se veía que cómo vivía su vida. Puedo oírlo. Pobre James. Ni siquiera parecía él mismo'. Y "No, Cher. ¿Has visto lo delgado que estaba?' o, 'No recuerdo que James se hiciera la raya en el pelo de ese lado'. Es horripilante, así que no hagas eso por mí. Eso es todo lo que digo."

"Bueno, puedo verlo ahora. Probablemente vas a tirarme a mí ya tu papá en el suelo antes de que estemos fríos, sin una despedida apropiada. Tengo algunas noticias para ti, Elise. Así es como se ha hecho desde mucho antes que tú nacieras, así que no creas que tus nociones paganas van a cambiar el mundo."

"No importa. Tengo que irme, de todos modos. Jacqui viene como a las diez y media, y esperaba tener tiempo para ducharme." Elise vio el reloj sobre el horno y se dio cuenta de que sin duda el tiempo no estaría de su lado.

"Bien. Ah, por cierto, converse con Lucy esta mañana. La llamé para contarle lo de James, y quiere que papá y yo nos vayamos a Memphis...y pasemos toda una semana con ella si tenemos que irnos por causa de la tormenta."

"Eso es realmente estupendo. Deberían de ir ya sea si viene la tormenta como si no pasa. Ella siempre les está rogando que la visiten. Eso significaría mucho para ella." Lucy es la hermana menor de Peggy Anne y fue prácticamente criada por los padres de Elise. La habían ayudado mucho en la secundaria, la universidad, y el curso de su posgrado. Nunca se había casado y vivía sola, era devota a su trabajo como trabajadora social en el estado de Memphis.

"No, le dije que me necesitarías mucho para ayudar con los niños si tienes que irte."

"¿¡Qué!? ¿Por qué le dijiste eso mamá? Haces que yo suene como si soy una niña que es incapaz de cuidar de mi propia familia. Además, sabes que tengo un marido que es igual de responsable con los niños."

"Bueno, si tu no quieres que papá y yo nos quedemos contigo, no tenemos que hacerlo.

"Eso no es lo que he dicho, mamá. Siempre eres bienvenida a quedarte en casa con mi familia, pero lo haces ver como si... No importa. Tengo que ir a tomar una ducha, así que hablaremos más tarde."

"Está bien, cariño. Dale por favor un abrazo a Jacqui de mi parte."

"OK, adiós." Nunca cambia nada, ella pensó. Podía hablar y explicar todo hasta cansarse, y nada cambiaría. Si sus nociones paganas no cambiarían el mundo, las independientes nunca cambiarían a su madre.

Jacqueline Charleville tampoco cambiaría nunca. Llegando puntual a las diez y media, y como salida de las páginas de una de una revista de moda. Elise seguía vistiendo con sus cómodos vaqueros y su sudadera. No tenía ni una pizca de maquillaje en los labios, los ojos o las mejillas, y su pelo aun seguía recogido y bien sujeto con la pinza de carey. Pero a todo esto, Elise siempre estaba dispuesta a renunciar a la moda por complacer a Jacqui, esto porque últimamente no parecía tener el tiempo ni las ganas de seguir las tendencias. Estaba dispuesta con la idea de admitir que dedicaba la mayor parte de su tiempo de compras a mantener a sus tres hijos siempre con la última moda. Ella esperaba que Jacqui no tratara de darle el viejo sermón de "préstate más atención a ti misma, Elise." Pero Jacqui nunca lo hizo. Realmente ella no tenía oportunidad, porque Elise estaba ansiosa por aprovechar la visita de su prima para asi relajarse y recordar.

"¿Recuerdas el huracán Bertha, Jacqui? Yo tenía diez años, así que tú debías tener unos cinco, ¿no?"

"Sí, pero no lo recuerdo tan vívidamente como tú, obviamente. Supongo que yo era demasiado pequeña para entender realmente lo que sucedía. De todos modos, con Billy... bueno, ya sabes cómo intentaba convertir cualquier ocasión en una razón para ir de fiesta. Recuerdo haberme alojado en el Hotel Roosevelt de Nueva Orleans."

"Es cierto, yo lo recuerdo. Sólo tu padre se las arreglaría para convertir una evacuación con esa en unas vacaciones de lujo."

"Bueno, él lo intentó. Dijo que si teníamos que dejar nuestra casa entonces podríamos vivirla. Por supuesto, él y yo hicimos un gran esfuerzo, pero, como siempre se esperaba, Kitty se quejó todo el tiempo. Supongo que estaba nerviosa y acostumbrada a los huracanes. Pero nada ponía nervioso a Billy."

"Es gracioso, yo habría pensado que al menos a tu madre le habría gustado estar en el Roosevelt mientras el resto de nosotros pasábamos como refugiados que se movían de un lugar a otro como nómadas buscando tierras más altas. ¿Por qué? Puedo verla ahora, con un facial en el spa del hotel, mientras que el resto de las damas de Bayou Chouteau buscaban encontrar agua limpia para lavarse la cara."

Elise sabía que ella podía bromear sobre su tía Kitty mientras Jacqui hablara de su tío Billy en esa misma conversación. Cada vez que un tema de conversación le permitía a Jacqui poder incluir a sus dos padres, inevitablemente representaba a su padre como su alma gemela, bondadosa, compasiva, alegre y despreocupada, su alma gemela, en contraste a su egoísta, siempre quejosa, materialista y obsesiva social madre. Con eso dicho, si Billy no era incluido en la conversación, entonces Jacqui hablaba francamente de su madre y ofrecía algunas excusas por su comportamiento poco amable. Ella siempre me decía que su tía Penny, la crio en Jackson, y tras la muerte de sus padres, la hizo trabajar por todo, hasta por sus propios zapatos y ropa. Y era su propio dinero, su propia herencia". Elise sabía que en esas ocasiones no debía considerar bromear sobre tía Kitty, más que nada por miedo a ofender a su emotiva prima. Pero ese día, sin embargo, el tío Billy formaba parte del recuerdo, y Elise tenía muy claro que le vendría bien un poco de humor que fuera a costa de su tía Kitty.

"Oh sí, Kitty estaba tan enfadada con Billy y también conmigo. ¿No es raro que eso sea lo que más recuerde de aquella gran tormenta? Todavía puedo escuchar a la gente hablar de 'Bertha' y cómo recuerdan de ver toda la destrucción que esta dejó cuando volvieron a sus casas. Hablaban de todo lo que se perdió y recuerdo a mi madre quejándose mucho de mi padre. Y lo que es aún más extraño, Lissy, es el hecho de que creo que lo disfruté. Hice todo lo que pude para poder animarla."

"No creo que eso sea realmente tan raro, Jacqui. Estabas siempre tan cerca de tu padre. Pasa todo el tiempo. Freudiano. Probablemente estabas también un poco celosa de Kitty, así que disfrutabas la idea de ser aliada de Billy durante sus pequeñas peleas." Elise nunca podía resistir un poco de psicoanálisis. Brad despreciaba este hábito de ella. Pero sin duda se convirtió en una especie de mecanismo de defensa para ella, una forma de entender los aspectos negativos de la naturaleza humana, una forma de hacer estas cosas al menos un poco más aceptables dentro del ámbito del llamado comportamiento normal. "Pero tengo curiosidad por saber cómo fue que la incitaste."

"Oh, fueron siempre cosas tontas e infantiles. Comenzó en el camino a Nueva Orleans. ¿Sabes cómo Billy siempre le llamaba a mi madre Kitty Cat, y ella lo odiaba? Bueno, mientras conducíamos, él y yo inventamos un jueguito...donde él me llamaba Jack Rabbit y yo lo llamaba Billy Goat. Tonto, ¿verdad? Pero yo sólo tenía cinco años, así que me hizo mucha gracia. Sabíamos que molestaba a Kitty, pero igual lo mantuvimos durante días, hasta que te juro, ella estaba realmente a punto de arrancar todo su pelo rubio de su cabeza. Y entonces ellos tuvieron una horrible pelea. Al menos ella la tuvo. Billy nunca peleaba. Sólo se preparaba un trago y le decía, 'Vamos Kitty Cat. Cálmate. No quieres decir nada de lo que estás diciendo."

"Me lo imagino ahora. Jacqui, realmente suenas como él después de todos estos años. Dios, debe haber sido una gran pelea para que lo recuerdes tan bien."

"Si. Lo fue. Una de las razones por las que lo recuerdo bien es porque era una pelea que ellos tenían todo el tiempo. Una y otra vez."

"Déjame adivinar porque. ¿Dinero?" Elise pensó con seguridad que ella tenía razón, conociendo a su tía Kitty como la ella conocía.

"No. En realidad, era sobre tu madre."

"¿Mi madre? ¿Mi madre? Bromeas, ¿verdad? ¿Por qué pelear por mi mamá? Ella es perfectamente inofensiva."

"Créeme, Elise, este té de menta que estoy tomando no es lo suficientemente fuerte como para yo animarme a revisar ese amargo episodio de la historia familiar."

"Bueno, eso es lo más fuerte por aquí antes del mediodía, especialmente...cuando tengo que compartir el vehículo."

"Bueno, no tengo deberes para compartir vehículo. ¿Y nunca has oído hablar de las mimosas? ¿O es que vivir en el Medio Oeste durante tanto tiempo te despojó de todas tus capacidades de dejar que los buenos tiempos rueden?"

"Sí, he oído hablar de las mimosas, y sabes muy bien que las mimosas son una de mis debilidades." Abrió la nevera y cogió un cartón grande de jugo de naranja de un estante en la puerta. "Déjame ver si tengo algo de champán. Si es así, te prepararé una jarra, siempre y cuando...me permitas a mi seguir con mi té de menta."

"Aw, vamos Elise. Tienes horas antes de que tengas que ir a recoger a los niños. Camella está aquí limpiando toda la casa. Brad está aún en el trabajo. Estás toda estresado por esta estúpida tormenta que hay en el golfo... espera. Tengo una genial idea. Hagamos un brunch en honor de la gran Georgette, quien hace su debut en la escena social este fin de semana. ¿Qué? Si, vamos, será divertido. Tú prepara una gran tortilla. Yo haré las mimosas. Haces una gran tortilla como la de LaLa. Pon un montón de cosas ricas en ella - cebollas verdes, pimientos dulces, y un poco de andouille, ¿tienes salchichas andouille? Y mantequilla para saltear, OK. Ahora veamos..." Para entonces, ella estaba de pie delante de la nevera abierta, con los ojos viendo de arriba y abajo, en busca de encontrar champán frío.

"Te lo juro Jacqui, tú puedes ser igual que tu padre: loca y persuasiva."

"Gracias. Lo tomaré como un gran cumplido. Ahora, ¿dónde puedo encontrar la champaña para mezclar con este jugo de naranja?"

"Si es que tengo, estará en la nevera de vinos junto al bar."

"Oh, disculpa. Sigo olvidando que estoy en una de esas exclusivas y lujosas casas en Mont St. Michel."

"¿Podrías dejar eso ya?"

"Oye Lissy, ¿crees que alguno de estos forasteros que estan comprando en esta subdivisión se dan cuenta de que el "Mont" en que sus casas se sientan es en realidad una cadena de tumbas de indios. Dispara, yo nunca podría vivir en este barrio después de ver esa terrorífica película ... ¿cómo se llamaba?"

Elise oía a Jacqui sacudir las botellas de la nevera en su búsqueda de burbujas. "¿Estás hablando de Juegos Diabolicos?"

"Sí, sí, esa era. ¿No vivía toda esa gente en un cementerio indio o algo así? Maldita sea Elise, todo lo que puedo encontrar aquí es esta rara selección de $8 Asti Spumante sentada en el medio de su colección privada de Boone 's Farm y Mogan David."

"Ja, ja, ja." Elise volvió con una risa juguetona y sarcástica. "Deja de exagerar tanto. Sé que no está a la altura de tus elegantes papilas gustativas de entendidos en vinos, pero hay algunos buenos vinos aquí. Sin embargo, tienes razón, el Asti sólo costó $8, buena suposición."

"Déjame adivinar una vez más, entonces. ¿Esto ha estado aquí desde la visita importante de los suegros?"

"¡Exacto! Y como podrás ver, las cosas no se pusieron aun lo suficientemente alegres por aquí para abrir la botella. Dios, eso fue ya hace dos años y medio. ¿Crees que el Asti sigue estando realmente tan bueno?"

"No es que yo sea una experta en esta etiqueta en particular, pero no puedo ver donde un poco de edad pueda hacerle daño."

"Es difícil de creer que ya han pasado dos años y medio desde que he visto a los padres de Brad. Sin embargo, mi cuerpo todavía se tiende a tensar cuando pienso en ellos. Y eso que no he tenido que tratar con ellos en dos años y medio. Es muy extraño." Picar las cebollas verdes y frescas le hacía llorar mucho sus ojos, y se sintió bastante aliviada cuando tomó su cuchillo y uso su tabla de cortar en un movimiento hacia abajo, vertiendo una compilación de muy fragantes verduras en la mantequilla, la cual que se había derretido oportunamente en la vieja sartén, que una vez perteneció a la gran Delilah Charleville. Cuántas tortillas se habrán hecho en esta sartén, se preguntó, mientras ponía la sartén en el quemador, agarrando con cuidado el mango como si fuese porcelana muy delicada.

Jacqui la despertó del momentáneo trance, el que fue provocado por todos sus recuerdos y el aroma distintivo que con frecuencia adornaba todas las cocinas del sur de Louisiana. "¿No visitaste a su hermana este verano mientras estuviste en Europa?"

"Sí, a su hermana menor, Tracy. Ella era tan agradable como alguien podría ser, y sé que Brad estaba realmente muy feliz de pasar tiempo con ella lejos de casa de sus padres. Una especie de terreno neutral, ya sabes. Aunque Tracy nunca ha sido realmente como el resto de la familia. Ella siempre hizo sus propias cosas. Puso su mente en lo que quería de la vida, y lo hizo. Ella es realmente tan diferente que la hermana mayor de Brad, Pam. Pam es como una copia al carbón de Phyllis. Y ella nunca iría en contra de lo que Phyllis dice o hace por tener miedo a ser apartada del tren de salsa. Incluso tiene a su marido, Marc, bailando al son de la familia Steiner."

"Los recuerdo bien a ambos en tu boda. Ellos parecían bastante rígidos para mí. Todo lo que realmente puedo recordar de Pam es su maquillaje en la cara y oírla quejarse de la humedad de aquí abajo y cómo odiaba esta sucia ciudad. Todo lo que podía pensar era, 'Pobre Elise. ¿Va a vivir con esto? Pero la hermana pequeña era mucho más simpática, rígida, pero muy simpática."

"¿Qué quieres decir con eso de 'rígida'?"

"Como era Brad cuando empezaron a salir. ¿Recuerdas lo puritano que era? Necesitaba relajarse un poco. Y no finjas que no sabes de lo que yo estoy hablando, porque sabes tan bien como yo que él no encajaba exactamente en el Bayou Chouteau fais deaux deaux. Chica, ¡qué bien que huele! Tomate una mimosa."

Mientras vertía el cóctel de jugo de naranja en la copa de cristal que había encontrado en el mueble bar, le preguntó a Elise: "¿Tiene hijos? "¿Quién, Pam o Tracy?" preguntó rápidamente Elise, aferrada a su té y ahora un poco irritada porque Jacqui la tentaba con la bebida más animada.

"Tracy. No deseo hablar de Pam."

"No. Y fue gracioso verla de esta forma tratando de relacionarse con mis tres. Ella se esforzaba mucho, y los niños sin duda disfrutaban con ella, pero era muy torpe haciendo el papel de 'tía'. Se ponía tensa cada vez que uno de los niños… se acercaba demasiado a alguno de sus coleccionables, que estaban colocados en lugares precarios, sin poder darnos cuenta de que estábamos en una casa perteneciente a personas muy poco acostumbradas a los niños. Ella y su marido, Mike, son auténticas máquinas corporativas. Y ambos son realmente muy exitosos y son muy felices con sus vidas y lo que han logrado siempre."

"¿dónde están viviendo ahora? ¿En Suecia?"

"No, ellos viven en Suiza."

"¿Cuánto tiempo estuvieron ustedes allí?"

"Estuvimos allí por cinco días, y luego tomamos un tren a Italia para poder visitar a mi amiga Talía. Ella estaba en ese momento de vacaciones en su ciudad natal a las afueras de Génova."

"Qué bien. Qué bien. De vuelta con la familia política. Estoy seguro de que tendrás noticias antes del fin de semana. Tal vez incluso ellos te inviten a su casa para la evacuación. ¿Irías?"

"Claro que no. Si Brad quisiera, yo si iría a St. Louis, pero aprovecharía también para visitar a mis amigos de allá. Pero créeme, no tendré que preocuparme por tener que tomar esa decisión. Probablemente no nos llamarán."

"Estás bromeando, ¿verdad? Incluso si te odiaran tanto a ti, su hijo y nietos están viviendo en donde hay un potencial huracán de categoría 3, ¿y no crees que llamarán solo para ver que estarán a salvo?"

"Ya veremos. Puede ser que tengas razón. Pero en lo que a ellos respecta realmente nada me sorprende, y supongo que sólo estoy tratando de prepararme para que no me moleste que ellos ignoren a mi marido y a mis hijos."

"¡Vaya, sí que son raros! Quiero decir, sé que Kitty puede ser extraña, pero ellos son realmente raros". Jacqui tomo un trozo de omelette que se había quebrado y lo puso dentro de la cacerola, Elise lo recogió con una espátula y lo colocó en un plato.

"Por cierto, ¿cómo se encuentra Kitty? ¿Qué va a hacer si Georgette se queda en el camino? ¿Irá contigo también al rancho de Adam?"

"No estoy segura. Aún no lo hemos hablado realmente. No sé si puedo quedarme encerrada con mi madre durante mucho tiempo sin ningún contacto con otros seres humanos. Me volvería rápidamente loca. Pero si ella no viene conmigo, voy a sólo pasar preocupándome por ella, así que, qué diablos, tal vez nos reunamos después de treinta y cinco años. ¿No se suponía que eso debía pasar ya, en algún momento del camino?" Parecía que estaba bromeando, pero Elise sabía que Jacqui realmente anhelaba poder tener una relación cercana con su madre. Así que ella se río con ella, mientras le daba una respuesta más consoladora. "Pobre de Kitty. Creo que lo está intentando, pero no sabe cómo. ¿Qué edad tenía ella cuando murieron sus padres en aquel terrible accidente de barco?"

"Bueno, déjame ver. A veces dice que tenía diez, a veces que tenía doce, y a veces me pregunto seriamente sobre la verdad de esa nublosa parte de su vida."

"¿Qué quieres decir con eso?"

"Bueno, piénsalo un poco Elise. ¿Por qué es que no puede recordar exactamente qué edad tenía cuando algo tan horrible tuvo lugar en su vida? Cuando Billy murió, yo tenía solo ocho años, estaba en mi tercer grado. Y realmente lo recuerdo como si fuera solo ayer. No podría olvidar jamás ese día, aunque lo intentara, y Dios sabe que si lo he intentado. Recuerdo bien hasta lo que me puse para ir a la escuela ese día. Recuerdo que llevaba puesto y qué aspecto tenía, ahí tirado en aquella carretera mojada en frente de nuestro autobús escolar. Incluso recuerdo cómo estabas tú ese día, Elise. Tu cara tan pálida. Tus brazos envolviéndome completamente, abrazándome, y las dos temblando de pie en la parte delantera del autobús, solo esperando a que alguien nos dijera que era lo que estaba pasando, todo el tiempo sabiendo exactamente qué es lo que había pasado. Lo recuerdo muy bien todo. Por eso que me cuesta entender cómo Kitty no puede saber su edad cuando sus dos padres murieron."

"Tal vez ella tiene algún tipo de bloqueo mental. He oído que eso puede ocurrirle a la gente que se niega a aceptar sucesos muy traumáticos en su vida. ¿Nunca has oído tu nunca hablar de eso?"

"Supongo que sí. Pero tú nunca entenderás lo mucho que he intentado conocer a mi mamá, Elise. Quiero decir, conocerla de verdad. Y ella tiene un muro de ladrillos a su alrededor. Te veo a ti y a tu mamá juntas y aunque ustedes tienen sus pequeños desacuerdos de vez en cuando, aun así, están tan unidas. Se conocen tan bien. Pueden sentirse la una por la otra. Pero Kitty y yo, pues, no sé. Somos como el aceite y el vinagre."

"Lo sé, a veces doy por sentada mi relación con mis padres y entonces es que los veo a ti y a Brad luchando por mantener esos pequeños restos de lazos familiares que ustedes tienen, y ni siquiera puedo imaginar cómo lidiará yo con eso."

"Bueno, no creo que Kitty sea tan odiosa. Sólo que es distante y egocéntrica. Ella está siempre en su propio pequeño mundo, y yo siempre estoy allí tratando de encontrar mi lugar en ese mundo, pero nunca me encuentro encajando, nunca perteneciendo… o sintiéndome querida, como un pedo en un ascensor lleno de gente."

Ella soltó uno de sus aullidos de risa, los que normalmente indican que estaba en estado de embriaguez, pero no lo estaba. "Mírate como eres Lissy, sonrojándote… porque dije pedo. ¡Eres demasiado! ¿Cómo? ¿Creías que yo iba a ponerme sentimental y toda analítica contigo? ¡Olvídalo! Yo superé la situación hace mucho tiempo. Y Brad muy probablemente también. Por eso sigue mi consejo, mi amiga sentimental; mantente al margen de su relación con sus padres. Mejor deja que se encargue él. La gente como yo y Brad no tenemos las mismas expectativas de la "familia" que la gente como tú, Elise."

Con eso dicho, ahora Elise quería cambiar de tema. Sin duda ella estaba disfrutando de esta Jacqui y recordó el tema que había convertido una simple visita en un agradable almuerzo. Por esto Elise quería cambiar de tema. "Muy bien, Jacqueline. Ya tienes tu mimosa, así que habla. Tu dime por qué tus padres estaban discutiendo acerca de mi mamá durante su estancia en el Hotel Roosevelt, durante el huracán Bertha. Ven, vamos, confiesa."

"Oh, ellos discutían por tu mamá todo el tiempo. Kitty no puede soportar a tu mamá, nunca pudo. Ella siempre se quejaba con Billy de cómo Delilah Charleville tenía favoritos con su dulce Peggy Anne. Mas que nada de cómo ambas estaban celosas de ella porque tenía clase, y ellas no eran nada más que paletos del pantano. También cómo les gustaba juzgarla por cómo se vestía, cómo mantenía su casa, cómo gastaba su dinero, y cómo era como madre. También Billy le preguntaba cuándo los había oído hablar de ella, y ella le contestaba: "Hablan a mis espaldas, tonto, y lo sabes. Nunca me defiendes. Por lo que sé te unes y te ríes de mí con ellos. Brad entonces él decía que ella se lo estaba imaginando todo. Y entonces ella le acusaría de seguir enamorado de Peggy Anne."

"¿El enamorado de mi madre? Eso es casi cómico considerando a todas las mujeres con las que salió tu padre antes de conocer a tu madre. ¿Qué le hizo elegir a Peggy Anne como la mujer de sus sueños?"

"¿Tu no sabías que a Billy le gustaba tu mamá?"

"Jack, mi mamá tiene setenta y dos años. Por ello, es un poco difícil para mí imaginarla como el objeto amoroso de alguien."

"Oh, yo lo sé. Pero hablo de hace mucho tiempo, como en el instituto. ¿No has oído algo sobre eso?"

"Pues sí, de hecho, sí. De LaLa. Ella solía contarme la historia de cómo se conocieron mis padres, cómo mi madre era buena amiga de Billy cuando se enamoró de mi padre. Lo hacía sonar como un cuento de hadas. Tú ya sabes cómo solía inventar esas historias. A mí me encantaban todas. Pero la de mi madre y mi padre siempre era mi favorita. Había algunas noches en las que dormía en su casa, por encima de la tienda, sin poder conciliar el sueño. Entonces, ella me contaba la historia completa de mi mamá y mi papá."

"Pues entonces cuéntamela. Yo quiero oírla. Siempre me apetece una buena historia de amor."

"Oh, yo no puedo contarla como un cuento de hadas, y no puedo hablar con ese acento franco-alemán que hacía que las historias de LaLa fueran tan intrigantes, como si se tratara de fantasías."

"¿Intrigantes? ¿Fantasías? Yo siempre pensé que sus historias eran un poco aburridas. Lo que quiero decir es que, yo amaba a Delilah a la muerte, pero vamos, sólo se puede escuchar unas cuantas veces sobre las muchas historias que vienen de los viejos tiempos."

"Oh, yo no sé nada de eso. No podía tener suficientes historias de ellos. Yo daría cualquier cosa por poder escuchar una de ellas ahora mismo."

"Está bien, está bien, no te pongas melancólica conmigo. Sé que querías a la vieja."

"Así es, yo la amaba Jacqui. Y todavía la quiero mucho. A veces no puedo creer cómo hablas de ella. ¿Por qué tienes recuerdos tan diferentes de LaLa? Ella te quería tanto a ti también."

"¿Por qué? Oh, vamos Elise. Tú... siempre fuiste su favorita en todo. Siempre. Sabes que ella odiaba a mi madre, y no importaba cuánto lo intentara, Delilah no podía nunca separar sus sentimientos por Kitty de sus sentimientos por mí."

"Eso no es verdad. Ella..."

"¡Oh, Elise, vamos, madura! Quiero decir, escúchate. Escucha cómo tu describes sus historias como cuentos de hadas. Ella te contó esos cuentos de hadas sobre tu mamá y papá. ¿Tú crees que alguna vez me contó historias así? ¡No! Ella nunca lo hiso. Si lo hiciera, ella tendría que llamarlo "Billy Boy embarazo a Kitty.""

"Jacqui Charleville, ¿por qué dices eso? Yo nunca he oído eso. ¿Por qué dirías tal cosa?"

"Porque, pequeña, es la verdad. Kitty era la culpable de ese atrapamiento, y Delilah lo sabía. Por eso, por mucho que lo intentara, ella nos miraba como parias. Kitty siempre veía a Billy como su boleto de salida. Después de todo, los Charleville's eran muy ricos según los estándares de Bayou Chouteau. Mi padre fue siempre un buen partido, soltero confirmado, playboy incluso, pero él tenía suficiente moral para sentirse obligado a casarse con mi mamá una vez que la puso en el modo familiar. Pero a mi madre le salió mal esta idea en cierto modo. Billy volcó todo su amor en mí. Delilah nunca pudo aceptar realmente a Kitty en la familia. Mi mamá y papá se peleaban siempre como perros y gatos. ¿Tú por qué crees que no tengo hermanos o hermanas? Así que, ya ves, Elise, esa es la historia de amor con la que crecí. El plan de mi madre salió tan mal que creo que por eso – ella insistió en ese aborto en lugar de permitirme casarme con Marsh. Ella probablemente pensó que yo era como ella, siempre buscando ascender atrapando - al niño rico."

Elise todavía sentía escalofríos cuando Jacqui mencionaba sobre su aborto. ¿Pero cómo era posible que la referencia al aborto se le escapara de la lengua tan fácilmente y con tan poca emoción? Mas que nada todo cuando las posibilidades de que Jacqui tuviera hijos eran tan escasas. "Pero Jacqui tenía que saber que ella era diferente. Cualquiera podía ver que era diferente. Pero que tú y Marsh se amaban tanto el uno al otro."

"Obviamente, sólo uno de nosotros lo hizo, Elise. Si lo piensas bien, honestamente, Kitty probablemente me salvó del mismo tipo de matrimonio que ella tuvo. Por eso supongo que debería estar agradecida."

"Hmm. Eso también suena como si estuvieras siguiendo adelante, Jack. Bien, todas las cosas deben ir bien con Adam, ¿sí?" El "juego de la conversación" había realmente comenzado, y después de todos sus años estando juntas, Elise sabía cómo jugar el "juego de la conversación." Las reglas del juego eran sencillas. Regla número uno. Jacqui marcaria los límites de la conversación. Entonces para que el juego pudiera continuar, Elise debía mantenerse dentro de los límites. Si ella los traspasaba el juego terminaba y no se volvía a jugar en días, a veces semanas. La regla número dos le permitía a Jacqui elegir los roles de los personajes. Podía elegir ser la mujer de espíritu libre y audaz, y Elise interpretando a la aburrida y mundana ama de casa que se divierte, se sorprende, y que pasa entretenida por su extravagante prima. O Jacqui podría hacer de víctima, ser la víctima del mayor desamor del mundo, la víctima de la madre más abusiva emocionalmente del mundo, la víctima de una infancia sin su padre, la víctima de la soledad, de no tener hijos, de no tener un esposo. La lista bien podría ser interminable.

En este caso, Elise jugaría el papel de alguien que tenía todo lo más deseable en el mundo. La afortunada. Regla número 3, advertía que cada jugador tenía que prepararse para cambiar de personaje durante el juego, dependiendo de cuánto alcohol consumiera Jacqui.

Sinceramente, Elise odiaba este juego de la conversación, pero le encantaba estar con Jacqui, aunque a veces tuviera que morderse la lengua, por decirle de alguna forma, y acatar las reglas infantiles y tácitas, sólo para pasar tiempo con ella. Porque la regla número 4 de Jacqui nunca se equivocaba.

Y así, ese día en particular, a esa hora en particular comenzó y continuó con el personaje de espíritu libre diciéndole a Elise que se había enterado de las últimas noticias sobre su antiguo novio, Marsh Delacroix. "¿Las últimas noticias? ¿Y cuáles son exactamente?" Elise preguntó inquisitivamente mientras observaba a su invitada a almorzar jugando nerviosamente con sus cortos y apretados rizos castaños. "Lissy, no tienes que fingir conmigo Yo sé que estuviste en el almuerzo del club de jardinería el otro día… cuando Felicia Delacroix le dijo al mundo que su precioso Marsh - se casaba con una chica encantadora de una familia maravillosa - que conoció en el encantador pueblecito de Connecticut, donde ejerce en un bufete de gran éxito que fue fundado por su distinguido padre."

Elise estaba en medio de un bocado de su tortilla y tuvo que taparse la boca al reírse por la cómica imitación que Jacqui hacía de la madre de Marsh. Después de tragarse el último bocado sin atragantarse, se limpió cortésmente la comisura de los labios con una servilleta y levantó la vista para darse cuenta de la expresión de dolor en los ojos de Jacqui, que no podía ser superada por la sonrisa en su boca y la jocosidad en su voz, Elise se preguntaba si Jacqui se estaría comiendo el último bocado sin atragantarse, también se preguntaba si alguien podía ver el corazón de Jacqui como ella lo veía.

Dejó de reír y su voz adoptó un tono más serio, aunque no de disculpa tampoco sí, Jack. Yo estaba ahí. Escuché el anuncio y me atravesó como un cuchillo. Por lo tanto, sólo puedo imaginar cómo se sintió eso cuando tú te enteraste. Lo siento mucho. Lo siento mucho."

Elise cruzó la mesa para tomar la mano de Jacqui, pero cuando Jacqui sintió que se acercaba esa expresión de consuelo de Elise, rápidamente retiró su mano de la mesa y la puso sobre su regazo, fuera del alcance sentimental de Elise.

"¿Por qué lo sientes? No tienes que sentir pena por mí. Yo soy feliz. Él es feliz. Tengo a Adam. Él tiene a - cómo se llama - su nombre... Margaret, su mariposa socialmente adecuada. Como dije, Kitty probablemente me salvó de una vida miserable. La vida sigue, Elise. Yo soy feliz. Él es feliz." Dio un largo trago, terminó la mimosa que tenía delante de ella y se sirvió otra.

La tensión ahora iba en aumento, y Elise sabía que había roto la Regla número 1, así que cambió de tema para poder seguir el "juego de la conversación" con Jacqui. "Oh, espera un momento. Shhhh, escuchemos." Llamó la atención de Jacqui sobre la información tropical del Canal del Tiempo sobre el huracán Georgette. Elise ahora había silenciado el sonido toda la mañana, pero seguía sintonizando el canal, por si acaso había alguna novedad o ningún cambio que comunicar. Se levantó de un salto y tropezó con la silla, casi se cae al intentar alcanzar el mando a distancia que había colocado en la parte de arriba del aparato.

"Dios, estás obsesionada con esto, ¿verdad?." comentó Jacqui, sorprendida tanto por el brusco cambio de la conversación como por la prisa de su prima en responder a los gráficos familiares en la pantalla del televisor, el pequeño objeto circular que se movía en sentido contrario a las agujas del reloj sobre un fondo de paisaje tropical que normalmente precede a las actualizaciones de tormentas.

"Shhhhh", repitió Elise, mirándo a su prima agitadamente, como solía hacer con sus hijos cuando no le hacían caso a sus peticiones o a sus advertencias iniciales.

El huracán Georgette ahora ha entrado en el Golfo de México - Huracán de categoría 2 para mañana...las probabilidades de impacto, basadas en los últimos avisos, van desde Morgan City, Louisiana, a Biloxi, Mississippi… la ciudad de Nueva Orleans está ahora en mayor peligro en este momento...

"Elise, mira eso . Está todavía tan lejos que cualquier cosa puede pasar. Cielos, no recuerdo haberte visto tan preocupada en mucho tiempo."

"Lo sé. Lo sé, lo sé. Para ti es fácil decirlo porque no tienes tres niños pequeños, una casa nueva, y un marido que nunca antes había tenido su casa amenazada por un huracán."

"Aaah. Así que todo esto es por Brad. ¿él está molesto o algo así? ¿Haciéndote sentir responsable de su inminente perdición? ¿De qué se trata? Vamos."

"No, no y no. No sé por qué reacciono así. Supongo que he vivido lejos tanto tiempo que no estoy acostumbrada a las amenazas anuales como cuando éramos niñas. Entonces fue emocionante. Ahora tengo miedo. No sé. Sólo tengo un mal presentimiento con esto. Eso es todo." Pero la verdad es que, pensó para sí, ya nada parecía como cuando eran niños. En aquel entonces, la vida significaba pasar de una aventura a la siguiente. Ahora la vida significaba pasar de una preocupación a otra, lidiar con una situación estresante y pasar a otra. A veces incluso huyendo de ellas, sí eso era posible.

"Jacqui, ¿tu recuerdas cómo nos gustaban las grandes ventoleras de verano? Como corríamos al ático de LaLa, con esa gran ventana frontal con vista al bayou. Allí estaban todos esos viejos baúles que pertenecían a los padres y hermanos de LaLa y a los Charlevilles. Estaban todos llenos con esos viejos libros y cosas. Ropa vieja que olía a cedro y a naftalina. ¿Recuerdas cómo nos probábamos los viejos sombreros y guantes? Como nos sentábamos - mientras los relámpagos caían y la lluvia golpeaba el techo de hojalata - y yo inventaba historias de miedo. Me tomabas la mano con fuerza. Pero tú nunca quisiste que parara.

También a veces nos quedábamos dormidas y nos despertábamos con el sol brillando a través de la ventana. Como si nunca hubiera sido una gran tormenta en absoluto.

"¿Pero qué tiene que ver exactamente este viaje por el carril de los recuerdos, del que estábamos hablando?"

"Bueno, tú estabas hablando de mi preocupación por esta tormenta. Diablos, parece que vivo en este constante estado de ansiedad últimamente. Es triste, realmente lo es. A mí me encantaban las ventoleras de verano cuando éramos niños. Luego, a medida que nos hacíamos mayores, me parecían tan románticas. Ahora que soy madre, bueno, las temo. Escucho y vigilo las señales de tornados que se acercan. Mantengo a mis hijos conmigo mientras dura la tormenta y me aseguro de que no que no hagan nada que atraiga a los rayos. Yo..."

"Oooooh amiga, realmente necesitas relajarte. Toma, tira esa cochinada de menta y tómate una mimosa conmigo."

"Naaah, estaré bien. Es sólo toda esta preparación para el desastre."

"¿Sabes qué, Lissy? Toda mi infancia puede ser vista como preparación para el desastre. Quiero decir, tú tienes todas estas pequeñas historias felices de nuestra pequeña infancia idílica, y estoy sentado aquí pensando, ¿Realmente estuve allí con ella? Seguro que no recuerdo las fantasías como tú y LaLa. Y mientras una parte de mí está celosa porque puedes recordar tu feliz infancia en el pantano, hay otra parte de mí que está contenta de recordar mi confusa y retorcida infancia porque…Demonios... ¡No tengo miedo de este huracán como tú! Aprendí a rodar con los golpes desde hace mucho tiempo."

Una breve pausa silenciosa para pensar y alimentarse fue interrumpida por un teléfono móvil que emitía una interpretación muy molesta y estridente de los primeros compases del "Himno a la Alegría." Jacqui se levantó de un salto y recuperó la mini sinfonía con la misma urgencia con la cual Elise había corrido a buscar el control remoto de su televisor momentos antes. "Elise siempre se divertía con la voz "linda y sexy" que Jacqui usaba cuando saludaba a quienes la llamaban. Escuchó la conversación que se desarrollaba en su mesa. "Oh, hola nene" Era Adam. Nene. Brad vomitaría si ella lo llamara nene. ¡Comandante! ¿Cuál es la ocasión?" Ella vio como Jacqui cambiaba ante sus ojos. Superficial, pensó, de una manera inusual y rencorosa. "Eres demasiado dulce." Dios mío, creo que me voy a enfermar, pensó Elise, mientras oía el acento sureño de Jacqui para impresionar a su amorcito del medio oeste. "¡Oh, no! Me muero de hambre. No he probado bocado en todo el día." Entonces Jacqui miró a Elise e infló sus mejillas, dando la impresión de que realmente estaba llena por la media tortilla y las mimosas que se acababa de comer y tomar. "Bueno, nene, te veo en unos veinte minutos. Dependiendo del tráfico. Te quiero". Elise podía decir por la expresión en la cara de su prima que Adán no había devuelto el buen sentimiento al final de la conversación. Entonces Jacqui guardó el celular, se levantó para que sus pantalones de seda cayeran con gracia sobre sus zapatos, mientras se alisaba la cintura, que le había quedado un poco más ajustada por el abundante almuerzo que había tomado sin moderación. "Oh bueno, me voy a comer. Nunca rechaces una comida gratis, especialmente en Commander's." Su voz había vuelto a su tono normal de "conversación," con la que se sentía libre de usar con los demás.

"¿Y cómo llamas exactamente a esto, si no es 'gratis'?", Elise preguntó bromeando, señalando los platos y vasos vacíos sobre la mesa, no sabía si se sentía decepcionada por la repentina partida de Jacqui o celosa por su libertad para hacerlo.

"A esto, yo lo llamo 'haberse ido.'" Y ella tomo el último bocado de tortilla que quedaba en su plato. "De esta manera, voy a tener un apetito delicado cuando estoy con Adam. Pero Kitty estaría orgullosa, ¿verdad?" Besó a Elise en ambas mejillas, con su nuevo estilo continental de saludo, y añadió en un estilo bastante ingenuo: "Bueno, siento dejarte con semejante lío, Lissy, pero tengo que irme. ¿No es un encanto?" Entonces Elise decidió no responder a cualquier elogio de un hombre que sabía que era una rata mujeriega, rata rica, pero rata al fin y al cabo. Jacqui se detuvo en el espejo junto a la puerta principal y se pasó diez dedos perfectamente cuidados por un cabello que parecía más atractivo debido a su estado salvaje e incontrolable. Aplicó color a sus labios descoloridos, los frunció en una sonrisa practicada, y, satisfecha con el reflejo del espejo, se colocó las gafas de sol sobre el puente de la nariz y salió por la puerta.

Elise la siguió y, desde el porche, vio cómo Jacqui se apresuraba hacia su vehículo, volviéndose sólo para gritarle: "¡Llámame más tarde! Y no estés tan preocupada. Se te arrugará la frente". Elise se alegró de que juego de la conversación había terminado. Pero parecía, como siempre, que Jacqui había ganado. Elise ardía por dentro, pensando en los comentarios santurrones de Jacqui sobre cómo había sobrevivido a su lamentable pasado. ¿Pero a quién trataba de engañar? Seguramente le contará a Adam todo lo que hablamos y me hará quedar como una pobre ama de casa neurótica al borde de un ataque de nervios, todo mientras se pinta a sí misma como mi inquebrantable pilar de fortaleza. ¿Pero qué importa, de todos modos, lo que Adam Blum piensa de mí? ¿Por qué ¿Debería importarme? Vio a Jacqui salir del camino de entrada, le devolvió el coqueto saludo y se sintió aliviada al ver el pequeño BMW rojo descapotable desaparecer alrededor del muro de ladrillos que se interponía entre Manors of Mont Ste. Michel y el resto del mundo. Me pregunto si Adam compró ese vehículo para ella, pensó Elise. Y luego, en voz alta, como si se reprendiera a sí misma por pensar como las viejas metiches del club, añadió: "¿Y qué si lo hizo? Eso es asunto suyo. No es asunto mío." Entonces, satisfecha con su capacidad de decirse a sí misma exactamente lo que a su mamá o a una de sus amigas si hubieran cuestionado algún aspecto de la vida personal de Jacqui, cerró la puerta y se encaminó hacia la la cocina, que aún olía muy bien gracias al improvisado almuerzo.

"Mira qué desorden", dijo con molestia Elise, aunque en realidad no le sorprendía que Jacqui la hubiera dejado a cargo de la limpieza. Es muy típico de ella como si no tuviera nada mejor que hacer con mi tiempo. De no ser por la llamada de Adam, ella habría pensado en alguna otra razón para salir corriendo y evitar que sus manos se ensuciaran. "Te lo juro, es más irresponsable que Lilah. Es tal vez por eso ella es lo suficientemente tonta como para estar en una relación que no tiene potencial más allá de sexo casual." Elise estaba enojada, pero ¿por qué? Las visitas de Jacqui tenían la capacidad de elevar su ánimo al nivel más alto y, momentos después, hacerlo caer, Elise se preguntaba si Jacqui era realmente consciente del poder que tenía sobre ella. Entonces fue que se le ocurrió una idea que le venía a la mente de vez en cuando, pero que la voz de la razón, que había entrenado durante años, eliminó se su mente para rescatarla de sus momentos de duda. Este pensamiento siempre sugería la posibilidad de que Jacqui le diera celos. Después de todo, Jacqui iba al Commander's Palace a almorzar con su amante. Brad ni siquiera había llamado en toda la mañana. Él y Adam trabajaban en el mismo bufete. ¿Por qué Brad nunca pensó en pasar un poco de tiempo con ella en medio de su jornada laboral? Y Jacqui iba en un pequeño auto deportivo, apenas apto para los asientos de los niños y el consumo de Happy Kids en el asiento trasero. Puede ser que Jacqui no quería matrimonio, hijos y un hogar. Y Elise admitió en silencio que ese estilo de vida no era para todos. No todo el mundo está hecho para soportar ese nivel de estrés. De hecho, Elise se preguntaba si tal vez ella sólo pensaba que estaba hecha para ese trabajo. Puede ser que Jacqui era más sabia por sus decisiones. "Dios mío, otra vez," pensó. Apretó los dientes y dijo: "Voz de la razón, puedes intervenir en cualquier momento". No se dio cuenta de que lo había dicho en voz alta...hasta que oyó a Camella bajando las escaleras de la cocina.

"¿Me ha dicho algo, Señorita Elise?"

"No, no, es así Camella", respondió a la criolla de mediana edad que llevaba un cesto de ropa sucia a la lavandería.

"Yo supongo que pensaba en voz alta. Es casi mediodía. ¿Quieres algo de comer o algo de beber? ¿Qué tal un poco de mimosa para animarte un poco, ¿eh?" Levantó su jarra, la que contenía sólo una cuarta parte de su reserva original de burbujas, sabiendo que Camella con alta probabilidad no aceptaría su oferta. "No señora Elise. Si bebo esa mimosa, ahora me quedaría dormida aquí."

"OK, OK. Entonces toma asiento, y te voy a traer un buen vaso de té helado. Sé que puedes soportarlo."

Camella se sentó, tomando un tiempo de sus tareas, y permitió que Elise la mimara con un té helado. Elise estaba a punto de poner el último plato en el lavavajillas cuando Camella preguntó: "¿Ya se fue tu prima?"

"Sí, ella se fue hace unos quince minutos. ¿Por qué me lo preguntas?"

"Por nada. Me gusta tu prima, señora Elise, pero a ella no le gustas tú. Ella es diferente."

"¿Oh? ¿pero en qué sentido?" Ella tenía curiosidad por escuchar este comentario de Camella, quien nunca participaba en las conversaciones personales que en la casa de Elise pasaban y siempre parecía vacilante en cuanto a involucrarse en asuntos familiares por miedo a ser una entrometida. Las personas entrometidas no duraban mucho como amas de llaves en las mansiones de Mont Ste. Michel.

"Es como mi hermana Jasmine, o Jazzie, que es como se hace llamar. Jasmine es mi hermana pequeña. Antes de que mi madre muriera, me hizo prometer que cuidaría de Jasmine. Pero esa es una promesa difícil de cumplir, señora Elise. Yo trabajo para darles una vida mejor a mis hijos, y Jasmine, ella piensa - que estoy loca. Pero ella trabaja para divertirse, eh. Ella me dice, 'Nunca voy a pensar en atarme sin marido y la casa llena de niños. Voy a cuidar de mí misma primero. Y pienso, mmm-hmmm, vas a ser una persona solitaria algún día, Jasmine. Y cuando te des cuenta, vas a ser demasiado vieja para hacer algo al respecto. Me preocupo mucho por ella, señora Elise. De todas formas, no hay nada que pueda hacer."

"Quizá sea feliz, Camella. Puede que no esté hecha para ser madre y cuidar de una familia y un hogar."

"Ahora, vamos, señora Elise, ¿puedes imaginar tu vida sin tus bebés correteando por esta gran casa? ¿Cómo sería esta casa sin Lilah y J.P. y Casey. Simplemente vacía. Y así será la vida de Jasmine. Lo sé, lo sé. Mi madre solía decir: "No pierdas el tiempo persiguiendo arco iris, niña, porque vas a encontrar que ha estado delante de tus narices todo el tiempo". ¿Ves lo que quiero decir, señora Elise? darse cuenta que lo tuviste bajo tus narices todo el tiempo, ¿eh?"

Elise entonces se acercó a Camella, ella se inclinó, la abrazó y trató de tranquilizarla: "No te preocupes, Camella, Jasmine estará bien. Te tiene de su lado, y tú eres una mujer muy sabia sin duda, amiga mía." Sólo Elise sabía que el abrazo era una señal de agradecimiento, no de consuelo.

"Señora Elise, pareces muy cansada. ¿Por qué no vas a descansar? tú sabes que puedo cuidar de la casa."

"Gracias, Camella. Creo que voy a hacerlo. Realmente no dormí mucho anoche. Y tengo un poco de tiempo antes de que tenga que ir a recoger a los niños". Se sentó en la silla acolchada, que le había servido de cama horas antes y cerró sus ojos cansados. Igual, por más que lo intentaba, no podía conciliar el sueño con facilidad. No podía sacarse a Jacqui de su mente.

¿Pero qué tenía ese día, quince años atrás, que la hacía recordarlo tan vívidamente? ¿Fue la forma tan agradable en que empezó, o la manera lastimosa y desgarradora en que terminó? Había dormido tarde ese sábado por la mañana, compensando una larga semana de terminar tres trabajos de investigación que ponían fin a su último semestre de otoño. Leer, escribir, corregir, fechas límite... y, sin embargo, lo primero que hizo en su primera mañana de libertad fue coger un libro - *Por quién doblan las campanas*, su libro favorito. Lo había leído tantas veces por placer, para trabajos de investigación y, a veces, simplemente para hojearlo a través de partes favoritas, que sabía que requeriría muy poca concentración para volver a disfrutarlo.

También, era una mañana perfecta para ello. Una lluvia constante, el tipo de lluvia que dura todo el día. Un cielo encapotado, sin nubes oscuras, un vasto fondo de un gris pálido, que se asomaba entre los troncos de los robles y nogales que se alzaban en esos mismos lugares mucho antes de que sus padres decidieran plantar sus raíces en este mismo lugar de la Tierra. Así que a menudo, durante su infancia, adolescencia y, sobre todo años de universidad, Elise se tumbaba en el viejo y gran sofá retapizado en el salón y miraba aquellos altos árboles a través del ventanal que enmarcaba su vista y que, en algunos días le daba la ilusión de estar contemplando un paisaje de Van Gogh. Ella podía perderse en sus pensamientos en sus intensas miradas y sólo volvía al presente cuando su perro o sus gatos corrían por el patio trasero, dando la obra maestra enmarcada, rompiendo el silencio y la quietud del momento. Y por mucho que lo intentara, rara vez podía recuperar sus pensamientos y volver a la calma que la invadía en su evasión mental.

Ella puso una taza de café caliente con achicoria en la mesilla - justo como a ella le gustaba, fuerte, con un poco de azúcar y un poco de nata. Se acurrucó en el sofá y se envolvió en la vieja y desgastada colcha que tenía desde los diez años, abrió su libro y, una vez más siguió a Ernest Hemingway en el romance y la agitación de la España en guerra. Entonces vez en cuando se quedaba adormilada y cerraba el libro, marcando el punto donde lo había dejado y dejando que su mente cansada, cuerpo y alma se pusieran al día tras una semana agotadora.

Ella acercó el edredón a su cuerpo y sintió su poder terapéutico que llegaba a todas las terminaciones nerviosas de su cuerpo. Aquella colcha que había acompañado a Elise a todas partes: vacaciones familiares, fiestas de pijamas, y, por supuesto, a su residencia universitaria. Su abuela LaLa había cosido a mano una colcha para ella y otra para Jacqui y se las había regalado para Navidad, pocos meses antes de morir.

La colcha estaba hecha de retazos de tela que había guardado de todos los vestidos que había cosido para las niñas desde el día en que nacieron. Elise reconoció algunos de los vestidos representados en la colcha, sobre todo los que llevaba en las primeras fotos familiares.

Recordó cómo había llorado su madre al abrir el paquete el día de Navidad. Aunque no podía comprender del todo porque estaba emocional su madre aquel día, la muerte de su abuela poco después le abrió los ojos y el corazón al valor simbólico que tendría el edredón: era la conexión terrenal con la mujer sencilla y sabia, cuya fuerza, rezaba Elise, le sería transmitida.

Esta vieja colcha siempre le recordaría, además, aquel día de verano, pocos meses después de la muerte de LaLa, cuando Jacqui vino a ver con ella los dibujos animados de los sábados por la mañana. Comieron las galletas calientes de siempre, y se sentaron en el suelo, cada una con su animal de peluche favorito, frente al televisor. Elise quitó el edredón del sofá y se arrebujó en los brazos de su abuela.

"¿No tienes calor? preguntó Jacqui, mirando con curiosidad a su prima, envuelta como un burrito de colores.

"No," respondió Elise, sin quitarle los ojos de encima a Mighty Mouse. "Es que es suave y mimoso. Deberías traer el tuyo la próxima vez." Jacqui no contestó y como Elise esperaba algún tipo de respuesta, miró a Jacqui preguntándole: "Bueno, ¿lo eres o no lo eres?." Jacqui se sentía incómoda, así que le preguntó qué le pasaba. Jacqui empezó a tartamudear como lo haría una persona cuando el sacerdote abre la ventana del confesionario y sabes que tienes que ir a confesarte pero no sabes por dónde empezar.

Entonces soltó: "Mi madre le regaló mi colcha a los 'pobres', dijo que ya era bastante malo que LaLa me hiciera esos vestidos caseros pasados de moda, y que de ninguna manera íbamos a conservar una colcha que nos recordaba a ellos."

Entonces la madre de Elise entró en la habitación justo a tiempo para oír la "confesión" y sólo pudo emitir un grito de disgusto. Ni siquiera la inocencia de la niñez no pudo proteger a Elise del desgarrador sentimiento que Jacqui compartía en ese momento. Pero amaba a Jacqui y, en el fondo sabía que Jacqui estaba triste porque no traía su propio edredón con ella. Así que Elise rompió lo que le parecía un silencio de tres horas. "Tengo una gran idea, Jack. Enrollémonos las dos en mi edredón". Y tan pronto como sus dos pequeños cuerpos estuvieron acurrucados, y una vez más concentrados en los dibujos animados del sábado, la tristeza que momentos antes había envuelto a las tres personas como una espesa nube de humo, fue reemplazada por los alegres sonidos de la cháchara y las risitas femeninas.

Elise se quedó dormida ese sábado, con todos los recuerdos de esa mañana con Jacqui, de su abuela, de su larga semana de finales, y sus pensamientos sobre el próximo semestre se entremezclaban y entrelazaban - el punto en que todos los pensamientos se vuelven inseparables e indescriptibles - ese extraño punto en el que el cuerpo se rinde a la fatiga, pero la mente se niega a descansar y se aventura en el reino del sinsentido y la gran confusión. Ella estaba en este estado de ensoñación cuando oyó sonar el teléfono y sintió que se levantaba para contestar, pero su cuerpo no respondía. Era una sensación muy peculiar y aterradora, y una oleada de pánico recorrió su cuerpo paralizado, despertando todas sus terminaciones nerviosas dormidas y despertándola de su estupor. Feliz de volver al mundo de la conciencia, contestó al teléfono con una voz exagerada y alegre.

Entonces, ante el silencio que se produjo al otro lado, Elise pensó, tal vez, que había tardado demasiado en coger el teléfono. Puede que la persona al otro lado haya colgado, pero cuando repitió el saludo, pudo oír a alguien al otro lado, apenas audible, definitivamente era incomprensible. Fue cuando su siguiente "hola" sonó más como una pregunta, en su intento desconcertado de conectar con la persona que llamaba, y obtuvo una respuesta en una voz que apenas reconoció como la de Jacqui. "Jack, ¿eres tú? ¿Qué sucede? Se escucharon murmullos y sollozos al otro lado de la línea. "¡Jacqui, contéstame! ¿Qué sucede? ¿Dónde estás?"

Entonces, fue que, por fin, oyó: "Estoy en casa, Lissy. ¿puedes venir? Necesito verte." Luego, se escuchó un clic. Ella había colgado.

Elise dejó caer el teléfono y sin pensárselo dos veces corrió por la cocina y salió por la puerta trasera. La lluvia seguía cayendo, mientras corría por el patio y el camino entre su casa y la de Jacqui. Sentía que le caían gotas por la cara y no podía decir si eran gotas de lluvia o si era ella que estaba llorando. Algo le pasaba a Jacqui y tenía miedo de descubrir qué era. Ella hubiera aguantado la respiración todo el camino hasta la casa de Jacqui, si no fuera por el frío que le llegaba de los pies al pecho cada momento que sus pies descalzos pasaban por un charco de agua.

Ella notó que el auto de la tía Kitty y el de Jacqui estaban estacionados en el garaje. Frenética, abrió la puerta trasera sin llamar, y, para su sorpresa, descubrió a su tía parada tranquilamente en el fregadero de la cocina, enjuagando un par de tazas y platillos. Estando de espaldas a Elise, Kitty se llevó el teléfono a la oreja doblando el cuello hacia el hombro y parecía estar concertando una cita para comer con una amiga. Sólo cuando se echó a reír sin control y se le cayó el teléfono accidentalmente, se dio la vuelta y vio que Elise estaba de pie en la cocina, empapada de pies a cabeza y con una mirada enloquecida.

"Suéltame, cariño", le dijo después de coger el teléfono y se lo puso en la oreja. "Mi sobrinita acaba de venir a visitarme. Uhmm. Bueno, nos vemos en el club a mediodía. Uhmm- (un poco más de risa)- Adiós". Colgó el teléfono y miró a Elise mientras su vocecita cambiaba a un tono de desconcierto como de preocupación. "Por el amor de Dios, Elise, mírate. ¿Qué haces con este clima, vestida así y empapada? Ni siquiera llevas zapatos. Siéntate y te prepararé té caliente, ¿o prefieres chocolate caliente?"

Elise se quedó allí, sin aliento, cuando una idea terriblemente inquietante y embarazosa cruzó por su mente. Tal vez la llamada de Jacqui era parte de un sueño, parte de esa experiencia aterradora y semiconsciente queque la despertó de su letargo. Al fin de cuentas, la tía Kitty parecía bien, sin signos de que había pasado algún desastre, por lo que ella podía ver. Todo tenía que ser un sueño, decidió. Bastante cohibida, cerró los ojos, se llevó las manos a la cara y se frotó la frente con incredulidad. "Un chocolate caliente suena bien, gracias. Siento mucho haberte sorprendido, tía Kitty. Estaba dormida en el sofá y hubiera jurado que Jacqui llamó. Molesta, muy molesta". Apartó una silla de la mesa de la cocina y se dejó caer en el asiento. "Dios, debo haber estado soñando, pero parecía tan real. ¿Dónde está Jacqui? Vi su auto estacionado afuera."

"Oh, está aquí, en su habitación. De hecho, cariño, ella podría haberte llamado, porque está tomando analgésicos fuertes en este momento. No quería preocupar a nadie, ya que el doctor me aseguró que no era nada, pero tuve que llevarla al hospital anteayer. Yo tenía unos dolores terribles en el costado. Pero por supuesto, pensé de inmediato que podría tratarse de su apéndice, pero dijeron que tenía un gran quiste en el ovario. Por eso hicieron una cirugía de emergencia, en ese mismo momento, y la enviaron a casa anoche. Realmente no es problema. Ella tiene un poco de malestar, por supuesto, pero no más de lo que el médico esperaba. Y créeme, le dio algunas pastillas que la tienen en otro mundo. Aquí está tu chocolate. ¿Por qué no vienes a verla?"

Entonces, Jacqui estaba en casa recuperándose, tal como tía Kitty había dicho. Pero ésa era la única verdad en la historia que le habían contado a Elise en la cocina. En realidad, no había ningún quiste ovárico. De hecho, había un bebé, el bebé Dearsh Delacroix y Jacqui se estaba recuperando de un aborto. Le hizo prometer a Elise una y otra vez que no se lo diría a nadie. Jacqui le dijo que tenía que hablar con alguien y que ella, Elise, era la única persona en quien podía confiar. Kitty se moriría si supiera que le estaba contando a alguien y Elise se imaginaba a su tía contando la historia del quiste ovárico de Jacqui a todas sus amigas en el almuerzo de ese día, mintiendo tan bien que se creía a sí misma. Elise también sabía que la mentira era importante para Kitty, porque la verdad podría poner en peligro la pertenencia a su pequeño círculo social…una afiliación que era tan segura como un cerdo colgando de una telaraña.

"Jacqui, realmente no estoy preocupada por tu madre, en este momento. Lo que estoy es preocupada por ti. Tengo que preguntarte, ¿realmente querías este aborto… o fuiste forzada a hacerlo? Pareces muy alterada. ¿Es esto lo que querías?" Pero qué estupidez, pensó Elise en cuanto las palabras salieron de su boca. Claro que está enfadada. Por supuesto, ella no quería que esto ocurriera. Pero era el bebé de Marsh, y todo el mundo asumía que Jacqui y Marsh iban a casarse eventualmente, y Elise no podía evitar preguntarse si la tía Kitty tenía más que ver con la decisión que Jacqui y Marsh.

"Jack, ¿sabía Marsh lo del bebé?"

"Oh, sí, lo sabía. Él también pensó que esta era la decisión correcta". Y entonces, en su tartamudeo inducido por las drogas, Jacqui siguió y siguió, contándole a Elise cuanto Marsh la apoyó durante toda la experiencia, cómo le aseguraba que pasar por la experiencia juntos haría más fuerte su amor, cómo le dolía el corazón por ella, cómo deseaba poder soportar el dolor en lugar de ella, porque él sabía que ella lo hacía sólo por su futuro. "No te preocupes por el costo," le dijo. "Mi padre se hará cargo de todo."

Pero claro que sí, pensó Elise. Pero no para aliviar las preocupaciones de Jacqui., sino sólo para aliviar las suyas. Sus propias preocupaciones acerca de Marsh yendo a la mejor escuela de leyes, entrar en la mejor firma de abogados después de graduarse, seguir sus propios pasos de fiscal de distrito, a juez, al senado estatal. Criar un hijo ilegítimo podría realmente alterar los planes que había hecho para Marsh desde el momento en que el médico le dio una bofetada en su trasero. A Elise le gustaba mucho Marsh, pero la idea de que Jacqui lidiara con Lamar y Felicia Delacroix como suegros era a veces más de lo que ella podía soportar en silencio. Sabía que nunca podría decirle nada a Jacqui, de todos modos, porque Marsh Delacroix era la única persona a la que Jacqui había amado...tanto como al tío Billy. Y, para ser justos, Marsh parecía mutuamente loco por Jacqui. Su flechazo de quinto grado sólo había madurado y se fortaleció con los años, y los kilómetros que los separaban cuando Marsh empezó la facultad de derecho parecían aumentar su necesidad de estar el uno con el otro. Para disgusto de los Delacroix, por supuesto. Tenían expectativas más altas para una nuera que la hija de Billy y Kitty Charleville. Aunque el padre de Marsh había sido prácticamente el mejor amigo de Billy, Felicia Delacroix apenas le dedicaba una mirada a Kitty cuando se encontraban en el mismo círculo, lo que, por supuesto, era un momento raro.

Kitty hizo poco por alentar la relación entre su hija y el hijo del senador, lo que siempre sorprendía a Elise, sabiendo lo trepadora social que solía ser su tía. A veces pensaba que su tía estaba celosa de Jacqui, que se casaba con una persona de posición social automática, mientras que ella tenía que esforzarse tanto para conseguir la suya. Kitty era el tipo de madre que podía estar celosa de su hija, pensó.

Entonces, Jacqui se durmió, todavía murmurando elogios para Marsh, con una sonrisa en los labios, como si él fuera el que estaba a su lado y no a Elise, sentado en su cama, cogiéndole la mano. La inquietante sensación que sintió Elise al escuchar a Jacqui contar lo que había ocurrido podía ser lo que su abuela solía llamar una premonición. Desde eso, Jacqui nunca volvió a saber de Marsh Delacroix. Ni llamadas, ni cartas. Y las suyas nunca fueron contestadas. Su número de teléfono fue cambiado y eliminado de la lista, y sus cartas fueron devueltas con un sello en el sobre informándole de que ya no vivía nadie con ese nombre en esa dirección. Sus padres, por supuesto, no fueron de ninguna ayuda, y Kitty hizo poco más que decirle a su hija que era hora de seguir adelante y olvidarse de Marsh Delacroix. Pero Jacqui nunca lo hizo.

Viernes

El Sr. Henry Marchand estaba en un andamio martillando y clavando el contrachapado sobre las ventanas del segundo piso de la casa. Elise había llamado al Sr. Henry el día anterior para asegurarse de que estaría disponible para ayudarle con los preparativos para el huracán. Inevitablemente, cuanto más se acercaba el huracán Georgette a la costa, más difícil era encontrar un carpintero bueno y fiable. Ella sabía, sin embargo, que el Sr. Henry la pondría en la parte superior de la lista de prioridades, no importando a qué hora o día ella lo llamara. Él, al igual que su padre y su abuelo antes que él, había trabajado muchas veces para los Charleville, que los mantenían bastante ocupados con las necesidades de los muelles, los almacenes y tiendas en general.

Durante décadas, los hombres Marchand fueron los únicos carpinteros locales en medio de una población de pescadores. Pero, como el padre de Elise, el Sr. Henry no tenía hijos, él sería el último de los carpinteros Marchand, y Elise podía decir por su paso lento que el final de otra tradición del pantano estaba llegando a su fin muy pronto. Le había sorprendido oír al propio señor Henry hablar con tantas ganas de jubilarse. Solía ser que los hombres del pantano trabajaban hasta que sus corazones dejaban de latir. Los tiempos estaban cambiando, supuso. De todos modos, los hombres Marchand también eran conocidos por sus habilidades para tallar patos. En los viejos tiempos, los patos servían como señuelos para los cazadores, pero últimamente el oficio utilitario de tallar señuelos se había convertido en un arte altamente reconocido.

El señor Henry viajaba por todo el país presentando sus patos tallados en concursos y exhibiéndolos en exposiciones de arte. Elise imaginaba que dedicaría todo su tiempo a tallar cuando colgara el martillo.

Excepto por las hojas de madera contrachapada que cubrían completamente las grandes ventanas de la casa, parecía una tarde normal para Elise. Brad estaba jugando al baloncesto con Delilah, alabándola por ser capaz de usar la canasta reguladora que Santa le trajo el año pasado por Navidad. Brad había puesto la canasta en su posición más baja, aún un desafío para una niña de nueve años. Lilah practicaba todas las tardes, toda la primavera y el verano, decidida a alcanzar la canasta.

Finalmente, un día en agosto, justo antes de que comenzara el nuevo año escolar, Delilah lo logró. Era perfecto, porque Brad estaba en casa en ese momento, trabajando pacientemente con ella, animándola y ocasionalmente dándole sus consejos expertos, como si fuera un jugador retirado de la NBA. Elise estaba en la cocina, en la estufa, haciendo un platillo, uno que requiere una agitación constante de la harina y el aceite, hasta que la mezcla resultante en forma de pasta se vuelve el tono deseado de marrón.

Mientras estaba allí agitando, miró la lista de útiles escolares para Casey, que comenzaba la escuela primaria este año. Crayones jumbo, tijeras sin filo, papel de regla ancha... y luego escuchó el grito de Brad, que venía de la dirección del camino de entrada.

"Oh mi Dios, oh mi Dios, oh mi Dios", repetía como si despertara su poder superior en caso de que necesitara atención. Sabía que algo terrible le había pasado a uno de los niños. Dejó todo lo que estaba haciendo, corrió a través del cuarto de lavado tropezando con un montón de ropa sucia en el piso, abrió la puerta del garaje y llegó a través del garaje, tropezando con patines, raquetas de tenis y triciclos descuidadamente dejados en el camino.

Antes de llegar al camino de entrada, comenzó a gritar: "¿Qué ha pasado, qué está mal?" Entonces vio a Brad, balanceando a Delilah en el aire, con sus largas patas delgadas extendiéndose hacia afuera y su gruesa y ondulante cabellera rojiza volando en el viento. La escena trágica que Elise había anticipado era en su lugar una de júbilo total. "Gracias, Dios, gracias Dios, gracias Dios", dijo para sí misma mientras Brad gritaba: "¡Eh! Lissy, ¡¡lo hizo!! ¡Lo ha conseguido! Sabía que podría hacerlo si seguía practicando." Entonces puso a Delilah de nuevo en el suelo, y ella corrió hacia Elise agarrando a su madre por la cintura.

"Mira, mamá. ¡Mírame!" Elise intentó parecer emocionada por la decidida niña, pero apenas podía recuperar el aliento, su corazón todavía latía fuerte por las horribles imágenes que tenía en su mente sólo segundos antes.

Entonces Elise estaba allí de pie, con los brazos doblados, el codo derecho apoyado en la mano izquierda, mientras se frotaba suavemente el cuello con la derecha, una señal inequívoca para Brad de que Elise estaba disgustada. "¿Qué te pasa, Lissy?" La pequeña Lilah, de pie, sosteniendo su pelota de baloncesto, miraba con sus ojos curiosos.

"Nada. Nada. No me pasa nada. Sólo me asusté un poco cuando oí los gritos." No se atrevió a decirle a Brad lo que imaginaba que encontraría afuera. Sabía que se preocupaba demasiado y exageraba hasta el punto de que ella y Brad discutían a menudo sobre su excesiva sobreprotección con los niños.

"Ok, vamos Srta. Lilah Lou, vamos a ver si vas por dos". Elise rompió la breve tensión con una ovación casera. Delilah sonrió, mostrando sus nuevos dientes, que en este punto estaban fuera de proporción con sus pequeños rasgos. Cuando levantó la gran bola por encima de su cabeza, para apuntar y disparar, parecía que se iba a caer. Pero a pesar de su torpe estilo la pelota rebotó en el tablero y cayó en la red.

Antes de que todos los espectadores tuvieran la oportunidad de vitorear como era debido, un pitido intermitente sonó fuera y desde dentro de la casa. "¿Es la alarma antirrobo o la de incendios?". Brad preguntó mientras se daba la vuelta para entrar y comprobar la situación.

"¡Mi roux! ¡Es mi roux!" Elise empujó a su marido a un lado mientras corría a través del lavadero y veía su cocina llena de humo. Ella se dirigió a la placa de cocción, apagó el quemador y, con la ayuda de su marido, agarró el roux de sus guantes, cogió la maceta y la llevó al porche trasero…Entonces ella entró tosiendo, con los ojos ardiendo, abrió todas las ventanas y puertas, y encendió el ventilador del techo.

Brad había apagado entonces la alarma, pero no a tiempo para impedir que los bomberos enviaran un camión, con la sirena sonando, cargado con hombres y equipo suficientes para apagar el incendio de Chicago. Cuando el humo se había disipado y se comprobó que no había habido daños, todos se rieron y acordaron que nunca olvidarían el día en que Lilah hizo su primera canasta.

Eso ocurrió hace menos de un mes, y ahora Lilah estaba tirando canastas como si llevara años haciéndolo. Ella y Brad estaban jugando un juego de h-o-r-s-e, y ella estaba dando a su padre un tiempo difícil. La pequeña portería Fisher-Price estaba colocada cerca de las puertas del garaje, y Elise ayudaba a J. P. y Casey a jugar por turnos a su propia versión del h-o-r-s-e. Para Elise, eran momentos perfectos. Brad y los niños, todos en casa, sanos y felices. Los miraba a los cuatro, juntos, riendo, bromeando y persiguiéndose unos a otros, y se imaginó a sí misma, como hacía demasiado a menudo, separada de ellos, como si los viera desde lejos. Como si ya no formara parte de sus vidas. Era una sensación espeluznante. ¿Era una premonición? ¿Era una visión o una advertencia de que algo iba a sucederle?

Buscó a Casey, de tres años, y lo acercó a ella. Era la mejor manera de hacer desaparecer esas horribles sensaciones. Sentir su pequeño cuerpo cerca del suyo, oler el aire libre en el polvo y el sudor en sus rizos negros. "Te quiero", le dijo mientras lo apretaba con fuerza, fingiendo "sacarle el azúcar". Esto la trajo de vuelta. Siempre lo hacía.

Estaba segura de que era el estrés, pero tal vez debería hablar con Martha - cuando todo este lío del huracán terminara, pensó. Aunque ya sabía lo que Martha diría. "Culpa, culpa, culpa. Nunca te permites un momento de felicidad sin compensarlo con un momento de preocupación, miedo y ansiedad. Temes que si eres demasiado feliz con tu vida, Dios seguramente te enviará tormento y tristeza para igualar el marcador."

Este Dios iracundo era el tema de muchas de sus discusiones con Martha, y a ochenta dólares la hora, uno podría pensar que estas ilusiones de pesadilla desaparecerían.

Un Mercedes-Benz negro y brillante se detuvo en la calzada detrás del Suburban de Elise. Los tres niños, por costumbre y entrenamiento se acercaron a Elise y miraron ansiosos para ver quién era el visitante. Elise reconoció el vehículo de inmediato y supo que su mejor amiga Talía, como estaba previsto, estaba allí para dejar a Giancarlo por la tarde. A los hijos de Elise les encantaba el hijo pequeño de Talía, que tenía la edad de Dalila y estaba en su clase en St. Michael 's este año. No había mencionado que GianCarlo pasaría la tarde con ellos, porque había aprendido por experiencia que la gente suele cambiar de planes y no quería que los niños se sintieran decepcionados. Talía iba a ir a comprar víveres y suministros de emergencia, y las dos madres acordaron que sería divertido para los niños reunirse y no tener que estar en medio de todo el ajetreo y el bullicio que podría asustarlos innecesariamente.

Se había discutido y acordado antes en el día que Talía y sus dos hijos, Dominick y GianCarlo, se quedarían con Elise y su familia, si el huracán se convertía en una seria amenaza para su área. El marido de Talía, Nicky, estaba asistiendo a una conferencia, en Londres, y, con toda probabilidad, no sería capaz de volver antes de Georgette tocara tierra.

Elise estaba muy sorprendida por la facilidad de Talía para lidiar con la ausencia de su marido ante una situación de crisis. Parecía más angustiada por el hecho de que su padre tuviera planes de visitarla con su nueva y joven esposa, a quien Talía nunca había conocido. Se suponía que volaría a Nueva Orleans el domingo, precisamente. Elise le sugirió que lo más probable era que cambiaran de planes. Pero Talía no estaba convencida.

"Seguramente, deben ser conscientes del hecho de que la gente se va debido a un huracán, Talía. Tu padre es el embajador italiano ante las Naciones Unidas. No es un hombre tonto."

"¡¿No es un hombre tonto?! ¿Cómo puedes decir que no es un hombre tonto se casa con una mujer tan joven como su hija, menos de un año después de la muerte de su esposa, mi madre? ¿Y dices que no es un hombre tonto?   Bueno, te digo, ¡es un hombre que volaría en medio de un huracán!."

Elise abrazó a Talía y habló en voz baja, como una madre que hace callar a su bebé que llora. "Mi pobre amiguita," dijo en un tono algo burlón. "Puedo prometerte que la malvada Georgette alejará a la malvada madrastra." Ambas rieron mientras Elise acompañaba a su amiga - hasta su vehículo. "Ahora, vete. GianCarlo estará bien, y tú puedes pasar el resto del día haciendo lo que mejor se te da: ¡ir de compras!."

"Sí, sí, sí. En eso tienes razón. Me voy. Ciao."

La gente ya se estaba marchando de la ciudad, lo que hizo que Elise se sintiera incómoda, la decisión unilateral de Brad de quedarse en su casa. Jacqui la había llamado por la mañana para decirle que Adam la enviaba a ella y a su madre a Casa Victoria, su granja de caballos y casa de fiestas al norte de Baton Rouge.

Le rogó a Elise que las acompañara esa tarde. Cuando Elise sugirió que era un poco pronto para evacuar, Jacqui le recordó que Adam era muy dulce al preocuparse tanto por su seguridad. Insistió en que se fuera lo más pronto posible. Él se iría el domingo para reunirse con ella y Kitty. "¿Tus padres se quedan contigo? Sabes que son más que bienvenidos a venir también. Adam adora a tus padres."

"Gracias, Jack, pero Brad realmente quiere quedarse aquí."

"¿Está loco? No importa, no tienes que responder a eso. No está loco, sólo cree que puede controlar el tiempo como puede controlar todo lo demás."

"Jacqui, eso no es justo..."

"Lo sé, lo sé. Pero no tiene experiencia con estas tormentas, por lo que creo que tu deberías tomar la decisión de quedarse o irse. Santo Dios, ¿qué vas a hacer con tus tres hijos, tu padre, tu madre y Brad, encerrados en esa gran casa sin electricidad..,sin teléfono. Yo también enloquecería. Tu mamá va a ser un manojo de nervios… incluso antes de llegar allí. Ya lo sabes. Siempre lo está". Entonces ella sonrió. "¡Apuesto a que frota el brillo de las cuentas de su rosario!". Elise tuvo que sonreír, aunque se sentía incómoda cuando Jacqui bromeaba sobre los hábitos religiosos y las manías de su madre. Pero a Jacqui no le importaba que Elise se sintiera incómoda. De hecho, a veces lo disfrutaba. "Dime tu mamá te sigue insistiendo para que tu matrimonio sea bendecido por la Iglesia Católica". Jacqui preguntó, sabiendo que eso tocaría la conciencia de su prima. Amaba a Elise más que a ninguna otra mujer en el mundo. Elise más que a ninguna otra mujer en el mundo, pero aun así sentía un placer travieso al perturbar el "perfecto" mundo de Elise.

"La verdad es que hace mucho que no me molesta con eso. Supongo que finalmente se dio cuenta de que no me interesa arrastrar a Brad a través de cualquier pompa religiosa y circunstancia cuando no significa absolutamente nada para él. En todo caso, desprecia todo lo que tenga que ver con la religión organizada. ¿No es de extrañar? Y en lo que a mí respecta - sería totalmente hipócrita de mi parte decirle a un sacerdote importante para nosotros, como pareja, cuando Dios sabe que no lo es. Y al final, ¿quién es más importante, el cura o Dios?" Su respuesta defensiva parecía tensa y ensayada, como si estuviera tratando de convencerse a sí misma y a Jacqui de que realmente creía en lo que estaba diciendo. Pero Jacqui no estaba interesada en profundizar tanto en el estado mental de Elise y contestó abruptamente: De acuerdo, Lissy. No era mi intención tener una discusión religiosa o filosófica. Era sólo una pregunta curiosa, con un simple sí o no habría bastado, cariño."

"Lo sé, lo sé. Es sólo que, aunque mi madre ha dejado de molestarme al respecto, sé que la está matando pensar que estoy 'viviendo en pecado'. De hecho, creo que puede estar hablando con el Padre Thomas… sin que yo lo sepa. Pero no veo cómo podría bendecir mi matrimonio por el bien de mi madre si Brad y yo no seguimos los procedimientos adecuados."

"¿Qué procedimientos adecuados?"

"Sí. Hay procedimientos estrictos para estas cosas, Jacqui. Clases, reuniones con el clero, todo tipo de trámites."

"!Te lo juro, a veces me pregunto cómo llegaste a la edad adulta siendo tan ingenua, Elise!"

"¿Qué se supone que significa eso?"

"Significa que si Peggy Anne ofreciera una cantidad sustancial de esa herencia de Charleville a Su Santidad en la Iglesia de San Miguel - cómo se llama-Padre Thomas - demonios, iría al Papa, él mismo, para bendecir tu matrimonio, con o sin la petición de Brad. A eso me refiero."

"Jacqui, no creo que sea tan simple, o tan torcido para el caso."

"¿En serio? ¿Recuerdas a Debra Holden? Se graduó dos años detrás de ti. Pelo rojo, rizado. Se mudó a Bayou Chouteau desde Alabama. ¿Sabes de quién estoy hablando?"

"Sí. Todavía vive en Bayou Chouteau. La veo en la iglesia de vez en cuando. Pero nunca la conocí bien. Su familia como que se mantuvieron a sí mismos."

"Bueno, yo sí. Y ahora tiene un bebé. Sin marido, pero un bebé, eso sí. Bueno, Kitty me dijo el otro día que el Padre Thomas bautizó a ese bebé en San Miguel, en una ceremonia privada, supongo. Ahora dime, ¿desde cuándo puede un sacerdote católico puede bautizar a un hijo ilegítimo?, ¿Eh?"

"No lo sé. Tal vez hay cierta burocracia para esa situación también. Y tal vez Debra estaba dispuesta a hacer lo necesario, con un corazón sincero."

"¡Oh, claro! ¿Realmente crees esa basura que sale de tu boca, Elise? Te diré lo que ella hizo de buena gana y sinceramente. 'Ella seguro mostró dos benjies y/o ajustadores nuevos comprados en la tienda delante de la cara del buen padre, y él de buena gana y sinceramente aceptó y y cumplió."

"¡Jacqui! No hables así. Puede que no te guste el hombre, pero ¿no crees que deberías mostrarle un poco de respeto?"

"Elise, yo respeto a la gente que se gana el respeto. La única razón por la que lo respetas es porque es un cura. Eso es todo. Te sentirías 'pecadora' si no lo hicieras. Bueno, no tengo ningún remordimiento por mi falta de respeto, porque yo no lo veo como alguien especial, cuando claramente usa su posición para vivir a lo grande, sin tener que preocuparse por un techo sobre su cabeza o de dónde vendrá su próxima comida caliente. Y usa el púlpito todos los domingos, y me refiero a todos los domingos, para rogar a los pobres pescadores más y más dinero. Ese hombre está en el negocio para ahorrar dinero, no almas". Elise estaba de acuerdo con todo lo que Jacqui había dicho, pero nunca se lo diría a Jacqui ni a nadie. Jacqui tampoco había terminado. "Pobre Peggy Anne, rezando y rogando por las bendiciones de esa mujeriega traficante de dinero."

"Muy bien, Jacqui, no tienes ninguna prueba de lo que estás diciendo, así que vamos a cambiar de tema, antes de que me lleves a romper más mandamientos de los que ya he roto."

"Así es, ramera." Jacqui se sonrió hasta que se dio cuenta de que Elise no estaba disfrutando el humor. "Vamos, Lissy, sólo te estoy tomando el pelo. No quise molestarte. ¿Te pasa algo que no me dices? Sé que lo hay, siempre me doy cuenta."

"No, nada más de lo normal. Es sólo toda la religión. Tú no lo entenderías. Siempre pareces vivir tu vida para el momento, nunca te detienes en el pasado, nunca te preocupas por el futuro." Elise recordó a su propio padre usando las mismas palabras para describir a su hermano Billy. "Vives la vida con tanta libertad. Tienes una manera de concentrarte en las cosas buenas de tu vida y dejar de lado las las imperfecciones."

"¿Y tú, Elise? Ahora que sabemos cómo vivo mi vida, dime cómo vives la tuya". Estaba tan inusualmente seria que, sin ver la sonrisa en su cara, Elise no podía decir si se estaba burlando de ella o era sincera. Pero aprovechó la oportunidad para responder a la pregunta.

"Desgarrada. Siempre estoy dividida. Tomaré una decisión después de reflexionar sobre lo que está bien, lo que está mal, lo que es mejor, lo que es justo, y sin embargo, mira mi vida."

"Sí, he mirado tu vida. ¿Qué tiene de malo? Quiero decir, cada vez que te describo a un amigo, siempre digo, 'Bueno, ella es algo como una combinación entre Martha Stewart y la Madre Teresa.' Entonces, ¿qué es lo que está mal en tu vida?"

"Piénsalo, Jacqui. Nos enseñaron a vivir según los Diez Mandamientos desde el día en que nacimos. Y para la mayor parte de mi vida, parecía una tarea bastante fácil. Ahora, con la situación de Brad con sus padres - ahí va 'honra a tu padre y a tu madre'. Y nuestro matrimonio no fue bendecido - ahí va la ley de adulterio. Ni siquiera puedo recordar las palabras exactas. ¿Alguna vez piensas en tu vida en términos de lo que se espera de ti?"

"Veamos, la última vez que pensé seriamente en los Diez Mandamientos fue en sexto grado, en la clase de la Hermana Dominick. Por mi vida, no pude poner esas cosas en orden. Reprobado, rotundamente. Eso debe haber sido una señal, ¿eh?"

Las dos se rieron. "No tienes remedio, ¿lo sabías?"

"En realidad no, Elise. Tú vives según las reglas que tus padres te metieron en la cabeza, y yo vivo según las 'reglas de Billy'."

"¿Y cuáles son exactamente las 'reglas de Billy', temo preguntar?"

"Billy siempre usaba ese viejo dicho, 'Sólo estoy jugando las cartas, me repartieron, nena."

"¿Y cómo te ayuda eso a tomar las decisiones correctas?"

"Bueno, ya sabes, si nada más, Billy sabía sus cartas. Me enseñó muy pronto en la vida cómo deshacerse de las cartas de mierda temprano en el juego, para tener una mejor mano para jugar."

"Admito que es un buen consejo si estás jugando booray, pero ¿cómo...?"

"Acéptalo, Elise. Tu situación de suegra es una carta de mierda, deshazte de ella. Todo este asunto de que el Padre Thomas no bendiga tu matrimonio, otra carta de mierda, deshazte de ella. Escucha, te lo prometo, si - llegas a las puertas del cielo y no puedes entrar, será porque - el Padre Thomas y yo morimos antes que tú, y estamos atrapados fuera bloqueando la puerta."

No pudo evitar reírse del comentario de Jackie. Y se sentía bien reírse de los problemas en la vida de uno de vez en cuando, incluso aunque la risa nunca hiciera que los problemas desaparecieran para siempre. "Gracias, Jacqui."

"Deberías agradecérmelo. He utilizado toda mi hora de almuerzo hablando contigo sobre esta tontería. También por el móvil. Dicen que puedes contraer cáncer de cerebro por eso. Sólo pensé en tirarte ese pedacito de información para que te preocupes y te sientas culpable el resto del día."

"Oh, eres tan graciosa. Pero en serio, no puedo creer que estés enseñando casas hoy. Pensaba que todo el mundo estaría más preocupado en evacuar por este huracán que por mudarse o comprar una nueva casa."

"Oh, hay una pareja joven de Minnesota-Missouri- Montana - o algún lugar por ahí. Están tan emocionados, porque van a estar aquí... para experimentar su primer huracán. ¿Puedes creerlo? Estúpidos yanquis."

Elise estaba a punto de reprender a Jacqui, con su manera maternal, por su comentario sobre los "estúpidos yanquis" y recordarle que la Guerra Civil terminó hace más de cien años, pero lo dejó pasar y le deseó suerte con la exposición. Y antes de colgar añadió: "Oye, no te olvides de llamarme antes de salir de la ciudad."

"Lo haré, ¡Te quiero!" Clic.

Elise colgó y respiró hondo. Menudo personaje. Nunca había hablado de religión con Jacqui, y supuso que ambas estaban igualmente arraigadas en sus tradiciones judeocristianas. Pero, ¿cómo iba a ser así con Kitty y Billy como padres? Joseph y Peggy Anne se habían tomado en serio sus deberes como padres católicos. Y Delilah, aunque tenía sus reparos con el clero, se había mantenido respetuosa hasta el final de su vida. Pero Jacqui, en su mayor parte, fue criada por Kitty, sola y Kitty no fue criada como católica y nunca lo ocultó. Odiaba todo lo relacionado con la iglesia y ser católica. Sin embargo, se convirtió para casarse con Billy, y ahora, Elise se preguntaba si LaLa había tenido que enseñar algún dinero de Charleville ante los ojos del padre Frederick. Odiaba la idea. No podía imaginar a su abuela de principios haciendo tal cosa. Pero tal vez lo hizo, porque era aún más difícil imaginar a la tía Kitty yendo a esas clases de catecismo para adultos sólo para complacer a Delilah Charleville.

Elise entró en el lavadero con la intención de organizar las provisiones de emergencia y los comestibles que poco a poco se habían ido amontonando sobre la secadora. Las muchas listas que había hecho desde que se supo que el huracán Georgette se había convertido en una probabilidad cada vez mayor, estaban esparcidas por toda la casa. Así que optó por confiar en las notas mentales que había creado durante su implacable intento de estar perfectamente preparada y en total control de cualquier situación que pudiera surgir con la tormenta. Al fin y al cabo, ese era su trabajo; eso era lo que se esperaba de ella.

Al menos eso era lo que esperaba de sí misma. En ese momento, sin embargo, sus notas mentales no muy claras. La conversación de Jacqui le había hecho recordar de una pequeña celebración de compromiso que su prima había planeado cuando ella y Brad decidieron casarse. Iba a ser muy especial, Jacqui había prometido. Sólo las cuatro damas de Charleville: Jacqui y Kitty, Elise y Peggy Anne. Se reunieron en la Corte de las Dos Hermanas, en el Barrio Francés, cada madre y su hija, a las once en punto, en una mañana de domingo absolutamente perfecta.

Aunque Jacqui había pedido una mesa especial en un lugar privado, se sentaron en el patio, donde ya se celebraba el habitual brunch de jazz de los domingos y el cual ya estaba en pleno apogeo. Jacqui estaba notablemente disgustada con el arreglo, pero Elise estaba muy contenta con la mesa, porque era un día perfecto. Además de una montaña de comida tradicional de Nueva Orleans, una fuente en una mesa redonda cerca de ellos rebosaba y chorreaba champán rosado y fresco.

Todos los que conocían a Kitty Charleville sabían que cuando se trataba de la mayoría de las bebidas alcohólicas ella podía tomar como un hombre bajo la mesa. Pero también era un hecho bien conocido que sólo unas pocas pequeñas copas de burbujeante podían convertirla en una borracha. Ella consciente de esta debilidad, normalmente se mantenía alejada de las mesas de champán, pero ese día en particular, los demonios del champán se apoderaron de ella, sin piedad. Con cada sorbo, su voz se hacía más y más fuerte, así que para cuando el cuarteto había terminado sus aperitivos, Kitty atraía fácilmente la atención de los comensales de los alrededores. Desde su espacio, Elise podía ver las miradas y las cabezas que se volvían rápidamente en su dirección, algunas para mostrar su desdén, otras sólo para hacerse una mejor idea del tema de conversación de aquella mesa tan animada, por sí era más interesante que el de sus propias reuniones, tranquilas y reservadas.

A la tía Kitty no le importaba causar revuelo. De hecho, a menudo parecía que se las ingeniaba para convertirse en el centro de atención. Pero Jacqui había planeado el almuerzo en honor a Elise y estaba decidida a evitar que su madre eclipsara a su prima. Kitty, sin embargo, tenía sus propios planes. Al principio, sus exhortaciones eran inofensivas, vergonzosas porque captaban la atención de los demás, pero inofensivas. Varias veces, levantó su copa, como si fuera la primera vez, para "brindar por la futura novia". El rostro de Elise se sonrojó tanto que pudo sentir las terminaciones nerviosas pinchando bajo su piel. Los comensales levantaban sus copas educadamente cada vez que se anunciaba un brindis, probablemente para consolar a la novia, que se sentía visiblemente incómoda con tanta atención.

Sin embargo, a medida que avanzaba la comida, los comentarios de Kitty se volvieron intencionadamente sarcásticos, mezclados con su tono amargo y enfadado. "Me parece tan irónico." Peggy Anne, quesu hija, de todas las personas, será la primera persona de Bayou Chouteau en casarse con un judío, siendo tú tan católica y todo eso. ¿No te molesta lo más mínimo?"

Instintivamente, la mano de Peggy Anne se movió para encontrar la de su hija a pocos centímetros de la suya. Siempre protegiéndome, pensó Elise, al oír la respuesta de su madre casi como un susurro, un intento de que Kitty bajara la voz. "Mentiría si dijera que no me preocupa, Kitty. El matrimonio hoy en día ya es bastante duro sin diferencias de fe. Pero Brad parece ser un buen hombre. Y si hace feliz a Elise entonces Joseph y yo somos felices."

La tranquila y diplomática respuesta de Peggy Anne pareció calmarla sólo por un momento antes de que Kitty respondiera bulliciosamente: "¡Oh, estoy contigo! Siempre he oído que los maridos judíos tratan a sus mujeres como reinas, las ponen en pedestales, dicen. Las amen o no. Y se sonrió a carcajadas de su comentario como si hubiera creado el primer momento cómico del mundo.

"Tía Kitty, no creo que los hombres judíos sean categóricamente diferentes a todos los demás hombres en el papel de marido. Creo que tiene más que ver con la naturaleza del individuo, sin importar su origen religioso."

"¡Ja!" Parecía como si todo el patio saltó en respuesta a su sarcástica carcajada. "Ni se te ocurra creerte eso, chiquilla. A esos hombres judíos se les enseña a respetar a las mujeres. Les viene de sus madres. Pero los hombres católicos - creen que Dios creó al hombre durante un momento de inspiración, y luego creó a la mujer durante un movimiento intestinal. Por lo tanto, ¡pueden tratar a las mujeres como mierda!"

"¡Madre! ¡Baja la voz! Por favor. Y deja de beber. Todo el mundo nos está mirando". Elise se preguntaba cuánto tardaría Jacqui en decirle algo a Kitty. Jacqui siempre tenía mucho cuidado de no llamar la atención de su madre. Sabía que Kitty no lo soportaba. Pero incluso Jacqui estaba a punto de avergonzarse.

Kitty miró a su hija de un modo que a Elise le dio escalofríos. Luego le dijo a Jacqui: "Tienes miedo de que diga algo malo de tu precioso papá. 'Pero no lo haré,' dijo, dándole la espalda a Jacqui, para tomar otro sorbito. "seré amable."

"Kitty, sabes que eso que dijiste fue terrible." Peggy Anne habló de una manera poco característica. "Joseph ha sido un buen y cariñoso marido y padre para mí y para Elise, y no permitiré que le digas cosas así a las niñas."

"¿A las niñas?" Kitty miró burlonamente a su alrededor. "No veo a ninguna niña. Estas dos son mujeres adultas. Sólo les estoy dando algunos consejos. Buenos consejos. Además, siempre le dije a Billy que, en mi opinión, su hermano Joseph era leal a su madre, no a ti, Peggy Anne. Suerte para ti, supongo, nunca se puso en una posición para elegir entre su madre y su esposa. Creo que te habrías sentido muy decepcionada."

"Madre, por favor. Estás arruinando este día y yo quería que fuera tan especial para Elise. Ahora baja la voz y discúlpate con tía Peg."

"Eso no es necesario, Jacqui." Peggy Anne estaba una vez más intentando la paz. Esta vez fue Elise quien tomó la mano de su madre, y mientras lo hacía, se preguntó si lo que decía Kitty era cierto. Nunca había pensado en ese aspecto del matrimonio de sus padres. ¿Habría puesto a Delilah Charleville por delante de su esposa? Y ahora al ver la expresión preocupada de su madre, pudo ver que no era la primera vez que Peggy Anne lo había pensado. "Joseph era un adolescente cuando murió su padre, Kitty. Billy era sólo un niño. Creo que ambos chicos admiraban a su madre por mantener a la familia, así como los negocios familiares, juntos. Era una mujer fuerte y una madre de buen corazón.

Nunca le negaría la lealtad de Joseph. Yo nunca la vi de la forma en que tú lo hiciste. Ella también fue amable conmigo". Era difícil para Elise determinar si oía ira o disculpa en la voz de su madre, pero no importaba. Era exactamente lo que necesitaba oír en aquel momento.

"Puede que haya sido amable contigo, Peggy Anne, pero te juro que pensé que encontrarían vinagre en sus venas cuando le hicieran la autopsia." De nuevo, Kitty rió con dureza, mientras sus tres compañeras se sentaban en silencio, digiriendo su último comentario.

"Creo que voy a tomar una taza de café. Siento un frío en el aire. Tía Kitty, ¿quieres café?" preguntó Elise.

"No, cariño. Me tomo mis dos tazas por la mañana y ya está. De todos modos, estoy disfrutando de este champán. ¿Por qué no toman ustedes?"

"Hemos tomado un par de copas cada una madre, y creo que tu ya tomaste por todas nosotras," dijo Jacqui en un intento de que su madre dejara de beber.

"Por Dios, Jacqueline. ¿Quién eres tú para decirme cuándo he tenido suficiente? No creo que necesite que seas mi mamá". Encendió un cigarrillo y sonrió como si realmente hubiera puesto a su hija en su lugar.

"Kitty, sabes que tolero casi todo lo que sale de tu boca, pero Elise te dirá que no tolero que nadie utilice el nombre del Señor de esa manera."

Ahora está enfadada, temió Elise. Y cuando Kitty vio que había enfadado a Peggy Anne, se echó a reír con su carcajada estridente e incontrolable, tan fuerte que él maître se acercó a la mesa y le preguntó amablemente si podía bajar el volumen. En su tímido acercamiento parecía como si intentara domar a un león salvaje. Fue uno de los momentos más humillantes de la vida de Elise. El rostro de Jacqui se había puesto pálido y Peggy Anne se resistía a llorar.

El camarero les preguntó si podía traerles algo más, y con excepción de Kitty, todas pidieron café y postre. "Lo siento, Peggy Anne. Supongo que a veces olvido lo en serio que te tomas esas reglas de la iglesia. Después de todo, sólo soy una conversa, je, je. Tal vez tenga que rezar un par de Padrenuestros y unos cuantos Avemarías, je, je. Quiero decir Avemarías. Siempre fue tan difícil para mí recordar cuál era la Santa Madre. Ja, ja." Esta vez su risa fue acompañada al derribar dos copas de agua. Y cuando saltó para protegerse del chorro de agua que caía de la mesa, directamente a su regazo, golpeó sin querer el brazo del camarero que les llevaba las tres tazas de café. Jacqui se levantó de la mesa y agarró a Kitty por el brazo, como si fuera un policía atrapando a un ladrón al final de una persecución. La risa de Kitty había llegado al punto de cacareo histérico incontrolable. Afortunadamente, para las dos mujeres que quedaban en la mesa, y para el pobre camarero aturdido y cubierto de café recién hecho y achicoria, todos los ojos siguieron a Kitty mientras Jacqui se la llevaba. Y de alguna manera, la risa de la ebria mujer era contagiosa. Las risas llenaron el patio y Elise y Peggy Anne se salvaron de las miradas juzgadoras y escrutadoras que podrían haber seguido el comportamiento detestable de Kitty. Tras un momento de silencio sin respiración, Elise y Peggy Anne exclamaron: "Pobre Jacqui."

"Mamá, tendrás que cuidar de ella cuando me mude. LaLa siempre me decía: 'Cuida a tu primita. Te necesitará cuando crezca'. No he podido ayudarla mucho, excepto escucharla cuando necesita hablar."

"Dudo que pueda ocupar tu lugar en su vida, cariño. Sé que nadie ocupará nunca tu lugar en la mía". Durante unos instantes, el resto del mundo a su alrededor parecía haber desaparecido, y lágrimas silenciosas y reacias corrían por los rostros de madre e hija, ambas odiaban llorar en público. Pero a ninguna de las dos le importaba. Y aunque algunas lágrimas eran de tristeza ante la idea de que Elise se marchara, la mayoría de las lágrimas eran de alegría y gratitud hacia la otra. Con todas sus diferencias, todos sus desacuerdos, no eran y nunca serían como la madre y la hija que acababan de levantarse de la mesa.

PEGGY ANNE MOREAU
CHARLEVILLE
1940s

El profundo bramido del cuerno del puente levadizo aún resonaba sobre el sueño de los niños cuando las barcas de pesca pasaban bajo la vieja y pesada estructura, en su camino a los lagos y bahías circundantes, donde aguardaba la pesca del día. El zumbido constante de los motores de los barcos se oía por encima del piar de los pájaros, que dedicaban sus pequeñas arias al amanecer de un nuevo día. Pronto saldría el sol, y los niños se despertarían a un nuevo día, preparándose para ir al colegio y desayunar en el entorno familiar de sus acogedoras casas, con sus rutinas matutinas orquestadas por sus madres, mientras sus padres iban de camino a mar abierto y a una larga y dura jornada, o posiblemente unos cuantos días de ganarse la vida.

Lenta y pacientemente, los capitanes pilotaban sus embarcaciones a través de las aguas marrones y onduladas, no sólo para no despertar a sus vecinos, sino más bien para evitar grandes estelas detrás de los barcos, que podrían sacudir los otros barcos atracados a lo largo del pantano, golpeándose contra los muelles y causar daños innecesarios a la propiedad de sus vecinos. No había señales que recordaran a los capitanes locales que debían navegar despacio por el pantano: era una norma no escrita muy respetada. Y los fines de semana, cuando los pescadores comerciales estaban de vuelta de sus viajes semanales, los "pescadores deportivos" de la ciudad se reunían a los lanzamientos de barcos locales, y "tomar el relevo," corriendo por el pantano, a todo gas. Si desconocían la legislación local cuando llegaron a Bayou Chouteau, pronto se verían sometidos a una pequeña muestra de educación estilo Bayou, los pescadores que trabajaban en sus barcas y sus hijos que jugaban en las orillas gritaban "Paren tontos de la ciudad, o no volverá al cemento". El cemento, por supuesto, era una referencia a la ciudad, un lugar donde a los verdaderos hombres del pantano les resultaba difícil respirar.

Había otra regla no escrita en el pantano que parecía prevalecer sin ninguna explicación o aplicación. Las mujeres de la familia -madres, esposas e hijas- rara vez se aventuraban en los muelles y los barcos frente a sus casas. Existía una clara distinción muy clara y respetada entre el ámbito de trabajo del hombre y el de la mujer. El hogar, la casa y la salud de los hijos eran naturalmente competencia de la esposa. Bajo la jurisdicción de la esposa, y el sustento económico de la familia era responsabilidad incuestionable del marido. El huerto era el único lugar en el que marido y mujer trabajan juntos. Había muy pocas excepciones a esta tradición. Pero, en Bayou Chouteau, Delilah Charleville fue una de las excepciones.

De manera similar, había una regla no escrita, que dicta que las mujeres del bayou no debían preocuparse por las cosas que pasaban en el mundo. Después de todo, Bayou Chouteau era su mundo entero, y se mantenían bastante ocupadas mantener su propio pedazo del mundo en orden. Los hombres, por otro lado, se mantenían al tanto de los acontecimientos actuales, y el 7 de diciembre de 1941, estaban conmocionados e indignados cuando se difundió la noticia del ataque sorpresa a Pearl Harbor. Era como si el bombardeo hubiera ocurrido en la cercana Moss Point, en lugar de en aquella lejana isla en medio del Océano Pacífico. Y fue Delilah Charleville quien abrió su casa al día siguiente, a los hombres preocupados, para que pudieran reunirse en torno a su gran radio de lujo y escuchar al presidente Franklin Roosevelt declarar la guerra a Alemania y Japón. Y llenos de ira y destellos de invencibilidad juvenil, vitorearon en apoyo de su líder, dando muy poca importancia a la probabilidad de que algunas de sus reglas no escritas pronto se convirtieran en vagos recuerdos de un precioso tiempo pasado.

Poco después, los jóvenes de Bayou Chouteaux abandonaron sus hogares en el pequeño pueblo pesquero y partieron hacia destinos con nombres que nunca antes habían oído, a lugares que nunca supieron que existían, y a futuros que sólo Dios podía predecir. Sus despedidas solían tener lugar en la estación de tren o en el puerto de embarque de Nueva Orleans. Y aunque cada miembro de la familia lloraba al pensar en la separación y la incertidumbre de que sus seres queridos regresaran sanos y salvos, con el entusiasmo de los patriotas ansiosos y la anticipación ansiosa de viajeros que emprenden un viaje alrededor del mundo con los gastos pagados. Para la mayoría de estos hombres, si no todos, nunca habían salido de la zona de Bayou Chouteau, con la excepción de un viaje ocasional a la "ciudad," como los lugareños se referían a Nueva Orleans. La guerra que asolaba Europa y el Océano Pacífico era Pacífico estaba tan lejos de sus pacíficas y predecibles vidas que no podían ni pensar en sus peores pesadillas el horrible mundo al que les llevarían sus nuevos viajes.

Con su hijo mayor, Joseph, fuera en la guerra, y su hijo menor, Billy, en casa intentando mantener la mayor normalidad posible en los pocos años que le quedaban sin preocupaciones en el instituto, Delilah Charleville se vio en la necesidad de contratar ayuda extra para mantener sus dos negocios funcionaran sin problemas. La producción en el almacén general y los almacenes de embalaje prácticamente no se había visto afectada por la guerra, pero la mano de obra se había reducido drásticamente. Aunque la mayoría de los pescadores pudieron quedarse con sus barcas y redes, porque eran cabezas de familia. casi todas habían enviado a sus hijos a luchar. Se hizo extremadamente difícil encontrar marineros para reemplazar a los hijos que habían crecido en los barcos de sus padres, aprendiendo el negocio de la pesca y ocupando puestos fijos junto a sus padres, aprendiendo a pescar hasta que ya habían aprendido suficiente sobre la vida de un pescador. De una forma sin precedentes, las esposas empezaron a unirse a sus maridos en los barcos, sustituyendo a sus hijos y viviendo una vida que sus propias madres nunca habían experimentado, ni podían imaginar.

Delilah también tuvo que buscar ayuda en fuentes poco convencionales. Ella contrató a las mujeres mayores y a las jóvenes de Bayou Chouteau, así como a las del pueblo "de color" situado a pocos kilómetros, para recoger y pelar el marisco y empaquetarlo para venderlo en los mercados de la ciudad. Normalmente, estas mujeres habrían considerado vergonzoso encontrar trabajo fuera de sus hogares y más aún, con "personas de color" y "blancos" trabajando codo con codo. Pero la guerra había puesto fin a esas viejas ideas, al menos temporalmente. Y Delilah Charleville sostenía que, a decir verdad, era cuando más feliz había visto a las mujeres de Bayou Chouteau. Su rutina diaria de las tareas domésticas se había visto interrumpida por sus obligaciones externas. Por primera vez en sus vidas, se les pagaba por su duro trabajo, ganando dinero para contribuir a los ingresos familiares. Además, era una salida social. Cuando las mujeres se reunían, había largas mesas repletas de marisco fresco que Dalila había comprado en los barcos de sus familiares, un montón de pescado tras otro montón más, para ser procesado con sus propias manos, encontraban consuelo y disfrute en las conversaciones y camaradería que compartían con sus vecinos y amigos, mientras sus dedos se movían con precisión, pelando, clasificando y empaquetando.

Fue durante estos tiempos atípicos en la historia de Bayou Chouteau cuando Peggy Anne Moreau se incorporó a la empresa y que Peggy Anne Moreau entró en la vida cotidiana de la familia Charleville. Peggy Anne era una de los once hijos de Alfred y Clothilde Moreau. Su rango en la prole era el de hija mediana, lo que en esta familia en particular, era sinónimo de pasar desapercibida, ser usada y, a menudo, ser abandonada a su suerte. Los Moreau eran sin duda la familia más necesitada del pequeño pueblo, debido en gran parte al hecho de que Alfred rara vez trabajaba y pasaba la mayor parte de su tiempo, en cambio, en la Taberna de T-Boo, donde se le podía encontrar casi a cualquier hora, cualquier día, sentado en el taburete al final de la barra, con el cuerpo inclinado hacia delante sobre los brazos cruzados protegiendo el vaso alto de cerveza que parecía oler cuando no estaba bebiendo.

Siempre había excusas: el barco necesitaba reparaciones que no podía permitirse, el motor se había quemado, le dolía la espalda, la lista de desgracias era interminable. A espaldas de Alfred, los otros pescadores bromeaban sobre cómo el viejo Alfred no tenía tiempo para ganarse la vida porque estaba demasiado ocupado haciendo bebés. Y luego todos se quejaban cuando sus esposas hacían colectas a través de las mujeres auxiliares de St. Michael para recaudar dinero para la familia Moreau. "¿Por qué Alfred no pone a trabajar a esos vagos suyos? Mis chicos trabajan. Nunca entras en esa casa y no los ves tirados - en esos sofás en mitad del día, mientras la pobre Clothilde trata de limpiar alrededor de ellos. Alfred no ha enseñado a esos chicos nada más que a poner excusas."

Pero fue por la "pobre Clothilde" que sus esposas ofrecieron - la poca ayuda que podían. Había empezado a tener hijos a los catorce años, y su dura vida, sumada a embarazo tras embarazo, había dado como resultado que la mujer, ahora de mediana edad, pareciera más una abuela que una madre para sus once hijos. A pesar de sus condiciones de vida, Clotilde se las arreglaba para mantener a sus hijos limpios, bien alimentados y sanos. Así, mientras Alfred Moreau era poco más que un hazmerreír entre los hombres de la comunidad, Clothilde Moreau era más bien venerada, casi santificada, por sus esposas. Ella era vista como la imagen de su creencia espiritual de que cuanta más carga soportas en la tierra, más recompensas recibirás en el cielo. Y tal vez, esperaban que al hacer de tal mujer la destinataria de sus limosnas, ellos también recibirán guiños favorables cuando llegaran a sus destinos finales. Al principio, las donaciones caritativas se daban en forma de efectivo, pero los ojos vigilantes de la Sociedad del Altar de San Michael's Altar Society vieran que había una fuerte correlación entre el dinero que se le daba a Clotilde, con la duración de la incapacidad de Alfred Moreau.

En algún momento, se dieron cuenta de que los donativos no contribuían a mejorar la vida de Clotilde. A partir de entonces, se recaudaría dinero para "las necesidades caritativas de los feligreses de San Michael" mediante rifas, ventas de pasteles y bingos. A continuación el dinero se utilizaría para comprar artículos específicos que los pobres Moreaus podrían necesitar, como ropa para los niños o pequeños regalos en Navidad.

La vida enclaustrada de Clotilde y el acostumbrado estado de embriaguez de Alfredo les ahorraron la humillación de las bromas y comentarios crueles, que seguían a la mera mención de su apellido en medio de un grupo de pescadores locales. Pero sus hijos sufrían constantemente por los comentarios despectivos de sus compañeros de escuela. Aunque Clotilde se empeñaba en que sus hijos fuesen limpios y ordenados. los insultos, los poemas denigrantes y los rumores inventados que reflejaban y correspondían a los modales perezosos y desaliñados y al aspecto de su padre. Peggy Anne se encogía cada vez que los maestros hacían una "revisión de piojos" en la escuela, porque, aunque los niños Moreau siempre eran declarados "libres de liendres", los otros alumnos los llamaban los piojos del colegio. Decían que nadie tendría piojos si no fuera porque los sucios niños Moreau se los contagiaban a todos los demás. Y probablemente ni siquiera habría controles de piojos si no fuera por ellos. Peggy Anne sabía, por supuesto, que no era así, era una chica lista y entendía que no se puede contagiar algo que no se tiene. Pero los comentarios siempre la hacían sentir que lo que decían era cierto. Aunque ella sabía que no podía serlo.

Aunque el control de piojos sólo ocurrió un par de veces durante el año escolar, los comentarios hirientes dirigidos a la familia de Peggy Anne se habían convertido en parte de su rutina diaria y la de sus hermanos. Y en algún momento Peggy Anne tuvo muy claro que las cosas nunca cambiarían. Incluso entonces, rara vez se la incluía en los juegos en grupo o en las actividades del recreo. Y si le pedían que participara obra de teatro, era sólo porque se necesitaba a alguien para el papel del villano, el loco, o algún personaje "intocable". Uno de sus juegos era una versión del pilla-pilla, en la que todos los niños tenían que huir de Peggy Anne, a la que durante todo el juego llamaban la peste. Y si Peggy Anne tocaba a uno de los pequeños, éste se estaba "infectado" y era enviado a sentarse bajo el enorme roble que había en medio del patio, donde se encontraba el hospital de la peste.

Participaba en estos pequeños juegos para sentirse parte de su clase, para sentir que era aceptada por sus compañeros, pero pronto se dio cuenta de lo crueles que eran sus acciones y de lo horrible que se sentía cuando se sometía a su crueldad. En cuanto fue capaz de leer, Peggy Anne pasaba los recreos sola con un libro, sentada en el banco situado cerca de la entrada de la escuela. En cuanto sonaba el timbre, se retiraba rápidamente al refugio de la clase, donde incluso los niños más malos tendrían que admitir que era la más brillante de todos.

Los niños Moreau nunca hablaban de sus desalentadoras experiencias en casa. Tal vez hablar de sus problemas en casa sólo habría prolongado la agonía de su día e ignorarlos ayudaba a aliviar el dolor, aunque sólo fuera hasta que volvían a la escuela al día siguiente. Peggy Anne intentó, una o dos veces, sacar el tema en la mesa, con la esperanza de que su madre y sus hermanos pudieran encontrar alguna solución que les hiciera la vida un poco más llevadera. Pero sus intentos de cambiar sus vidas fueron inútiles. No se molestó en quejarse a Alfred, porque, si lo encontraba en casa y si estaba despierto y sobrio, simplemente no se preocuparía. Y, en cuanto a Clotilde, las pocas veces que Ana Peggy lloró y le contó de sus dificultades emocionales, ella sólo suspiró y le dijo a su desconsolada hija que "rezara por ello."

"Rezar" era la solución de Clotilde a todos los problemas de la vida. Rezar, encender velas, hacer promesas y donaciones a los santos, eran los únicos métodos que su pobre cuerpo cansado y su mente inculta. Porque cuando su cuerpo y su mente le fallaban siempre tuvo el espíritu y la fe para seguir adelante. Y su método funcionaba, para ella. Peggy Anne tenía sus dudas. Sea como fuere, todos los domingos se podía ver a Clotilde caminando de su casa a la iglesia católica de San Miguel con su prole detrás, como una madre pato que lleva a sus patitos al estanque. Llenaban el último banco, los primeros en llegar, los últimos en irse.

Clothilde y sus hijos se sentaban cada semana en el mismo orden. Clotilde en el pasillo, con los ojos cerrados en señal de reverencia durante casi toda la misa. No debía ser molestada durante la única hora de la semana - en que podía sentarse en paz y tranquilidad. Los niños se sentaban notablemente quietos, respetuosos, en la casa de Dios, y para los muchos asiduos que pasaban su momento más sagrado de la semana mirando a sus vecinos y amigos, era difícil discernir si las expresiones faciales compartidas de los niños eran una mirada de hosca desesperación o de absoluta tranquilidad espiritual. Así se sentaban cada semana, con la misma ropa que se habían puesto la semana anterior, a menos, claro está, que la familia creciera, en cuyo caso la misma ropa pasaba al siguiente de la línea. Pobre padre Frederick. Cuántas veces debió pensar que tenía un déjà vu, cuando su mirada le llevaba a la última fila de St. Michael 's, durante sus recitaciones de la misa, que, tras cuarenta años de repetidas ejecuciones, requerían muy poca concentración y esfuerzo consciente.

Peggy Anne se encogía cada domingo y día de precepto al cruzar la puerta de St. Michael 's, detrás de su madre, en la fila de once niños Moreau en desfile, en exhibición, sintiendo las penetrantes miradas de compasión de los adultos y oyendo los susurros y las risitas de los niños mientras se acomodaban en su banco habitual. Al menos eso creía que eso era lo que sentía y oía. Nunca podía estar muy segura, porque casi nunca levantaba la cabeza al entrar en la iglesia. Mantenía la cabeza baja, como si estuviera rezando, incluso cuando ella hacía genuflexión en el pasillo junto al banco. Se esforzaba por no mirar alrededor de la iglesia, evitando el contacto visual con otros feligreses. Sabía que su madre creía que estaba rezando, pero ¿cómo podía alguien rezar en medio de una mezquina situación? Eso era lo que sentía a su alrededor un espíritu mezquino, no un espíritu santo. ¿No lo sentía también su madre?,¿Cómo podía no sentirlo? Les rodeaba. Casi podía sentirlo, descansando pesadamente sobre sus hombros, impidiéndole sentarse erguida en su asiento. Y, sin embargo, su madre se sentaba, se paraba y se arrodillaba, con los ojos cerrados y una dulce y pacífica sonrisa de satisfacción en su amable rostro.

Era la misma expresión que Peggy Anne había visto en las imágenes y estatuas de la Santa Madre. Tal vez fuera eso. Tal vez su madre tenía algún tipo de vocación especial, también. Tal vez por eso su madre no podía sentir el espíritu malvado.

La pequeña Lucy, la hermana menor de Peggy Anne, tampoco lo sentía. La pequeña Lucy, como todo el mundo se refería a la pelirroja, frágil y pecosa, era el único rayo de sol en la vida de Peggy Anne y cogerle la manita durante la misa era la única parte de la mañana ceremonial que se asemejaba a la piedad. La pequeña Lucy era la única hermana por la que Peggy Anne sentía verdadero apego, y ese apego - parecía dar a la hermana mayor un verdadero propósito y sentido a la vida que su creador eligió para ella.

La pequeña Lucy se llamaba Lucille Agnes Moreau, en honor de dos tías de Clothilde, que vivían en el pantano, cerca de Houma. Peggy Anne nunca había conocido a las dos tías a las que se había concedido el honor de una homónimas, por lo que siempre pensó que la razón por la que se eligieron los nombres no era porque las tías fueran tan especiales para Clothilde, sino que sus padres se estaban quedando sin nombres. Nadie llamaba Lucille a la niña, ni siquiera Lucy, siempre Pequeña Lucy. El primer día de colegio de la niña, Peggy Anne se dirigió directamente a la maestra de primer curso, la hermana Lawrence, y le pidió que por favor llamara a su hermana Lucille. Lo hizo durante un tiempo, hasta que un día, en el patio de recreo, Peggy Anne oyó la voz chillona de la monja diciendo llamando a la "pequeña Lucy Moreau" para que fuera la líder de la fila mientras dirigía a sus alumnos de vuelta a clase. A Peggy Anne le molestaba pensar que su preciosa hermanita creciera y se convirtiera en una bella mujer con un nombre como Pequeña Lucy. Sonaba como un nombre - de segunda mano.

Otros pensamientos preocupaban a Peggy Anne a la hora de pensar en el futuro de la pequeña Lucy. Odiaba la idea de que se burlaran de ella en el colegio, descubriendo que Santa Claus era en realidad las donaciones de caridad que hacían en St. Michael's Altar Society, y no tener más que zapatos, ropa y juguetes usados. Un domingo, cuando los niños salieron de St. Michael 's, Clothilde miró a Peggy Anne y le dijo que el vestido que se había puesto, le apretaba demasiado, que iba a llevárselo y hacerle un dobladillo para que se lo pusiera la pequeña Lucy. Todos durante la misa, Peggy Anne se quedó mirando el estampado descolorido de lo que seguramente es el vestido más feo del mundo. Tenía rosas y niños azules, de pie, uno al lado del otro, boca abajo, boca arriba sobre un fondo blanco grisáceo. Se hizo una promesa a sí misma esa mañana, mientras todos escuchaban la homilía del Padre Frederick, que la pequeña Lucy nunca llevaría ese vesti o. Se pasó el resto de la misa rezando por un plan para destruir el vestido sin meterse en problemas, pero la inspiración divina no le llegó, hasta que llegó a casa. Justo antes de que la familia llegara a la puerta de su casa, Clotilde le dijo a Peggy Anne que fuera al patio trasero y cogiera unas chalotas para preparar la cena del domingo. De mala gana, pero sin rechistar, Peggy Anne obedeció. Y mientras se dirigió a la esquina de la casa y al patio trasero, sus ojos se posaron en la respuesta a su plegaria.

Alfred y los chicos habían pasado el día anterior sumergiendo una nueva red de arrastre, la red utilizada para la captura de camarones, en un barril de alquitrán. El líquido espeso, negro, y maloliente había goteado por el lateral del barril y aún parecía mojado por el sol del mediodía. El barril se encontraba cerca del lado del jardín donde los tallos verdes brillantes de los chalotes de Clotilde, que parecían más bulbos primaverales que ya habían perdido sus flores que una verdura utilizada para sazonar un étouffée. En uno de sus muy raros momentos de astucia, Peggy Anne pasó junto al barril, asegurándose de que le caían varias manchas negras por el vestido. Le diría a su madre que se había tropezado con la pala - que sus descuidados hermanos habían dejado cerca del jardín y cayó contra el barril mientras recogía las chalotas. Y así fue como la pequeña Lucy nunca tuvo que ponerse el vestido más feo del mundo. Aquella noche, mientras Peggy Anne yacía en la cama con el brazo alrededor del cuerpo de la pequeña Lucy, como un niño que se aferra a su osito de peluche favorito. Gracias a la Santa Madre por haber intervenido en su favor y pidió perdón perdón por la mentirijilla que se le escapó para salvarle su trasero.

Peggy Anne estaba segura de que la Santa Madre intervino una vez más en su favor el día en que Billy Charleville anunció a su clase que su madre buscaba niños que le ayudaran a empaquetar después de clase y los fines de semana. Esta era su vocación; estaba segura de ello. Por supuesto, no eran los almacenes lo que le interesaba, sino el almacén general. Y si la Sra. Charleville necesitaba ayuda en los almacenes - probablemente le vendría bien algo de ayuda en la tienda. Además, si conseguía un trabajo en los almacenes de empaquetado, nunca escaparía de la multitud que pasó toda su vida evitando. Peggy Anne había pensado muy poco en sus planes de futuro, porque le parecía que ser uno de los chicos Moreau era su pasado, presente y futuro. Era una condena de por vida.

Pero segundos después del anuncio de Billy Charleville, Peggy Anne se encontró pensando en su graduación dentro de dos años y en las posibilidades de mudarse a Nueva Orleans, encontrar un empleo y trabajar en la ciudad, de la que sólo había oído hablar, aunque sólo estaba a unas treinta millas. Un título de bachillerato y dos años de experiencia trabajando con Delilah Charleville podrían hacer posible lo que parecía inimaginable un minuto antes del anuncio de Billy se hiciera realidad. Una vida lejos de Bayou Chouteau. Una vida propia y una vida en un lugar donde nadie sabía que existía una persona - como Alfred Moreau, donde nadie sabía que ella era una de once. Fue este último pensamiento el que le hizo pensar en la pequeña Lucy, y rápidamente decidió que se llevaría a Lucille con ella cuando abandonara el pantano.

Sí, de alguna manera, se la llevaría lejos de todo. Pasaron dos semanas hasta que Peggy Anne Moreau, de catorce años, logró reunir el valor y la confianza en sí misma que necesitaba para acercarse a Delilah Charleville para un trabajo. Nunca mencionó la oportunidad a nadie en casa, ni siquiera a su madre, Clothilde. Ni siquiera a la pequeña Lucy. Y mientras caminaba hacia la tienda Charleville, una variedad de pensamientos entraba y salían de su cabeza. Se sonrió cuando pensó en cómo todas las chicas de su escuela - se pondrían ciegas de celos cuando supieran que iba a pasar todos los días después de la escuela y los fines de semana trabajando en presencia de Billy Charleville. Después de todo, era, con diferencia, el chico más popular de la escuela. Quarterback del equipo de fútbol, capitán del equipo de baloncesto, lanzador en el equipo de béisbol. Él y su amigo Lamar Delacroix podían tener casi cualquier chica que quisieran en Bayou Chouteau. Eran ambos ricos y guapos. Pero Billy era el más simpático de los dos. Peggy Anne estaba preocupada. Lamar nunca se había molestado en decirle una palabra amable desde que lo conocía, y eso era mucho tiempo. Billy, en cambio, hablaba con ella todos los días. A veces era sólo para decir hola o adiós, pero siempre era algo. Lo suficiente para hacerle saber que no se avergonzaba de ser su amigo.

Peggy Anne estaba segura de que Billy sabía que las chicas lo idolatraban, y estaba segura, también, de que él se daba cuenta de que cada una lo miraba como una perspectiva de matrimonio. Porque, en Bayou Chouteau, la mayoría de las chicas se casaban justo después de la escuela secundaria. Por lo tanto, tenían que tener una buena perspectiva mordisqueando en el cebo, si no completamente enganchado, para cuando llegara la graduación. Así eran las cosas para las chicas del bayou.

Las pocas que no tenían la suerte de enganchar a su presa, solían encontrar trabajo como secretarias en el juzgado de la parroquia o con el periódico parroquial de Moss Point, la siguiente ciudad cerca del pantano. Muy pocas familias tenían vehículos durante la guerra, y las chicas que se aventuraban a buscar trabajo en el pantano reunían dinero para pagar al hijo de Maurice Chauvin, Claude, para que las transportara, en barco, a Moss Point cada mañana antes de ir a la escuela. Luego, al final de su jornada laboral, él los transportaba a casa. De lo contrario, el barco de Maurice estaría inactivo, ya que

Delilah Charleville contrató a su dueño para que dirigiera y supervisara los cobertizos de empaquetado en ausencia de su hijo mayor, Joseph. Peggy Anne estaba segura de que no quería formar parte de aquel grupo de charlatanas mujeres que se reunían cada mañana en el muelle de los Chauvin, cotilleando y chismorreando, mientras oían su "reloj de solterona," por encima del zumbido constante de su charla.

Peggy Anne había elegido su vestido de ir a la iglesia para su reunión sin cita, con la mujer más importante de Bayou Chouteau. Llevaba el pelo castaño, grueso y liso, recogido en un moño que le caía hasta la mitad de la espalda. La cinta verde, que ella había atado en un arco perfecto alrededor de su banda de goma, que había venido en los paquetes de Navidad que la sociedad de monaguillos le había regalado a los Moreaus. Se alegró de que Clotilde la hubiera guardado. Ella estaba pensando en quitarse sus pequeñas gafas doradas con montura de alambre, ya que se burlaban constantemente de ella por llevarlas, pero no podía ver nada sin ellas.

Con la mirada fija en el suelo y los brazos cruzados por encima de la cintura, Peggy Anne caminaba con paso metronómico, como si pensara conscientemente el tiempo y la precisión de cada paso. La confianza y la determinación parecían marcar el rumbo de esta adolescente, por lo demás tímida, en su misión. Pero, de repente, sus ojos contemplaron los raídos zapatos negros y blancos que había intentado arreglar y pulir la noche anterior en vano, pensó. Al darse cuenta de sus inútiles esfuerzos desencadenó automáticamente los temidos pensamientos, atormentando sus días solitarios y sus noches de insomnio. Cuanto más se esforzaba por ignorarlos, más fuerte y persistentemente resonaban en su mente. "¿Por qué tuve que ser una Moreau? ¿Dios? ¿Por qué tuviste que dar tantos hijos a un solo par de padres? Y luego, a un padre que es tan perezoso, que no se preocupa por su esposa, y mucho menos de sus once hijos. ¡No es justo! Mamá siempre está diciendo lo triste es que la pobre Sra. Dubos siempre quiso un bebé y no pudo tenerlo. Entonces, ¿por qué no pudiste haberle dado uno a ella? Estoy harta de ser pobre y compadecida, burlada y avergonzada. Odio mi vida."

Pensamientos tan horribles sólo podían provenir del poder de Satanás. Eso es lo que su mamá diría si supiera que Peggy Anne tenía estos pensamientos horribles. Por lo tanto, sólo el poder de Dios podría traerla de vuelta a sus sentidos. Y Peggy Anne siempre sabía cuándo Dios decidía intervenir y dar rienda suelta a su impresionante e ilimitado poder, porque en ese mismo momento el resentimiento y la autocompasión de segundos antes, eran reemplazados por una abrumadora ola de vergüenza y culpa. Así habló Dios a Peggy Anne. No importaba por lo que rezara o lo que se preguntara, su respuesta siempre venía en forma de vergüenza y culpa. Clotilde siempre le dijo a Peggy Anne que Dios amaba a cada persona que había creado con la misma alegría y pasión. Pero Peggy Anne tenía sus dudas. Porque la única forma que sentía la presencia de Dios era en forma de vergüenza y culpa. Y ese día en particular, mientras estaba sola en el estrecho camino del pantano que conducía a la tienda de Charleville, la vergüenza y la culpa viajaron como un relámpago a través de su alto y delgado cuerpo. La vergüenza y la culpa de sus pensamientos egoístas le produjeron una momentánea conmoción paralizante en cada nervio y músculo de su cuerpo.

Dejó de caminar y rodeó su tembloroso cuerpo con los brazos, como si se estuviera abrazando a sí misma, con la cabeza colgando, cerró los ojos con fuerza, tratando de detener el aluvión de lágrimas fluyendo incontrolablemente por sus mejillas.

"Basta, basta, basta", ordenó Peggy Anne a sus emociones. Pero, en ese momento en particular, había demasiadas emociones que controlar. Además de sus recurrentes sentimientos de ira y autocompasión, que siempre desembocaban en vergüenza y culpabilidad, también estaba lidiando con el miedo y la ansiedad que rodeaban la misión que tenía entre manos: pedir a Delilah Charleville un trabajo en el almacén. Incapaz de recuperarse, retrocedió un cuarto de milla, corriendo tan rápido como sus tambaleantes piernas se lo permitían, hacia el único lugar donde podría encontrar alivio para su golpeado cuerpo y espíritu, la iglesia católica de San Miguel.

Peggy Anne tiró de las pesadas anillas de latón que abrían las macizas puertas de roble y deslizó su cuerpo inerte dentro del santuario. Sin aliento, jadeó y, al hacerlo, aspiró la fragancia del incienso y las velas encendidas. Podía sentir y casi imaginar la combinación de aire fresco y húmedo y el aroma de los aceites perfumados penetrando en su cuerpo y fluyendo, lenta y metódicamente, desde la cabeza hasta la punta de los pies, como una corriente de agua que baja por la ladera de una montaña, siguiendo su curso natural y proporcionando confort, sanando y dando vida a su paso.

El aire familiar, denso y perfumado de San Miguel reconfortaba a Peggy Anne curó su dolor, y le dio vida, mientras caminaba con paso firme hacia el altar, hizo una genuflexión y giró a la derecha, como si la guiaran inconscientemente hacia la estatua de la Santa Madre. Se arrodilló sobre el duro reclinatorio, sin reparar en la incomodidad que ello le daba a sus jóvenes y huesudas rodillas. Bajó la cabeza en señal de reverencia, y sí, con vergüenza, empezó a rezar el Rosario. Aunque no llevaba cuentas benditas, recurrió al método que ella misma había inventado ella misma, para momentos como este, usando sus dedos y manos para representar cada oración que murmuraba en sincero arrepentimiento, y mientras sus labios se escapaban en su penitencia, de memoria, se las arreglaba a Dios en su mente, "Por favor Dios, perdóname por mis pensamientos egoístas y que sepas que te estoy eternamente agradecida por las que me has concedido. Por favor, no me castigues a mí ni a nadie de mi familia por lo que estaba pensando. Sé que no tengo derecho a cuestionar tu plan. Mamá siempre me lo dice. Sé que mis problemas son tan pequeños, y que si soy desagradecida, puedes castigarme enviando dolor y tristeza a mí y a mi familia. Mamá siempre me lo dice. Todo el tiempo. Te ruego a ti Padre celestial, quita mis pensamientos pecaminosos y ten piedad de mí..."

Hacía tiempo que Peggy Anne había dejado de llorar, pero se dio cuenta de que había estado meciéndose de un lado a otro durante su oración y recitación, cuando el movimiento rítmico de su cuerpo fue detenido bruscamente por una mano en su hombro derecho.

Sobresaltada por un instante, despertada de su trance, se volvió rápidamente, esperando y temiendo ver al padre Fredericks.

En su lugar, se encontró mirando a los ojos de Delilah Charleville. La mujer mayor había entrado en la iglesia por la puerta lateral, sin que Peggy Anne se diera cuenta. Delilah no era católica, en el sentido de que no iba a misa los domingos ni los días de Obligación. Y en cuanto a los curas, se ponían los pantalones de una en una, pierna a la vez, como cualquier otro hombre, decía. Sin embargo, amaba su iglesia y creía firmemente en el poder de la oración. Delilah sostenía, sin embargo, que ella no rezaba como un católico ordinario normal. No rezaba como la mayoría de la gente, poética y pedante que la mayoría de gente le ofrecía a Dios en un intento de impresionar mientras le ofrecían sus merecidos elogios. Solía reírse cuando admitía que la mayoría de las oraciones que le enseñaron a memorizar de niña tenían tantas palabras extrañas, dispuestas de tantas maneras inventadas, que ni siquiera entendía lo que decía hasta que llegó el momento de decir las mismas oraciones a sus propios hijos. Dalila decía que prefería "hablar con Gott." "Gott" era la única palabra que pronunciaba como su madre alemana. Y la palabra sonaba tan extraña entre los descendientes de franceses que vivían a orillas del Bayou Chouteau.

Delilah Charleville visitaba su iglesia todas las mañanas entre semana. Ella entraba y buscaba un lugar cómodo para descansar su cuerpo. Descubrió que la incomodidad que sentía cuando se arrodillaba en esos duros reclinatorios sólo le distraía y la hacía concentrarse más en su dolor que en lo que tenía que decir. Una vez sentada cómodamente, dejaba que sus pensamientos se centraran en el tema más importante. Por ejemplo, había prometido a Gott, cuando su hijo mayor, Joseph, se fue a la guerra, que iría a pie a la iglesia cada mañana a las nueve y dedicaría una hora de oración para que su hijo estuviera a salvo. Y cada día, lloviera o hiciera sol, ella estaba allí, cómodamente sentada en el primer banco. Y cada día, hablaba con Gott expresando sus más profundos y honestos pensamientos sobre su hijo. No suplicaba que volviera sano y salvo. No lloraba no lloraba las lágrimas de una madre temerosa. Sólo pensaba en José. Algunos días se pasaba toda la hora pensando en él cuando era un bebé, siempre bromeaba diciendo que había nacido con la mente de un hombre adulto, serio, responsable. Fastidioso. José. ¿Qué habría hecho ella sin él después de la muerte de su marido, William? Nunca un día de recordarle sus deberes a la familia. Nunca hubo ni una queja sobre todo lo que él sacrificó para ayudarla a mantener a flote los dos negocios familiares. Sus pensamientos no cesaban durante la hora que pasaba con Gott y Joseph. Y no tuvo que pedir a Gott el favor de su protección, porque ella creía que, a través de sus amorosas meditaciones, Él sabía lo importante era su hijo para ella. Él sabía que era una guerra la que se había llevado a los dos hermanos mayores de esta mujer, a manos de sus compatriotas de su propia madre Y el dolor que aún permanecía en su corazón no tenía que ser explicado en su conversación matutina con Gott. Él sabía todo lo que ella deseaba y sentía sobre todos y cada una de las cosas. De eso, estaba segura.

Cada día, al terminar su visita a Gott, hacía una genuflexión ante el altar, hacía la señal de la cruz y se marchaba con el mismo sentimiento que se tiene al salir de casa de un amigo después de una hora de compartir café, galletas y conservas caseras. Y este ritual le hacía sentirse tan cerca de José que, de vuelta a casa, a veces hacía comentarios, en voz alta, como si él pudiera oír sus pensamientos a través del globo. Decía cosas como: "Sé feliz, hijo mío. Trata de no sentir el peso del mundo entero sobre tus hombros". Pero luego, desde el otro lado de su boca, decía: "No te preocupes, Gott te enviará a casa sano y salvo, porque sabe que Billy te necesita. No puede perderte a ti también."

En una ocasión como ésta, Delilah Charleville entró en St. Michael y encontró a Peggy Anne Moreau meciéndose de un lado a otro en el reclinatorio frente a la estatua de la Santa Madre. Enseguida supo que era una de las chicas de Clotilde, por la larga y hermosa coleta que tenía a la vista. Pero no estaba segura de cuál de las niñas era hasta que vislumbró las gafas de montura dorada, que brillaban un poco a la luz vacilante de las velas. Peggy Anne, pensó. Es la chica de la clase de Billy. De hecho, él menciona su nombre muy a menudo. Habla de lo tímida que es, de lo malas que son las otras chicas con ella, aunque ella es tan inteligente y bonita, a su manera. ¿Por qué está aquí? se preguntaba, toda vestida, con su vestido de ir a la iglesia en un día de escuela. Es evidente que está muy disgustada. Espero que nadie esté enfermo en casa de Clotilde - mientras se acercaba a la niña por detrás y le ponía suavemente la mano encima del hombro. "Peggy Anne, ¿eres tú? preguntó, sabiendo la respuesta antes de formular la pregunta.

"¡Oh! Señora Charleville. Yo... yo no"

"Lo siento, cariño. No quise asustarte", dijo Delilah dándose cuenta de que su presencia, al ser inesperada e imprevista, más que probablemente, no deseada. Pero la niña es un desastre, pensó, así que insistió, a riesgo de parecer una vieja entrometida y metiche. "¿Estás bien, Peggy Anne? Quiero decir, hoy es día de colegio, y sé que tu mamá es muy estricta con ustedes sobre faltar a la escuela y todo eso..." La niña sólo miró a lo lejos, más allá de Delilah, se centró en nada en particular, sólo mirando. "Peggy Anne, mírame, niña. ¿Estás bien? Y entonces, cuando no hubo respuesta y ningún cambio en la expresión enloquecida de la joven, Delilah Charleville se inclinó, la acercó a su cuerpo y apoyó la cabeza de Peggy Anne sobre sus pechos. Empezó a mecerse de un lado a otro, de la misma manera en que había descubierto a la muchacha minutos antes, acariciando su suave cabello y tarareando una canción de cuna que hacía tiempo que había olvidado.

Bendito Todopoderoso, pensó Dalila, a esta niña le duelen hasta los huesos. Y cuando su lado práctico empezó a pensar qué hacer por la niña, oyó pequeños gemidos, como los primeros sonidos que haría un cachorro o un gatito recién nacido, y entonces, el cuerpo de la niña comenzó a temblar involuntariamente mientras el pequeño gemido se convertía en un incontrolable lloriqueo. La niña no intentó resistirse a este cálido y genuino acto de consuelo de esta mujer que en realidad no era más que una extraña, más allá de las cortesías que intercambiaban ocasionalmente cuando ella entraba en la tienda de Charleville. Peggy Anne se sintió como si hubiera estado huyendo durante horas de algo que temía y por fin hubiera encontrado un lugar donde descansar. En aquel abrazo, se sentía tan segura, con tanto - me atrevería a decir - afecto. Porque, a decir verdad, Peggy Anne no recordaba que nadie la hubiera cogido, abrazado, que la quisiera. Su propia madre apenas tenía tiempo de hablarle. Ella veía a otras mujeres con sus bebés en brazos y pensaba que su madre también la habría cogido en brazos a esa edad. Qué tragedia que no pudiera recordarlo. Cómo deseaba recordarlo. El tiempo se escapaba, sin que se dieran cuenta ni la mujer ni la niña.

Cuando Peggy Anne parecía calmarse, Delilah decidió... y dejó a un lado su propia hora de oración del día, porque sentía que había sin duda una razón divina para que encontrara a la angustiada muchacha en St. Michael. Ella creía que nada en la vida era pura coincidencia, y que Dios tenía su mano en cada giro de los acontecimientos de la vida. Y si, al principio, estaba desconcertada por el encuentro de la mañana, el tiempo y una mente y corazón abiertos le revelarían su significado y propósito. Su primer paso hacia esta revelación fue acompañar a Peggy Anne hasta la casa de los Charleville, detrás del almacén. Como tanto la mujer y la niña estaban sumidas en sus pensamientos, caminaron en silencio, la mujer con el brazo alrededor del hombro de la niña, sin querer soltarla por miedo a que la niña corriera como un cervatillo asustado.

Con eso dicho, Delilah pudo disipar su temor, porque huir era lo último en lo que pensaba Peggy Anne. Habría seguido ese suave toque hasta el fin del mundo. Dejó que todos sus miedos se evaporaran en el aire fresco de la media mañana de Bayou Chouteau, y por primera vez en años, se sintió en paz. Había algo especial en esta dama, lo sentía en sus huesos, y si por un momento, sintió que se estaba imponiendo a la naturaleza de esta buena mujer, desechó rápidamente el auto-reproche.

Delilah rompió el silencio pensativo cuando llegaron a la curva del camino donde se encontraba el general de Charleville, en la que se veía por primera vez el almacén Charleville's General Store. El mayor roble más grande de Bayou Chouteau se erguía en aquel recodo, con barbas de musgo español colgando de sus viejas ramas nudosas, que se extendían hacia el Bayou, cubriendo el camino de conchas debajo de él con sombras fascinantes, que se movían bajo sus pies al paso de la brisa primaveral. "Gloria, Gloria," exclamó la mujer mayor. "¡Han vuelto!"

Peggy Anne divisó una pequeña embarcación en el pantano, que se acercaba lentamente hacia ellas, y pensó que Dalila se refería a la gente que había en la barca. Pero en lugar de eso, se encontró a sí misma siendo conducida a través del pequeño campo sin cortar que bordeaba el cuidado patio de la tienda general. Allí, bordeando el pantanoso borde de una zanja de drenaje, entre hierbas silvestres y enredaderas, apareció la primera muestra de primavera de lirios de Luisiana. Grupos de hojas altas, delgadas y verdes, erguidas y altas, como soldados protegiendo las brillantes joyas azules que se asentaban precariamente sobre ellos en sus gruesos tallos verdes. Delilah se persignaba, como hacía, casi inconscientemente, cada vez que descubría algo por lo que estaba agradecida. Pero el gesto sagrado hizo poco para refrenar su excitación infantil. "Mira qué flores tan bonitas, Peggy Anne. Son mis favoritas, ¡mis absolutamente favoritas!" Y entonces, metió la mano en el bolsillo de su vestido y sacó una pequeña navaja, que siempre tenía a mano para trabajos varios en la tienda y se puso manos a la obra. Mientras cortaba cada elegante tallo, se lo entregó a Peggy Anne, que observaba asombrada cómo Delilah procedía con precisión y cuidado, a despojar a cada verde y densa de sus delicadas flores. Y mientras cortaba, hablaba, y hablaba del hermoso iris de Luisiana. Peggy Anne escuchaba atentamente, mientras su compañera matutina le explicaba cómo brotaban las flores cada año, y cada año producían más que el anterior. Salvajes, indómitos, sin más ayuda que la de la madre naturaleza. La prueba de que existe Dios, porque ningún hombre, ni ninguna mujer, podría crear algo tan hermoso.

Recortó y recortó y recortó un poco más, hasta que una rápida mirada hacia el portador de la flor demostró que su tarea estaba completa. Delilah cerró la navaja, la volvió a guardar en el bolsillo y sacó en su lugar, un pañuelo blanco almidonado, que obviamente había sido doblado en forma de triángulo. Se levantó las gafas para poder limpiarse las gotas de sudor y los trocitos de hojas de la cara, dobló el pañuelo como si acabara de plancharlo de nuevo y se lo metió en el cinturón por si lo necesitaba. Cogió casi la mitad de las flores que Peggy Anne y señaló con la cabeza en dirección a su tienda y a su casa.

A medida que avanzaba, el discurso de Dalila sobre el iris de Luisiana parecía adquirir un tono más filosófico. "Siempre digo que hay dos tipos de belleza en este mundo, Peggy Anne. Es la que siempre hay que trabajar, la que requiere atención constante, ya me entiendes. Como mis rosas, por ejemplo. Oh, todo el mundo piensa que me encantan esas cosas, porque siempre parecen tan sanas y bonitas. Bueno, ¡deberían estarlo! Me quitan más tiempo que mis hijos cuando eran pequeños. Podar, alimentar, regar, protegerlos del frío y de las enfermedades... La única razón por la que los cultivo es por mi mamá. Ya sabes, vivíamos en la ciudad, encima del negocio de mi padre, y no había lugar para un jardín, y mamá siempre hablaba de las hermosas flores en el viejo país y cuánto las extrañaba. Las rosas eran sus favoritas. Así que las cultivé para que mamá mirara hacia abajo y las viera desde arriba.

Pero para mí, son como esas mujeres elegantes que ves en la ciudad, que tardan horas en arreglarse y maquillarse cada día, mucho trabajo y preocupación por ese tipo de belleza, ¿eh? Yo aprecio el otro tipo de belleza, ya sabes, aquella en la que no tienes que trabajar. Gott lo ha dado. Como estos lirios de aquí. Piénsalo. Nadie los plantó. Nadie los regó ni los cuidó de ninguna manera. No. Ellos simplemente surgieron, de ese pantano feo y descuidado, y convirtieron ese pedazo de tierra en un pedacito de cielo. Así es como yo lo veo". Ella se rió un poco y dijo: "Escúchame, ¿eh? Hablar y hablar de estas flores, cuando sé que ustedes los jóvenes no las ven de la misma forma que nosotros, los viejos, ¿eh?". Ella movió su ramo de flores para uno de sus brazos, que volvió a colocar alrededor del hombro de Peggy Anne. La joven sólo respondió con una tímida sonrisa, estando de acuerdo con todo lo que salía de la boca de Dalila. Nunca antes se había fijado en las flores silvestres en sus paseos por el camino de conchas, se preguntó cómo había podido pasar por alto su espectacular despliegue.

Peggy Anne estaba hipnotizada por la sencilla sabiduría de su compañera. Se aferraba a cada una de sus expresiones como si fuera la primera vez que oía hablar de ellas y ansiaba saber más de aquella dama que parecía ver el mundo a través de ojos iluminados.

La casa de los Charleville era en realidad una extensión de dos pisos de la parte trasera del almacén general. Para entrar en ella, había que atravesar la tienda, y pasar por la puerta directamente detrás del mostrador y la caja registradora, o se podía evitar la tienda y entrar por una puerta lateral, que sólo podía ser alcanzada caminando por un sendero de piedra a través del famoso sendero de rosas de Delilah Charleville. Las dos entradas del domicilio conducían a la cocina. Había tres ventanas en la cocina, una a cada lado de la puerta de la puerta, que daban a su jardín perfectamente cuidado y a su jardín, perfectamente cuidado, y a la empacadora, situada más allá. en la pared que separaba la cocina del almacén.

Estas ventanas estaban estratégicamente situadas para la muy hábil mujer de negocios y ama de casa, porque mientras ella se ocupaba de su cocina y el papeleo en la cocina, podía seguir vigilando las las idas y venidas del almacén, así como las de sus clientes en la tienda. A Delilah le encantaba su cocina, y Peggy Anne podía sentir que el corazón de la familia Charleville era la cocina, y descubrió que era tal como siempre había imaginado.

Las hermosas cortinas blancas de encaje de algodón que colgaban de las ventanas rompían la intensidad y el calor de la luz del sol, pero dejaban entrar solo un poco del exterior para dar a la habitación y a todo lo que había en ella una energía que uno casi podía visualizar y, sin duda, sentir. Todo estaba relucientemente limpio, desde la gran cocina de esmalte blanco hasta la mesa de esmalte blanco, la encimera de azulejos de cerámica blanca y salpicaduras, que fue acentuado a lo largo del borde superior con un azulejo azul ocasional, en forma de diamante. El suelo de roble parecía desgastado en algunas zonas, pero aún así contribuía a la calidez que llenaba la habitación.

En la mesa había cuatro sillas con respaldo de escalera, cada una con un cojín de guinga azul y blanca y Peggy Anne eligió sentarse en la que estaba más cerca de ella, incluso antes de ser invitada. Esto habría molestado a Clothilde, que había enseñado mejores modales a sus hijos, pero Peggy Anne siguió sus instintos naturales y, en aquella habitación, se sintió como en casa, no en casa de los Moreau, sino en una casa como aquella con la que siempre había soñado.

Dalila se puso el delantal y empezó a moverse de un lado a otro de la cocina, como si estuviera en una pista y cada movimiento estuviera programado de antemano. Y no dejó de hablar mientras ponía dos tazas y platillos, dos platos, cuchillos, tenedores y cucharillas. Cuando Peggy Anne admiró las servilletas blancas de algodón con pequeñas flores rosas y lavanda bordadas, Delilah le explicó que habían pertenecido a su madre. Se sonrió un poco y prosiguió, sin apenas detenerse a respirar, contándole a Peggy Anne que su padre había tenido un negocio en Nueva Orleans. Solía fabricar y vender redes de pesca, y como siempre estaba ocupado tejiendo las grandes redes en la parte trasera de la tienda, su madre se encargaba del negocio.

Eso significaba, por supuesto, que ella, al ser la mayor y única hija, era responsable de las tareas domésticas en su casa que estaba por encima de la tienda y de cuidar de sus tres hermanos. Le contó a Peggy Anne que un día su madre había subido las escaleras justo cuando ella había terminado de acomodar la mesa para la cena.

"¿Dónde están las servilletas?", le había preguntado a su hija. Delilah le dijo que todavía no las había planchado y que pensaba que podrían comerlas una vez sin ellas. "Esta familia no comerá como bárbaros", le dijo a su hija. "Y desde ese día,"

Delilah le contó a Peggy Anne, "me aseguro de que mis servilletas estén planchadas, y nunca sirvo una taza de café sin una. ¿No es curioso cómo estos hábitos a lo largo de nuestra vida? ¡Ach! ¿Qué sabrás tú de eso? Aún eres una jovencita, con tiempo para formar tus propios hábitos". Mientras charlaba, el aroma del tocino frito y las galletas horneadas comenzó a llenar el aire.

Delilah vertió agua hirviendo de una tetera de acero inoxidable en una delicada tetera de porcelana, que colocó en el centro de la mesa, y Peggy Anne se dio cuenta de que iba a tomar té caliente por primera vez en su vida. "El café es bueno para despertarte y mantenerte en marcha", dijo Delilah, pero no hay nada como una taza de té para calmar y tranquilizar el alma".

La joven observó lo que hacía la mujer mayor y siguió su ejemplo mientras ponía una cucharadita de azúcar y sólo un poco de crema en su taza de té. Le encantaba el aroma exótico que se elevaba hasta su cara, con el vapor de la taza. Luego, el almuerzo estaba listo. Tocino y galletas, no una gran cena pesada, que era lo habitual en casa de los Moreau para las comidas del mediodía. Sólo tocino y galletas. Delilah se sentó frente a Peggy Anne, y después de un...pequeño suspiro que indicaba su intención de sentarse y relajarse, preguntó suavemente, "¿Te gustaría hablar de lo que acaba de pasar en la iglesia, niña?"

Así, sin más. En condiciones normales, Peggy Anne se habría callado ante este repentino acercamiento directo a sus sentimientos personales, pero este no era un día ordinario y ciertamente no era una dama ordinaria. Se sentía más cómoda con aquella mujer que con cualquier otra persona que hubiera conocido y mientras abría su pequeño corazón cansado y roto a Delilah, se encontró hablando de la escuela, de las burlas y el tormento.

Le sorprendió descubrir que Delilah ya lo sabía. Parecía que Billy hablaba mucho de ello y le contaba a su madre que se sentía muy mal por ello, aunque nunca había participado. Era verdad, Peggy Anne le dijo a Delilah que Billy era el chico más simpático del colegio, y la orgullosa madre no pudo más que sonreír. Delilah sería la primera en admitir que su hijo menor no era un cerebrito, y era un poco irresponsable, pero era un buen chico.

Las palabras seguían saliendo de la boca de Peggy Anne, a Delilah que tenía intención de pedir trabajo en la tienda, se dirigía a la tienda cuando malos pensamientos entraron en su mente, por seguir los consejos de su madre, pero a veces rezar por ellos no parecía hacer desaparecer los malos pensamientos. Cómo todo lo que podía hacer para evitar los malos pensamientos y los sentimientos de culpa era ir directamente a la Santa Madre, y así fue como acabó en San Miguel, porque no quería que nadie de su familia fuera castigado por lo que ella pensaba. Mientras las palabras de Peggy Anne salían de su boca a la manera de una ansiosa confesión, en lugar de una simple explicación, las cejas de Dalila se acercaron cada vez más juntas. Comenzó a apretar un poco los dientes, haciendo que sus músculos faciales palpitaran y sus labios se fruncieran. Y con el codo sobre la mesa, bajó la cabeza y apoyó la frente en los dedos corazón y pulgar.

Al ver esta reacción, Peggy Anne se detuvo en seco, temiendo haber revelado demasiado de su naturaleza malvada a la atenta oyente, que empezó a mover la cabeza de un lado a otro, en lo que a la confiada muchacha le parecían signos de disgusto y desaprobación. Pero cuando el abrupto silencio hizo que Dalila levantara la cabeza y mirara en la mesa a su atribulada invitada, lo hizo con una mirada tan tierna, que Peggy Anne recordó una vez más que se encontraba en un lugar seguro. "Señora Charleville, no quiero tener estos pensamientos ingratos, de verdad que no. Me esfuerzo mucho por no tenerlos, pero surgen, y entonces, intento realmente alejarlos, pero no puedo. No sé cómo mi mamá lo hace. Me odiaría si supiera cómo me siento realmente. Quiero decir, ¿no? ¡A veces me siento tan culpable que podría vomitar! A veces, lo hago, es sólo el trabajo del diablo, supongo..."

"¡Ya basta! Ahora quiero que sepas que me gusta mucho tu mamá, y Gott sabe que no tengo ni idea de cómo maneja su casa de la manera que lo hace, y lo que te voy a decir no pretende de ninguna manera faltarle el respeto a esa buena mujer." Hizo una pausa, respiró hondo, se enderezó en la silla y puso ambas manos con las palmas hacia abajo, sobre la mesa, como si se estuviera preparando para una sacudida y con una ligera vacilación, procedió a ofrecer a Peggy su ardiente opinión sobre la filosofía religiosa de Clotilde Moreau.

"Yo no sé a qué Dios reza la gente como tu madre, niña, pero desde luego no es mi Dios. No, señora. Oigo esas tonterías todo el tiempo. No cuestiones lo que Dios te envía. No te sientas mal por tus problemas, porque las cosas siempre pueden ser peores'. Y luego, los sacerdotes, como ese arrogante alemán en San Miguel, nos harían creer que el sufrimiento es nuestro único camino al cielo."

¿Acaba de referirse al padre Fredericks como un alemán arrogante? Peggy Anne se sorprendió y miró a su alrededor cohibida para ver si alguien más había oído, aunque sabía que Delilah Charleville era la única persona en la sala. Entonces, la audaz voz de Delilah llamó la atención de Peggy Anne. "¿Es eso lo que piensas de Gott, niña? ¿Qué le gusta que sufras? ¿Que nunca quiere que cuestiones las cosas de tu vida? ¿Que siempre debes aceptar tu vida tal como es?"

De nuevo, la niña miró alrededor de la habitación para ver si estaban solos. De repente se sintió desnuda, como si estuviera exponiendo sus partes más íntimas, y se sintió avergonzada por lo que se revelaba. Y así, fue simplemente un murmullo de disculpa que respondía a las penetrantes preguntas de Dalila. "Bueno, sí señora, supongo que sí."

"Um-hmm. Eso es lo que pensaba." El rostro de Delilah se suavizó un poco mientras consideraba si estaba o no invadiendo el territorio ajeno. Después de todo, Peggy Anne no era su hija, ¿y no tenían Clothilde y Alfred derecho a enseñar a su hija como les pareciera? Pero sus dudas fueron efímeras, pues, aunque apenas conocía a la adolescente sentada frente a ella, sentía algo especial por ella. Sentía una cercanía inusual. Peggy Ana observó cómo Delilah rellenaba las tazas con té caliente, observó los melódicos movimientos de sus manos, mientras preparaba su propia taza con azúcar y la nata, y decidió que, aunque no se podía considerar a Delilah Charleville una mujer hermosa, sus rasgos clásicos le daban un aire de elegancia y gracia, un poco de refinamiento nacido de una cultura más antigua, un mundo diferente, uno mucho más allá de Bayou Chouteau.

Delilah sintió los ojos tentativos pero inquisitivos de la chica sobre ella y decidió adoptar un enfoque más cordial sobre este tema, que podría provocar un acalorado debate entre ella y uno de sus contemporáneos. Pero Peggy Anne no era más que una niña. "¿Cuántos años tienes,

Peggy Anne? sabiendo que probablemente tenía la misma edad que su Billy." "Tengo quince años", respondió la niña con voz segura, aliviada por tener una pregunta a la que podía responder con seguridad.

"Eso es lo que pensaba. La misma edad que mi Billy. Y tú tienes la misma edad que yo tenía cuando murió mi madre. Ella solía decirme las mismas cosas que tu mamá te dice sobre Gott, sobre la vida. Y lo asimilé hasta el último pedacito. Era una niña obediente, como tú, una niña confiada y por encima de cualquier otra persona en el mundo, confiaba en mi mamá. Así que, cuando ella me dijo que nunca debía cuestionar la voluntad de Dios, que debía aceptar todo lo que la vida me diera sin quejarme, y que algún día sería recompensada por la cantidad de sufrimiento que soporté en la tierra, le creí, igual que tú crees en tu madre. Pero entonces, mi madre murió. Dejó cuatro hijos, yo era la mayor y la única niña. Con papá ocupado con sus negocios, me tocaba a mí ocupar el lugar de mamá en el cuidado de la casa y de mis hermanos pequeños. Para esa parte, estaba bien preparada, ya que siempre había ayudado a mamá cuando trabajaba con papá. Como te dije antes, ella era la que realmente llevaba el negocio. Pero para lo que mi mama me salvo y para lo que mi madre no me preparó fue para ver morir a mi hermanito un mes después que ella, de la misma enfermedad. Joseph era mi angelito. Me senté junto a su cama y vi cómo temblaba por las altas temperaturas.

Entraba y salía y cuando tenía fuerzas para hablar, me miraba y me llamaba "mamá". Pero pronto me di cuenta de que estaba tan enfermo que hablaba con la cabeza, llamando a mamá por costumbre, sin recordar que se había ido. Y entonces, él también se fue. Le pregunté a Gott. ¿Por qué? ¿Por qué? ¿Por qué? Era sólo un bebé. Sabía que mamá me había enseñado a aceptar, no a cuestionar. Pero, ya sabes, Peggy Anne, a mi mamá se le había evitado el verdadero dolor. Ella nunca lo experimentó. El tipo de dolor que se siente como si alguien te metiera la mano...y te retorciera el corazón una y otra vez, hasta que finalmente te lo arrancan. Yo sentí ese dolor cuando tenía tu edad.

Y recuerdo a nuestro cura, viniendo a cenar, y diciéndome cosas como las que tu mamá te dice, y mi mamá me dijo. Pero ya no me lo creía. Gott no quiere que suframos, Peggy Anne. Y cuando lo hacemos, tenemos que darle la vuelta y buscar algo bueno. Estoy de acuerdo que cuando pasamos por tiempos difíciles, tenemos que 'orar', tenemos que dirigirnos a Dios, porque Él quiere saber de nosotros. Pero creo que también tenemos que "pensar en ello". Creo que para eso nos dio un cerebro, él nos dio la capacidad de pensar y de tomar nuestras propias decisiones, Peggy Anne, nos dio la capacidad de distinguir el bien del mal. Nos dio la capacidad de saber qué hay en nuestras vidas que se interpone entre ser un ser humano ordinario que va por la vida sin explorar las posibilidades, y un ser humano extraordinario que busca y encuentra un propósito para estar aquí en esta tierra. Y encontrar un propósito, un lugar en la vida donde puedas dar lo mejor de ti, eso es lo que Gott quiere para sus hijos, Peggy Anne. Él quiere que seamos felices y experimentemos este mundo que creó para nosotros. Quiere que celebremos la vida, hija, no las dificultades."

"¿Estás diciendo que cuestionas a Dios?" Delilah preguntó, pensando que probablemente iba a tener que confesarse después de esta blasfema conversación.

"Supongo que cuestiono a Dios. Pero mi pregunta nunca es '¿Pero qué quieres que saque de esta situación?, y ¿a dónde voy desde aquí?' Le doy el control, pero actúo. No me limito a aceptar una mala situación como mi suerte en la vida, para soportar y acatar como mi billete al cielo. Oh, puedo ver que he hablado y probablemente te he confundido más que cualquier otra cosa."

"Creo que estoy un poco confundido, pero está bien, porque disfruto escucharte. Nadie más me ha hablado de Dios de esa manera."

"Bueno, tal vez si te doy un ejemplo de la vida real, entenderías un poco mejor. Verás, cuando el pequeño Joseph murió, supe que no podía sólo cuidar de la casa y de los niños mayores y esperar que mi dolor desapareciera, sólo porque rezaba por ello. Y no quería vivir el resto de mi vida sintiéndome como me sentía, a pesar de que me habían enseñado que el sufrimiento era bueno para mi vida eterna. Así que le dije a papá que quería aprender el negocio. Quería tomar el lugar de mi mamá allí, también. Al principio, dijo que no. Pero seguí rezando e insistiendo, y pronto cedió. Mis hermanos estaban en la escuela todo el día, y me dediqué todo mi tiempo a aprender acerca de la gestión de un negocio. Me encantaba entonces, y me sigue encantando hoy. Es para lo que nací."

"Pero también naciste para ser esposa y madre, ¿verdad?" Peggy Anne preguntó, entendiendo ahora por qué Billy Charleville era tan diferente de los otros chicos de la escuela. Siempre pensó que el hecho de ser tan rico lo que le daba la independencia y la confianza en sí mismo que necesitaba para alejarse de su círculo de amigos y ser amable con ella, a pesar de las burlas de sus amigos. Pero ahora se daba cuenta de que no era su dinero lo que le fortalecía, sino su madre.

La sonrisa de Dalila se ensanchó cuando Peggy Anne sacó el tema del matrimonio y los hijos, ni siquiera me interesaba casarme y tener hijos me asustaba, porque perder a Joseph había sido tan doloroso, que no podía imaginarme perder otro niño que amaba tanto. Entonces llegó la primera guerra mundial. Nosotros, los niños, éramos medio alemanes, y mis hermanos se alistaron para luchar. Creo que era importante para ellos mostrar su lealtad a este país, perdí a los dos. Mi corazón estaba tan roto, que no podía sentir nada durante años."

"Creo que tenía veintidós años cuando conocí a Will Charleville, y la mayoría de mis amigos eran esposas y madres para entonces. Will era unos cuantos años mayor que yo, así que por supuesto, estaba realmente interesado en casarse y traerme aquí a Bayou Chouteau, a vivir con su familia. Pero aguanté un par de años. Celebré mi vigésimo quinto cumpleaños aquí en el pantano, y he estado aquí desde entonces. Sabes, todos somos diferentes, Peggy Anne, en cómo manejamos las cosas, cómo vivimos nuestras vidas. Tu mamá podría ser muy feliz en su lugar. Y eso está bien. Pero eso no es razón para que aceptes su vida para ti. Puedo decir que eres una chica brillante, y eres bonita, también. Aquí estás hoy, buscando hacer un cambio para ti misma. Demuestra que usaste ese cerebro que Gott te dio - y sé que está contento de que lo hayas usado. Así que no tengas miedo de esos pensamientos. Hay que agradecer que los tienes."

Peggy Anne se sentó y escuchó. Podría haber escuchado todo el día, sin decir una palabra. Habían bastado unos minutos para que Dalila Charleville, con su paciencia y su falta de pretensiones, contradijeran la religión de culpa y vergüenza de Clotilde y las pedantes advertencias de un Dios iracundo. Mientras disfrutaba de su té caliente, con su combinación de sabores dulces y picantes, se preguntó si todo este encuentro era sólo el diablo, preparándose para la tentación.

Esta cálida y confortable cocina, las agradables ofertas de comida y bebida, y esta amable y encantadora mujer del pantano, propugnando su audaz, si no blasfemas palabras de consejo con el aire más suave y persuasivo, propio de aquellos que han ganado y se sienten cómodos soportando la sabiduría del plan de Dios. ¿Era así como se presentaba Satanás? Reflexionó la posibilidad. ¿Estaba cayendo en sus tentaciones, alentándola para que cuestionara a Dios? Y durante un breve y estremecedor instante, se imaginó en el rincón más profundo y oscuro del universo.

Levantó la cabeza para ahuyentar la visión y clavó los ojos en Delilah Charleville, con la esperanza de ver a través del corazón de este enlace entre ella y su poder superior. Y se dio cuenta, en ese momento, de que Satanás no podría presentarse en el mensaje pacífico y tranquilizador que fluía de aquellos ojos simpáticos y cerúleos. La expresión preocupada del rostro de Peggy Anne se suavizó en una tímida sonrisa que Delilah le devolvió amablemente, en ese momento, dos almas confiadas quedaron unidas.

"Entonces, ¿cuándo puede empezar a trabajar en mi almacén, señorita Peggy Anne Moreau?"

SÁBADO

"Se movía con cierta cantidad de incertidumbre,

como si realmente no supiera, para qué estaba

allí, o a dónde tenía que ir..."

Elle escucho las palabras pasar melódicamente por su mente y cobrar vida en la suave y arrulladora canción que entonaba inconscientemente mientras terminaba de meter los últimos platos del desayuno en el lavavajillas. Brad se encontraba de pie en el patio trasero, no lejos de las ventanas abiertas de la cocina sobre el fregadero, permitiendo que una suave brisa tropical corriera por la habitación, dando la sensación de estar en primavera como en un día de principios de septiembre.

"Una vez tomo algo

dorado, que colgaba de un árbol,

y su mano cayó vacía..."

Ni aun con el mayor intento, no podía recordar dónde había oído la canción que estaba cantando para sí misma, y entonces recordó era una vieja canción de Carole King que solía tocar mucho cuando estaba en el instituto. Hacía años que no escuchaba la canción. Qué raro, pensó que el cerebro puede almacenar toda esa información innecesaria durante tanto tiempo, y luego lanzártelo de nuevo años más tarde sin preguntar, por alguna razón desconocida. Tal vez, para evitar uno de sus viajes filosóficos, en los que su mente no tenía nada que hacer.

Divagando cuando había asuntos más prácticos entre manos, se tomó un segundo para estirar la espalda y echar un vistazo a su marido. Por un breve instante, mientras miraba a Brad, con las manos en las caderas, la cabeza ligeramente inclinada hacia atrás mientras estudiaba algo en el segundo piso o en el tejado, Elise tuvo la extraña sensación de ver a su marido como un anciano. No era el pelo prematuramente canoso, pues estaba acostumbrada a ello y lo encontraba bastante atractivo. No. era algo en su rostro. Era la mirada de una persona que se había cansado de las sorpresas de la vida, cuyos ojos estaban cansados de ver la belleza de la vida empañada por el paso de los años y los ciclos ininterrumpidos e imparables de la naturaleza. Era una mirada que había visto evolucionar gradualmente en el rostro de su padre durante los últimos años. Una mirada que le hacía sentir como un pozo vacío y sin fondo que podría succionarla por dentro si pensaba en ello demasiado tiempo.

Su trance melancólico se rompió cuando los ojos de Brad se encontraron con los suyos a través de la ventana, y ella le devolvió la vacilante sonrisa algo que él le envió. Volvió a mirarle a la cara, a sus ojos profundos, oscuros y distantes, y supo por qué su cerebro acababa de recordarle las palabras que una vez entonó cuando era adolescente en su habitación, con su puerta cerrando los miedos y desafíos que empezaron a acechar como sombras en su adolescencia. Hoy, sin embargo, la letra no era sobre ella. Se refería a su marido. Brad parecía tan fuera de lugar, yendo de una tarea a otra, siguiendo las sugerencias de los vecinos sobre los interminables preparativos para la fuerza natural que se acercaba, una fuerza que podía arrebatarle tantas cosas de su vida, una fuerza sobre la que no tenía ningún control. Podía perder cosas por las que había trabajado tan duro, para las que había planeado, para las que había ahorrado, cosas que, para él, reflejaban todo lo que él era en términos de su éxito, en términos de su autoestima, la suma total de su vida.

No importaba cuántas veces ella le metiera en la cabeza que él era más, que las cosas materiales que podía proporcionarle, Elise sabía que nunca llegaría a él. Ella nunca sería capaz de traerle la paz de la mente y el corazón. Había pasado demasiados años de formación con otras personas, cuyas directrices para evaluar su felicidad y el éxito y el de los demás en cualquier fuente espiritual o filosófica.

En sus casi dos años de noviazgo, Elise había visto pocos indicios de esta influencia en su personalidad. De hecho, el Brad con el que salía odiaba el ambiente cargado de los muchos restaurantes de lujo de la ciudad y prefería los antros locales. Se propuso nunca llevar camisas con logotipos de diseñadores con sus vaqueros desteñidos planchados. Una vez, por su cumpleaños, sus padres le enviaron siete polos Ralph Lauren, a los que se refería como "un símbolo de estatus diferente, de colores brillantes, para cada día de la semana." Los envolvió cuidadosamente en una caja y los llevó a los grandes almacenes Macy 's, donde recibió crédito suficiente para comprar ropa para todo un año.

Ingenuamente, Elise interpretó sus acciones como signos de su confianza en sí mismo, "que es un hombre que cree que no necesita signos ostentosos de riqueza para impresionar a los demás," pensó. Esto le gustaba, así que no escuchó a la vocecita en su cabeza que se preguntaba por qué devolver ese regalo le daba tanto placer. Pasó por alto los signos que mostraban rebeldía en lugar de confianza en sí misma o simple sentido práctico. Pero la gente tiende a ignorar al cerebro cuando el corazón y las hormonas dicen: "Mmmm, ¿no es perfecto?" Hubo otras señales, advertencias tal vez, que fueron ignorados o simplemente puestos en la categoría de "me preocuparé de eso más tarde". Para dar un ejemplo, la forma en que su mejor amigo Adam sonrió cuando le dijo, "Estoy deseando que conozcas a sus padres. "A lo que ella pensó, "¿Por qué debería preocuparme? Nunca he tenido problemas en el pasado con los padres de que no me quisieran. De hecho, los padres normalmente me querían más que a sus hijos, sobre todo cuando estaban deseando que sus hijos sentaran la cabeza, lo que no solía ser bueno para la relación."

Entonces le hablaron de la única relación seria que Brad había dejado atrás cuando se marchó de St. Louis para estudiar derecho en

Tulane. Él había jurado a Elise que no había nadie en casa, porque ella dejó claro que no le interesaba salir con alguien que estuviera con otra persona. Cuando ella se enfrentó a él, admitió que había estado saliendo con alguien durante un par de años. De hecho, este alguien había hecho una visita a Nueva Orleans sólo un mes antes de que él y Elise se habían conocido. Pero era una relación sin futuro, le aseguró. No iba a ninguna parte. "¿Y eso por qué?" Elise quería saber. Nada en común, adivinó... atraído por ella físicamente... pero sin poder ir más allá. Casi sin expresión y obviamente sin imaginación, él ofreció las excusas más utilizadas en la historia de las citas.

"¿Estás enamorado de ella?" La expresión de su cara amarga le decía que, aunque sabía que esa pregunta era inevitable, le incomodaba bastante. Y, por supuesto, ella podría haber predicho su respuesta, que fue: "Oh, me preocupo mucho por ella, pero no puedo decir que estoy enamorado de ella". No estaría saliendo contigo, si lo estuviera. Yo no soy así."

"Ya veo. Eres un mentiroso, pero no un infiel. Eso es reconfortante, eso es realmente reconfortante."

"No te mentí, Elise. Se acabó. Se acabó. Hablamos de ello cuando ella estaba en la ciudad. Y desde entonces, le he contado todo sobre ti, y la verdad es que ella sabía desde el principio que no había futuro en la relación, así que no fue una gran sorpresa para ninguno de los dos."

"Así que hay mujeres en este mundo que están dispuestas a pasar dos años de sus vidas en una relación monógama, sabiendo que va a ninguna parte?" Esta conversación no iba a ninguna parte, sino de mal en peor, así que Elise ni siquiera se quedó para escuchar una respuesta a lo que ella creía era una pregunta retórica. Pero justo antes de cerrar la puerta de su apartamento al salir, se las arregló para añadir, sucintamente, "No seré la aventura de nadie fuera de la ciudad. Y tú me has insultado pensando que lo sería."

Su distanciamiento sólo duró alrededor de un mes, y en varias ocasiones durante su breve separación, Adam se sintió "obligado" a compartir un poco de vino y discutir con ella las tribulaciones del pasado romántico de Brad. Para resumir, le dijo que "Kelly era una gran chica. Era muy guapa, divertida, le gustaban las fiestas. No tenia mucho en el departamento del intelecto, pero el infierno, que se preocupa por que en la universidad, ¿verdad?"

"Lo creas o no, Adam, algunas personas lo hacen. De hecho..." Ella odiaba comentarios como ese, y Adán se dio cuenta tan pronto como lo dijo, por lo que no dudó en interrumpirla para evitar que la conversación se convirtiera en un debate de "cerebros contra músculos."

"Lo sé, lo sé, pero déjame terminar. Todos estábamos locos por ella, y odio decirte esto, pero todos pensábamos que Brad también estaba loco por ella. Pero los padres de Brad la odiaban, y me refiero a odio en el más alto grado. Para ellos, era la hija inculta de un obrero de la construcción - y una madre cuyo pasatiempo favorito era pintar números sobre fondos de terciopelo. En pocas palabras, ella no fue a la universidad, no era rica y no era judía. Tres strikes... está fuera."

A Elise no le importaba la forma en que Adán parecía saborear los hechos que casualmente derramó ante ella. No pudo evitar preguntarse si era el tipo de persona que encontraba placer en las desgracias de su mejor amigo, o tal vez era el cabernet, que estaba teniendo un efecto contrario en ella. Ella no quería sentir lástima por Brad o su maravillosa Karen, o Kristy, o era Kelly. Realmente no quería saber nada más de ellos. Pero siguió escuchando, como si él le estuviera contando un cuento de hadas, esperando un final feliz, aunque sabía que un final feliz en esta historia no la dejaría sintiéndose como se sentía, por ejemplo, cuando veía su película favorita de todos los tiempos, The Sound of Music. Anotó mentalmente que tendría que alquilarla y verla de nuevo, muy pronto.

Adam había dejado de hablar por un momento, para tomar un sorbo de su vino, y tal vez para darle la oportunidad de responder a sus divagaciones. A ella no le gustaba Adam, no le caía muy bien en ese momento, y se encontró mirándolo y preguntándose si realmente pensaba que su espeso bigote realmente desviaba la atención de sus entradas. Cuando ella no reacción a su desagradable revelación de los hechos, él continuó con lo que Elise detectó como un pequeño brillo en sus ojos.

"Los Steiner le dejaron muy claro a Brad que debía dejar de ver a Kelly si quería su matrícula universitaria pagada. Que la viera era un acto de deslealtad hacia ellos, porque sabía muy bien lo que sentían por chicas como ella, y después de todo, ellos nunca le pidieron mucho, considerando todo lo que habían hecho por él. Pero Brad siguió viendo a Kelly, aunque tuvo que escabullirse por la ciudad para hacerlo, todo el tiempo diciéndole a sus padres que se había acabado. Kelly sabía que la odiaban. Demonios, ni siquiera se le permitía poner un pie en su casa.

"Cuando los Steiner descubrieron que Brad les mentía, bueno, Phyllis, su madre, fue al hospital quejándose de dolores en el pecho. Incluso aunque el médico le dijo que era indigestión, le dijo a Brad que estaba causándole problemas cardíacos. Mel, su padre, no hizo nada, más que coger el teléfono y llamar al abogado de la familia para desheredar a este hijo desobediente y desagradecido. Brad sabía que pronto dejaría la ciudad, nueva ciudad, nuevas mujeres, nueva vida. Así que le dijo a sus padres, una vez más, que no volvería a ver a Kelly. Y entonces fue cuando tú entraste en escena, mi pequeña amiga."

Su última frase la había convencido más que nunca de que realmente no le gustaba… O tal vez, debido a la situación que acababa de revelar, él simplemente no se preocupaba por ella de una manera u otra, ya que sentía que su relación con Brad no tenía futuro de todos modos. Millones de pensamientos nadaban en su cabeza, y no podía pensar con claridad para decir algo coherente o hacer preguntas.

Estaba enfadada, pero ¿con quién? ¿Brad, por mentir? Mel y Phyllis Steiner por lo que le habían hecho a su hijo y por cómo habían tratado a una mujer inocente que lo amaba? ¿O estaba enfadada con Adam, por disfrutar de toda esta saga y ser el portador de noticias inquietantes? Quizás estaba enfadada consigo misma, por ser tan crédula, tan vulnerable…a Brad, su pequeño niño encantador empaquetado en el muy atractivo, viril cuerpo del hombre maduro y estable que ella imaginaba que era.

También estaba dolida, por ella misma, por Brad y por esa mujer a la que ni siquiera conocía. Elise se sintió incómoda al saber que Brad le había hablado de ella a Kelly antes de hablarle a ella de Kelly. Pensó en la horrible cosas que esta mujer probablemente pensaba de ella, y le dio un pequeño escalofrío, porque Elise nunca podría sentirse cómoda con solo pensar que no le gustara a alguien. Y entonces, sin querer, aireó sus pensamientos en voz alta, le preguntó a Adam, su confidente cuestionable, "Entonces, ¿cuál es mi papel en todo esto?"

La expresión facial y el humor de Adam parecieron cambiar mientras se movía algo incómodo en su asiento. Sólo unos minutos antes, ella había visto en su rostro la satisfacción hipócrita de un cotilla de barrio difundiendo rumores por el "bien supremo" de todos los implicados. Ahora le parecía que él sentía lo mismo que ella, por primera vez. Las líneas formadas por la risita algo sarcástica que mostró durante su soliloquio se fundieron en la mirada más comprensiva y cariñosa que ella jamás había visto en el rostro de Adam. ¿O estaba siendo crédula e ingenua una vez más? Su respuesta la convenció de que no.

"Sabes que no puedo responder a esa pregunta por ti, Elise. aunque ojalá pudiera. Tendrás que hablarlo con Brad. Él es el único que conoce sus intenciones contigo, con Kelly o con sus padres. Pero te diré esto. Nunca lo he visto enfrentarse a sus padres. Lo he visto mentirles, pero nunca le he visto enfrentarse a ellos."

"Entonces, ¿qué se supone que significa eso para mí?" preguntó, de repente sintiéndose muy a la defensiva sobre lo que pensaba que Adam estaba insinuando.

"Mira, Elise. Por si no te has dado cuenta, me gustas mucho. No eres el tipo de chica común, si sabes lo que quiero decir. Para mí, eres el tipo de chica que se casa. Eres especial. No sé cuáles son las intenciones de Brad, pero no quiero que ese hijo de puta te haga daño. Amo al tipo.

Es mi mejor amigo. Nadie lo conoce tan bien como yo, y nadie sabe con lo que está lidiando tan bien como yo. Sus padres son muy duros - más duros que él en este momento."

Ella asintió con la cabeza como si entendiera y aceptara lo que le estaba diciendo, y luego dejó que su cabeza colgara ligeramente, para que él no pudiera ver sus ojos cerrados sin poder contener las lágrimas provocadas por el vino y la conversación. No había forma de que pudiera ver a Brad en ese momento. Una parte de ella quería apagar la luz de un puñetazo, pero otra parte quería acurrucarse junto a él, apoyar la cabeza en su pecho y abrazarlo. Le echaba mucho de menos, pero estar con él ahora era imposible. Había cosas que necesitaba saber pero no estaba preparada para oírlas. O tal vez había cosas que ella no necesitaba saber, y debería seguir adelante.

Pero no siguió adelante, y ese momento en su vida y la de Brad sería para siempre una de esas coyunturas cruciales que la gente recuerda y - se preguntan cuán diferentes habrían sido sus vidas si hubieran optado por otras opciones. "Me pregunto si estará pensando en eso ahora." Elise pensó, "Ahora que sus elecciones le han traído a una ciudad en la que nunca soñó con vivir, donde tiene que hacer frente a las incertidumbres de la naturaleza para las que su predecible vida en los acomodados suburbios de St. Louis le dio poca preparación."

Le vio caminar hacia el porche y supo que entraría dentro en unos segundos, así que preparó dos vasos de té helado y dejó caer unas ramitas de menta fresca de su jardín. Él entró por la puerta trasera, con gotas de sudor pegadas a la frente, secándose las manos mojadas en el dorso de los vaqueros viejos y gastados que se negaba vehementemente a tirar. Elise trató de leer la expresión de su rostro y decidió poner a prueba su sentido del humor. "Vaya, he tenido que mirar dos veces. Pensé que eras Anthony entrando por la puerta." Ella sonrió y preparó su fina piel para la respuesta descarada su comentario podría alentar, y como era de esperar, su preparación estaba en orden.

"No. Sólo soy yo. ¿Por qué? ¿Sueles invitar al jardinero a tomar el té?"

"Touché, abogado. Es sólo que no estoy acostumbrada a verte tan robusto. Creo que me gusta este nuevo aspecto". Y se reunió con él a medio camino alrededor de la isla de la cocina, le rodeó el cuello con los brazos y le dio un besito rápido en sus labios poco cooperativos.

"Bueno, no te acostumbres. Tal vez deberías haberte casado con uno de esos pescadores de Bayou Chouteau si querías un marido que se pareciera a este."

"Oye, relájate. Era un cumplido, no una queja. Y de todos modos, estoy empezando a resentir la forma en que siempre está listo para echarme a uno de esos chicos de Bayou Chouteau." Seguía hablando en broma, pero lo que le dijo tenía mucho de verdad. Sus dudas sobre su elección para el matrimonio siempre le hicieron preguntarse si él, de hecho, era el que tenía dudas. Sentía consuelo en el hecho de que había practicado este hábito molesto, inmaduro desde sus días de novios. Y seguramente, si se lo hubiera pensado mejor. lo habría hecho hace tiempo. Se felicitó en silencio por alejar los miedos y la inseguridad que sus comentarios habrían suscitado en ella años atrás.

Acabó con un vaso alto de té de tres vigorosos tragos, y como mientras ella le rellenaba el vaso automáticamente sin pedirle más, él recordó qué era, además de su sed, lo que le había hecho volver a la casa. "Creo que deberíamos llamar a Leo, ¿no crees?"

"¡Dios mío! Me había olvidado de Leo, Brad."

"Lo sé. No te sientas mal, yo también lo hice. Pero si no le llamamos, él no nos va a llamar. Ya sabes lo independiente que quieres ser."

"Creo que deberíamos pedirle que venga aquí a quedarse con nosotros, ¿no?"

"Sí, o que venga con nosotros, lo que sea."

"Ya. Pero si viene aquí para quedarse, ya estará con nosotros si decidimos irnos. y eso será un problema menos con el que lidiar en caso de que estemos con prisa por salir."

"Y sabes que será un problema con él. Tendremos que rogarle y convencerle de que no nos eche."

"Pobre Leo. Debe ser horrible ser viejo y estar solo."

"Oh, no sé nada de eso. A veces creo que le gusta estar solo. Piénsalo. Siempre le estamos dando la oportunidad de estar con nosotros y los niños, y rara vez nos toma en él. Y sé que él los quiere a ti y a los niños. Al menos tanto como se permite amar...a nadie."

"¿Por qué dices algo así, Brad? Como si él fuera capaz de controlar algo como el amor. La gente no puede controlar sus sentimientos según sus deseos". Fue muy firme en su última explicación y no esperaba que Brad negara con la cabeza y le diera lo que ella consideraba que era un abrazo condescendiente, afirmando: "Mi pobre, pequeña Elise. Siempre la romántica empedernida."

"¿Y qué se supone que significa eso?", preguntó ella en un tono de lo más a la defensiva.

"Cálmate, es un cumplido, no una queja," dijo él, astutamente devolviéndole sus propias palabras. "Es una de las cosas que más me gustan de ti, Elise." Cuando él usaba su nombre formal, ella siempre sabía que él hablaba en serio. "Todavía crees en esa inocente noción de que donde hay amor, siempre hay un final feliz. Y aunque yo no creo en tu teoría, encuentro refrescante estar cerca de alguien que lo hace."

"Bueno, en primer lugar, no creo que de eso estuviéramos hablando - y, en segundo lugar, tendrás que perdonarme si encuentro felicidad en amar a las personas especiales en mi vida y saber que me aman. Y lo siento mucho por ti si amarme ha sido una carga para ti."

"Vaya, vaya, vaya. ¿De dónde ha salido eso? ¿Por qué automáticamente mi comentario lo tomas como un ataque personal, Elise? Tú sabes muy bien que quererte me ha hecho feliz. Estábamos hablando de Leo, ¿recuerdas? Y tienes que admitir que una persona con las experiencias de Leo podría ser un poco reacia a formar vínculos estrechos con alguien.

Piénsalo, Elise. El pobre hombre ha estado en el infierno y de vuelta, a causa de perder a las personas que más ha amado en su vida. Probablemente se guarda en lo que él siente que es una distancia segura, porque convertirse en un accesorio permanente en nuestra familia lo haría vulnerable a más dolor. Probablemente tiene miedo de acercarse demasiado. Y tenemos que aceptar su posición, Elise, aunque sé lo difícil que es para ti entenderlo. El amor siempre te ha traído felicidad Lissy, y dar amor te trae felicidad. Pero esa experiencia no es precisamente compartida por todos nosotros."

La estaba deprimiendo con su profundo comentario, pero ella sabía que lo que decía de Leo era cierto. Sólo deseaba que él no hubiera terminado su última frase con "todos nosotros". Ella puso sus brazos alrededor su cintura, enganchando sus dedos índices en las trabillas de sus vaqueros, y apoyó la cabeza en su hombro. Él la rodeó con los brazos y le besó el cuello, no con seducción, sino con ternura. Ella sabía que él tenía que volver fuera, a su trabajo en el jardín, y ella sabía antes de que las palabras salieran de su boca que no debía abordar el tema, pero lo hizo. No pudo contenerse. "Supongo que puedes entender tan bien a Leo, porque amarme significó perder a tu familia."

Los mismos brazos que la habían abrazado tiernamente segundos antes - ahora se usaban para mantenerla a distancia frente a él, y él la miraba con la misma expresión con la que regañaba a los niños. "Elise, si quieres castigarte de alguna manera demente, adelante. Pero ni se te ocurra comparar mi situación familiar con la de Leo. Dios mío. Perdió a su mujer y a su hijo de tres años, sólo cinco años después de casarse. Y todavía se culpa por alguna ridícula razón. ¿Qué he perdido yo? Padres que ni siquiera se preocupan lo suficiente por mí y...mis hijos como para hacer una pésima llamada de larga distancia para saber cuáles son nuestros planes para un gran huracán?"

¿Qué podía decir? Balbuceó una débil disculpa y murmuró - algo acerca de que era temprano, y tal vez llamarían esa noche, y con evidente frustración en la voz, Brad salió por la puerta trasera diciendo, "No lo entiendes."

"Maldita sea," pensó para sí. "¿Por qué he sacado el tema? Pero tiene razón. Nunca entenderé este gran lío". Buscó el teléfono de la cocina, que una vez más estaba fuera de su base y tuvo que pulsar el buscador para encontrarlo. Siguió el pitido, que la condujo hasta el porche trasero, junto al columpio, donde había dejado el teléfono. Brad estaba a poca distancia, y levantó la vista cuando ella entró en su vista.

"Hola Liss, lo siento."

"Yo también."

"No volvamos a sacar el tema, ¿vale?"

"Claro." Ella se acercó a él y se besaron. Un buen beso. El tipo de beso que habría llevado a mucho, mucho más si no hubiera habido tanto que atender y atar en el patio.

Con el corazón más ligero, Elise volvió a la cocina, pulsando los siete dígitos que solían conectarla con el hombre mayor que se había convertido en su amigo y confidente, y a quien sus hijos consideraban como un abuelo. Después de tres timbres, oyó el tembloroso, pero alegre, "Hola."

"Hola, Leo, ¿qué...?"

"Ha llamado al 467-2913. Por favor, deje su nombre y número, y me aseguraré de devolverle la llamada. Que tengas un buen día, amigo mío."

Pobre Leo, pensó Elise. ¿Cuántos amigos tienes llamando? Oyó el pitido y empezó de nuevo: "Hola, Leo, ¿qué pasa? Brad y yo..."

"Hola, hola." Hubo muchos ruidos de tanteo en el fondo...y luego, "Elise, ¿eres tú?"

"Sí, soy yo. Así que estabas revisando tus llamadas, ¿eh?"

"No, no, sólo en el baño."

"Oh, vale," le cortó ella, porque cuanto mayor se hacía Leo, más tendía a entrar en detalles gráficos sobre su salud y las dolencias físicas y efectos secundarios asociados con su creciente lista de problemas geriátricos. Elise se avergonzaba con frecuencia de los temas que él compartía con ella, a veces por su opinión y otras simplemente porque necesitaba un amigo con quien hablar. Así que cuando mencionó que estaba en el baño cuando sonó el teléfono, no quería darle tiempo para explayarse sobre el tema. "¿Has estado viendo los partes meteorológicos?"

"¿He tenido elección?" Ella negó con la cabeza y sonrió con satisfacción, permitiendo que el viejo profesor convirtiera lo que podría haber sido un simple "sí o no" en un comentario sarcástico sobre la programación televisiva.

"Apuesto a que es la primera vez en tu vida que estás bajo un alerta de huracán. ¿Estás un poco preocupado?"

"Oh, no. No estoy preocupado. Estoy instalado, y tengo todo - lo que necesito. Estas personas de noticias sólo tratan de asustar a todo el mundo sólo para obtener la ratings. Ese es su chanchullo."

"No lo creo Leo. Esto es bastante serio. Si este huracán nos golpea de frente, podrías estar en peligro. Brad y yo queremos que recojas algunas de tus cosas y vengas aquí a quedarte con nosotros. Estamos planeando quedarnos aquí ahora mismo. De hecho, mi amiga Talía y sus hijos están planeando quedarse con nosotros y, por supuesto, mis padres. Todos estamos pensando en cocinar algo de buena comida y la recopilación de suministros para tratar de hacer lo mejor de una mala situación. Por supuesto, si las cosas se ponen lo suficientemente mal, vamos a evacuar, y si lo hacemos, queremos que estés con nosotros."

"No, no, no. Estaré bien. Este complejo de apartamentos es grande y fuerte. Estaré bien."

"Pero Leo, creo que no lo entiendes. Tu apartamento está en el primer piso. La inundación por sí sola puede destruir ese lugar, por no hablar del viento. Créeme, no querrás estar cerca si eso sucede. Estarás sin teléfono, sin electricidad, sin gas ..."

"Bueno, será agradable no tener gas para variar, je, je. Desde que ese doctor loco me puso esa nueva medicación..." Ahí va otra vez, pensó. Como si quisiera oír hablar de los problemas de gases de un anciano. Así que interrumpió su declaración de alivio cómico.

"Leo, hablo en serio. ¿Qué pasa con tu vehículo? Ese aparcamiento se inunda con un chaparrón de verano, mucho más pasara con las lluvias torrenciales de un huracán."

"Por eso pago todas esas escandalosas primas de seguro, supongo."

"Eres tan testarudo. Pero esta vez, no tendrás elección. Brad estará en tu casa esta tarde para recogerte. De hecho, tal vez los niños y yo vayamos también. Luego podemos ir todos a comer algo."

"No. Eso no será necesario. No tienes tiempo para preocuparte por mí ahora. Ya tienes bastante con ocuparte de los niños, y de Brad, de tus padres, la casa. No quiero ser una carga para ti. Créeme, he pasado por cosas más duras que un huracán."

"¡Leo, no eres una carga!" Ella dijo cada palabra con tono de frustración, pero fue en vano, porque él cambió de tema de conversación.

"¿Vio Brad el partido de béisbol anoche?"

"No." Estaba enfadada con Leo por ser tan testarudo y enfadada con ella misma por perder la batalla.

"¡Estás de broma! Los Cards van camino de los playoffs. Fue un gran partido...fue así hasta el final..."

"Leo no me cambies de tema. ¿Qué puedo decir para meter el sentido común en tu cabeza dura?"

"Nada. Me quedo aquí, y tendrás que respetar mi decisión."

Maldición, pensó. Tenía que usar la palabra "respetar". Ahora la batalla había terminado definitivamente. Y él también lo sabía. Respeta a tus padres. Respetar a tus profesores. Respetar a tus mayores. Las lecciones de la infancia resonaban en su mente. Nunca había tenido problemas con las lecciones de respeto. Hasta que tuvo que lidiar con los padres de Brad. Al principio de su matrimonio, fue el "respeto" por sus suegros lo que le permitió pasar por alto, o más bien las críticas e insinuaciones intencionadamente hirientes que se deslizaban frecuente y estratégicamente en las conversaciones familiares cotidianas, a veces en privado, a veces en público. Durante años, fue el "respeto" por Brad lo que le permitió morderse la lengua, en lugar de arremeter y defenderse a sí misma y a su familia en respuesta al abuso verbal de sus padres.

Pero los sonidos de sus lecciones infantiles se desvanecieron con el paso del tiempo y la ayuda de un consejero familiar bien pagado, y poco a poco se dio permiso para respetarse a sí misma. Al hacerlo, sin embargo, había perdido todo el respeto por los padres de Brad. Ella lo sabía. Brad lo sabía. Y sobre todo, los padres de Brad lo sabían. Leo también lo sabía. Porque ella se lo había dicho muchas veces durante los últimos años que vivió cerca de ella y Brad. Ciertamente podía entender sus sentimientos, le había dicho. Y difícilmente la culpaba por sentirse como se sentía. Y sin embargo, su naturaleza comprensiva se presentaba a veces en un tono de apaciguamiento, como si le ofreciera su acuerdo sólo para calmarla y calmar la situación. Y así, aunque lograba calmar sus sentimientos de culpabilidad en su corazón.

Por eso, cuando Leo dijo que Elise debía respetar su decisión, supo que había elegido sabiamente sus palabras. "De acuerdo, tú ganas," dijo ella, "pero por favor, mantente en contacto con nosotros. Te llamaré si decidimos irnos de aquí, por si cambias de opinión."

"Si es necesario, querida, pero por favor no te preocupes por mí, porque mientras tu estas preocupando esa linda cabecita, yo estaré acomodado con los libros que he cogido hoy en la biblioteca. Aunque tenga que hacerlo a la luz de las velas."

"Oooooh, a la luz de las velas. Casi haces que suene romántico. Tal vez deberías buscarte una buena amiga que capee el temporal contigo." Elise decidió que podría seguirle la corriente a su humor sardónico, a pesar de su desacuerdo con él.

"No te preocupes, ya lo he pensado. Pero las únicas que estarían interesadas son esas viejas con pelo de plástico, chándales de terciopelo y tacones de aguja. Ya sabes a cuáles me refiero, ¿verdad, je, je?"

"Leo, eres malo. Pero sí, sé a cuáles te refieres..."

"Por cierto, Elise, ¿Brad tiene noticias de sus padres?" Qué curioso, pensó ella. ¿Sabía Leo que una visión de Phyllis Steiner había aparecido en su cabeza cuando describía a las mujeres mayores con pelo de plástico, sudaderas de terciopelo y tacones de aguja?

"No," respondió ella, haciendo un esfuerzo consciente para volver a lo serio. "¿Puedes creer que aún no hayan llamado? Es increíble, ¿verdad? Estaba cada vez más enfadada. Sus manos comenzaron a transpirar mientras su corazón latía más rápido, y ella reconoció el inicio de los típicos signos y síntomas de una discusión sobre los Steiner mayores.

"Elise, no creo que sus acciones, o debería decir su falta de acción, deberían sorprenderte. No dejes que te altere tanto."

"¿Que no me moleste, Leo? ¿Cómo pueden los padres mostrar tan poca preocupación por su hijo y sus nietos? ¿Qué ha hecho Brad para merecer esto?"

"Siento haber sacado el tema. No era mi intención molestarte, Elise. Pero permíteme ofrecerte un pequeño consejo, si me lo permites. Y lo ofrezco no en defensa de su comportamiento, sino más bien como su defensa contra un ser herido por su comportamiento. Como te he dicho muchas veces antes, ellos nunca cambiarán. Tu marido lo sabe, lo ha aceptado, y ha seguido adelante. Puede que no le guste, puede que desee que las cosas fueran diferentes, pero sabe que nunca serán diferentes. Ahora, creo que depende de que te des cuenta y lo aceptes. Si no, te romperá el corazón una y otra vez."

"Pero Leo, no lo entiendo..."

"Elise, hay muchas cosas en la vida que nunca entenderemos, y aún así las aceptamos, y seguimos adelante." Ella se preguntó si él estaba pensando en su mujer y en su hijo en ese momento, y entonces se le ocurrió otro pensamiento.

"¿Te pidió Brad que hablaras conmigo?"

"Me llamó, recuerda."

"Sí. Pero es casi como si supieras que esto ha estado molestándome sin parar desde hace un par de días."

"No necesitaba que Brad me lo dijera, Elise."

"Bueno, si sabes que me molesta tanto, ¿cómo puedes... esperar que crea que no le molesta a Brad?"

"Quizás es porque sé que el pasado de Brad le ha preparado para lo que está pasando en su vida ahora, y el tuyo no."

"¿Su pasado lo ha preparado? ¿Cómo puede su pasado prepararlo para la posibilidad de ser prácticamente repudiado por su familia?"

"Mira, Elise. He estado viendo esta televisión durante el último par de días. Y he visto entrevista tras entrevista con la gente a lo largo de la costa del Golfo que han vivido toda su vida en zonas amenazadas por los huracanes cada año. Algunas de estas personas incluso han perdido todo lo que poseían en estas tormentas. Y a pesar de los inconvenientes de evacuar, varias veces al año, y de la posibilidad de perder todo lo que poseen, siguen viviendo en la misma zona. Ahora, miro a estas personas, y yo escucho sus historias, y veo imágenes de estos horribles desastres y pienso, ¿por qué no se han mudado a un lugar más seguro?, ¿Por qué? N No pueden disfrutarlo. Debe asustarse cada vez que están bajo una amenaza. Los costes de sus seguros deben ser de otro mundo. ¿Por qué? ¿Por qué no piensan como yo? La respuesta es sencilla. Ellos han vivido sus vidas con la amenaza. Saben de antemano cuáles consecuencias pueden ser, y sin embargo, eligen hacer frente a las consecuencias, porque aman sus vidas justo donde están. Ellos eligen. Brad también ha vivido su vida bajo la amenaza de las consecuencias que ahora sufre. Pero tomó su decisión. Y aunque no le gusta su situación familiar más de lo que a estas personas les gusta dejar sus hogares ante el peligro, lo acepta como una consecuencia anticipada por elegir la vida que le hace feliz."

Elise se tomó unos instantes para digerir la analogía expuesta por este ex profesor de historia, que había aprendido de primera mano cómo el pasado puede influir en la vida de un individuo. Y una vez más se dio cuenta de por qué amaba a aquel anciano con sus excentricidades y sus maneras a veces malhumoradas. Su vida solitaria, su vida apartada del resto del mundo, parecía haberle dado la ventaja de ver la vida desde una perspectiva más clara y despejada. Aunque la presencia de la verdadera alegría en su vida se había atemperado, la ansiedad, los miedos y la frustración absoluta ante la audacia de sus semejantes. Parecía impasible e inafectado por la vida, luciendo su expresión de Mona Lisa tanto si asistía a un funeral como si veía a los niños abrir sus regalos la mañana de Navidad. No es que pareciera insensible al mundo o se sentara con la mirada perdida de una persona que deliberadamente entendía la realidad de la vida. Por el contrario, sus ojos revelaban una visión más profunda y clara sensación de saber, más que el individuo promedio que sólo trata de sobrevivir un día más a las pruebas y tribulaciones de la vida. La expresión de su rostro proclamaba al mundo: "No hay nada nuevo en este mundo, nada sobre la vida y la serie de giros y vueltas que tiende a tomar en el tiempo de un individuo en la que pueda sorprenderme."

Aunque Elise a menudo consideraba que el papel de Leo como observador concienzudo, en lugar de participar en la vida, le resultaba un poco desconcertante. Siempre agradece sus opiniones imparciales y sus sabias y desafiantes palabras. Colgó el teléfono con un sentimiento de preocupación y alivio. Antes de llamar a Leo, ya había pensado que su oferta de compañía y refugio seguro sería denegada, pero no pudo evitar sentirse un poco fracasada. No estaba acostumbrada a que rechazaran sus ofrecimientos de cariño. Después de todo era lo que mejor sabía hacer. De hecho, le parecía, a veces, que nutrir de cariño, era casi todo lo que hacía. Y que si alguien rechazaba su oferta era casi como un rechazo personal. Pero al menos lo intentaba. Había hecho la oferta. Casi rogó, pero fue en vano. Por lo tanto, no debería arrepentirse. Además, Leo tenía razón cuando dijo que ella tendría las manos llenas - con sus hijos, sus padres y la casa.

Bien, Leo se ocupó de todo. Qué es lo siguiente en la lista, pensó Elise. Pero como si un poder superior estuviera tratando de decir: "No, Elise, tu responsabilidad con Leo no ha terminado," sus ojos se posaron en una pequeña foto enmarcada de cuatro por seis de Leo y los niños en el zoo. Había sido tomada la primavera anterior en la Fiesta del Pantano. Leo iba en silla de ruedas, porque hacía poco le habían extirpado un espolón óseo del talón. Brad estaba decidido a sacarlo de su apartamento donde había estado recuperándose por su cuenta, así que llamó e invitó a Leo a unirse a la familia en la excursión. Para sorpresa de Leo aceptó la oferta sin dudarlo.

Los niños se lo pasaron en grande ese día, montando por turnos en el regazo de Leo, mientras Brad los empujaba por el zoo. Elise nunca había visto a Leo sonreír tanto. Compró comida para todos y probó por primera vez rabo de cocodrilo frito. Elise y Brad pensaron que el evento podría ser un punto de inflexión para Leo, el punto en el que podría reconocer su lugar en la familia. Pero no fue así. Los muros que Leo había creado para mantener fuera al mundo eran impenetrables, incluso por el amor y la risa que fluyeron tan libremente y sin ensayar en aquel placentero día.

Cogió el cuadro y le quitó la fina capa de polvo que se había depositado en el cristal, revelando una imagen más nítida de su amable y viejo rostro, rodeado de tres cabecitas de niños felices. Los niños le adoraban. Los niños le querían. Era su abuelo paterno sustituto. Pero rehuyó de su amor y admiración tanto que cuando Elise sugirió que le llamaran "tío Leo," él insistió en que se quedaran con "Leo," evitando incluso una conexión familiar nominal. A los niños, por supuesto, les encantó, sintieron que Leo los consideraba iguales y que, por tanto, no necesitaba un respetuoso prefijo como parte de su nombre, como era de esperar por la mayoría de los adultos en sus vidas, especialmente en el Sur Profundo. Pero el corazón blando y sentimental de Elise anhelaba que el anciano desempeñará un papel más activo en su familia, que los adoptara, como ellos le habían adoptado a él.

Brad, sin embargo, comprendía tan bien a Leo que no necesitaba ninguna prueba demostrativa de los sentimientos de Leo hacia él. Y, por supuesto, estaba "la caja." Elise volvió a dejar la foto en su lugar original - y pensó en voz alta: "Será mejor que ponga la caja en un lugar seguro." Como si recibiera órdenes de una voz interior que ordenaba a su cuerpo actuar, se dispuso a guardar la caja en uno de los herméticos espacios que había colocado en el desván para guardar y proteger todos los álbumes de fotos, las fotos sueltas, las obras de arte de los niños, cosas que no podría llevarse si evacuaban la casa, pero que nunca podría reemplazar.

Sabía exactamente dónde encontrar la caja. Brad la guardaba en el cajón cerrado del escritorio de su estudio, lejos de las seis pequeñas manos curiosas de su casa. Nadie podía tocar la caja. Se lo había dejado claro la primera vez que ella la vio en su apartamento, cuando empezaron a salir. El apartamento de Brad estaba decorado con la decoración especial de Kmart bluelight. Sólo lo estrictamente necesario. Muchas sillas de dos en dos, dos sillas de salón, dos sillas de cocina en una mesa de tamaño bistrot con laminado blanco, dos lámparas, dos cuadros en las paredes, dos platos de melamina que le regalaron por repostar diez veces en la gasolinera de la esquina, dos cuencos a juego con el mismo estampado azteca naranja y marrón, dos vasos de plástico resistente de dieciséis onzas y dos tazas de café, que eran una exageración, porque no bebía café ni ninguna otra bebida caliente. Había construido sus estanterías al estilo de muchos estudiantes de bloques de hormigón y varias tablas de dos por ocho, cada una de dos metros de largo. No había absolutamente nada en el apartamento que sugiriera una sensación de permanencia, nada que ofreciera una atmósfera o una sensación de "hogar."

En su primera visita a casa de Brad, Elise había esperado extraer de sus pertenencias y el ambiente de su entorno algún tipo de su enigmática personalidad. En cambio, durante la primera hora de su visita, se sintió como si estuviera en un escenario o en el plató de un programa de televisión. Nada le parecía real. Era como si Brad fingiera vivir allí. Pero entonces, sus ojos se posaron en una caja colocada discretamente en una de las estanterías, asumiendo la ardua tarea de sostener ocho libros de tapa dura, todos pertenecientes a la historia. "Ahhh," pensó con curiosidad que le gusta la historia. Es curioso que no mencionara su interés por mi campo. Tal vez pensó que si parecíamos demasiado compatibles al principio, me precipitaba en las cosas. Pero eso es una tontería. Los intereses comunes pueden ser grandes temas de conversación durante esos incómodos momentos de silencio cuando dos personas se están conociendo..." Su mente rebosaba de caracterizaciones disparatadas e hipotéticas mientras pasaba su dedo índice sobre los lomos de los libros, despacio, como si estuviera leyendo cada título en Braille. Y entonces su mano bajó hasta la caja.

Desde su posición anterior al otro lado de la habitación, su atención se dirigía principalmente hacia los libros. Pero desde su nuevo punto de vista pudo ver más de cerca el hermoso e intrigante objeto que los mantenía rectos y ordenados. La caja era de caoba roja, con incrustaciones de madera en la tapa y los lados. Le dio la vuelta boca abajo para ver si tenía un pomo, porque parecía una caja de música. Pero no lo tenía, y eso sólo la hizo ponerse más curiosa. Aunque la caja no era muy grande, era sorprendente, Elise la sacó de la estantería y se la puso en el regazo. Frotó con la mano la parte superior de la caja y se preguntó por qué un hombre, aparentemente libre de desorden innecesario y sentimental, guardaría en un estuche tan exquisito, que ahora adquiría el aspecto de un pequeño santuario para Elise cuando la consideró entre las otras anodinas pertenencias de Brad.

Una vez más, la mente curiosa y, sí, romántica de Elise vertió sugerencias de posibilidades, sino probabilidades, en cuanto a lo que podría ser si levantaba la tapa de la caja de caoba. "Tal vez sea sólo un lugar para guardar sus bolígrafos o sellos, tal vez fotos o cartas de sus amigos y familia, o tal vez de una novia en casa." Estaba con esos pensamientos cuando la sorprendió el ruido de los libros al caer sobre la estantería, al perder el soporte de la caja.

"¿Qué ha sido eso?" Brad gritó, apareciendo desde la pared que separaba la cocina del salón, con dos vasos de vino blanco en la mano.

"Oh, sólo estos libros. No me había dado cuenta de que esta caja hace un gran trabajo sosteniéndolos, ¡supongo!" Ella trató de hacer la luz de su fisgoneo, pero la mirada de Brad fue todo lo que necesitó para darse cuenta de que se había colado por error en una "zona prohibida." Su momentánea mudez, acompañada de su mirada incómoda, le hizo reorganizar los libros caídos y volver a colocar la caja en su sitio original pensando para sí misma: "Eso es genial. Probablemente piensa que he mirado dentro de la caja, como un entrometido desconsiderado."

"Aquí tienes un poco de vino. Espero que esté bien. No estoy muy enterado sobre las buenas marcas," dijo, entregándole la copa de añejo frío, que ella esperaba se apresurara a la tarea de cambiar el estado de ánimo que de repente había inundado la habitación como un humo espeso. Se sentó a su lado frente a los libros y su misterioso cofrecito. "Siento haberlo cogido, Brad. Es que es tan bonito e intrigante que me sentí tentada de echarle un vistazo más de cerca. Y estos libros, ¿dónde encontraste estas copias raras, si no te importa que pregunte? Ni siquiera sabía que te gustaba la historia."

"No," respondió rápidamente, y con una sonrisa infantil añadió: "No te ofendas."

"No me ofendo," respondió ella, tan rápido y en voz tan baja que se preguntó si él la había oído, porque siguió con su frase como si ella nunca le hubiera interrumpido.

"Pero la persona que me dio los libros es una persona muy especial en mi vida, y, no sé, supongo que es un poco cursi, pero tener sus cosas a mi alrededor me hace sentir que está cerca."

Su mente, por supuesto, empezó de nuevo, esta vez atascada en las palabras "sus cosas." Vale, veamos, puede que se refiera a su padre o a su abuelo, o tal vez un hermano mayor -probablemente no su hermano mayor, ya sólo ha mencionado a dos hermanas. Así que, ¿quién podría ser... oh Dios mío... va a decirme que es gay? Todo lo que necesito es un novio bisexual. ¡Basta ya! Para ¡Ahora mismo! Mira el lado positivo: en la casa no hay novia. Tomó un gran sorbo de vino y decidió hablar para ahogar los mensajes que brotaban de su cerebro, "¿Te dio la misma persona la caja?" Maldita sea, pensó, eso era demasiado personal, sobre todo si es cartas de amor del amante homosexual, que había pensado segundos antes.

Su respuesta no acalló ninguna de sus sospechas, "Sí. Sí, de hecho, así es Mira, es una larga historia, pero conocí a este tipo en universidad. Es profesor de historia en una pequeña universidad en Cape Girardeau, Missouri."

"Creía que habías ido a la Universidad de Missouri, en Columbia."

"Así es. Pero durante mi último año, el año pasado, de hecho, hubo esta gran inundación en el sur de Missouri. Puede que hayas oído hablar de ello". Hizo una pausa, esperando que ella dijera que sí, que había oído hablar de ello, ella le respondió con un movimiento negativo de la cabeza y una mirada que le imploraba que continuara con los hechos más importantes de la historia.

"Bueno, de todos modos, fue un gran desastre en nuestro estado. Tengo entendido que las inundaciones no son inusuales en el Estado de Bayou, ¿eh?"

"En realidad no, pero puedo entender lo devastadoras que pueden ser. Entonces, ¿qué pasó?"

"Bueno, la Cruz Roja estaba pidiendo a la gente que ofreciera su tiempo de cualquier manera posible para ayudar a las víctimas de la inundación. Así que, mi fraternidad organizó un grupo para pasar una semana en el lugar, ayudando a llenar sacos de arena, colocando sacos de arena, ayudando a la gente a levantar muebles y electrodomésticos en caso de que sus casas o negocios se convirtieran en objetivos del agua del río."

"Créanme, estoy muy familiarizado con la rutina. En Bayou Chouteau, conocemos el proceso a la perfección."

Brad sacudió la cabeza y sonrió como si le divirtiera, con lo que a él le parecía el desastre de su vida, y Elise notó que su sonrisa se suavizaba. Elise se dio cuenta de que su sonrisa le suavizaba la cara, dándole un raro y tímido aspecto de niño despreocupado, tentativa de un carácter juvenil y despreocupado, que ella sabía que era la principal característica de este hombre serio y práctico.

"Bueno, no estaba acostumbrado a la escena que nos esperaba allí. No sabíamos qué hacer ni adónde ir. Así que lo primero que hicieron fue presentarnos a Leo. Iba a ser nuestro supervisor durante esa semana. Recuerdo que lo miré y pensé, "¿Qué va a hacer este viejo para ayudarnos? No tenía ni idea de lo fuerte y sabio que era, pero después de una semana de trabajar codo con codo con él, cenando en su casa, pasando un par de noches allí, nos hicimos muy amigos. No puedo explicarlo

"Sí. Una noche, durante mi semana de 'deberes por la inundación' - en realidad creo que fue mi última noche allí - Leo me invitó a cenar. El resto de los chicos iban a salir a beber esa noche, y todos me echaron la bronca, porque yo iba a ir a casa del viejo, pero fui de todos modos. Él me había dicho que había algo importante que él quería discutir conmigo, y no podía imaginarme qué podía ser." Brad se pasó la mano por la boca como si tuviera seis años y limpiándose un bigote de leche, y de repente parecía incómodo. Cogió el tenedor y empezó a golpear suavemente las púas sobre la mesa. El movimiento constante y rítmico, como la cadencia del tambor de una banda de música, pareció volver a poner en marcha su proceso mental, justo a tiempo para que respondiera a la expresión de desconcierto y a la pregunta de Elise.

"Este profesor de historia te ha invitado a hablar de sus experiencias en la guerra."

"No, no, no. No sólo para eso. Pero, en el transcurso de la noche, después de unas cuantas cervezas - bastantes, de hecho - estábamos hablando de historia, creo, y llegamos al tema de la Segunda Guerra Mundial. Y Leo empezó a hablar, casi como si estuviera hablando solo - como si yo no estuviera allí. Me dijo que había sido hecho prisionero por los alemanes cerca del final de la guerra. Como un tonto, murmuré algo como, 'Lo siento mucho.' Y él se volvió hacia mí y me dijo: 'No lo sientas. Yo fui uno de los afortunados'. Al parecer, su pelotón se había detenido por un tiempo para descansar en un granero desierto, en algún lugar de la campiña belga. Hacía un frío glacial y había tanta niebla que apenas podían ver. Estaban en un bosque. Ahora no recuerdo el nombre."

"¿Eran las Ardenas?"

"Sí, creo que sí. ¿Cómo lo sabes?"

"Estoy estudiando historia. No es que sepa mucho sobre batallas y guerras, pero parece que Leo pudo haber estado en la Batalla de las Ardenas en el sur de Bélgica". Sus cejas se alzaron, y revelaron que él estaba impresionado o confundido, así que ella añadió: "Ya sabes, ¿la Batalla de las Ardenas? Los aliados marchaban hacia Alemania. La eventual caída del control nazi de Europa". Ella se detuvo porque podía percibir que él realmente no estaba familiarizado con los hechos que ella mencionó, y ella estaba hablando como una profesora que interroga a un alumno que no ha estudiado para un examen.

"Oh, he oído hablar de la Batalla de las Ardenas," dijo, "pero tengo que confesar que ignoro vergonzosamente los detalles. ¿Qué de una licenciada en economía?"

"No se preocupe, sé poco más que usted". Ella esperaba que de no haber herido su ego con su dominio del tema y le animó seguir con su historia sobre Leo.

"Bien, volvamos a Leo. Bueno, ahí estaban, congelándose en este granero desierto, pero contentos de tener tiempo y refugio para descansar. Estaba a punto de dormitar, dijo, cuando se desató el infierno. Explosiones a su alrededor. Leo abrió los ojos justo a tiempo para ver a sus dos mejores amigos, uno a cada lado de él, volando en pedazos, él trató de ayudarlos, pero no había nada que pudiera hacer por ellos. Oyó a las tropas alemanas asaltando el granero de la entrada trasera, y se dio cuenta de que estaba a punto de volverse un prisionero.

Rápidamente se quitó las placas de identificación que llevaba alrededor en el cuello y las sustituyó por unas de repuesto que llevaba en el bolsillo para usarlas en caso de ser capturado. Muy listo, ¿eh?"

"¿Por qué haría eso? Debo haberme perdido algo."

"Leo es judío. Supuse que lo sabías. De todos modos, todos ellos sabían lo que le estaba pasando a los Judíos por allí, así que no quería correr ningún riesgo. Ser prisionero de guerra en un campo alemán no eran precisamente vacaciones, pero era mucho mejor que Auschwitz."

Elise sintió de repente una oleada de náuseas en el estómago. Aunque la comida aún no había llegado a la mesa, había perdido el apetito. "Imagínate", dijo, "sentir alivio por haber sido bárbaros que te odian menos por ser americano que por ser judío. Ni siquiera puedo comprender esa situación. ¿Tú puedes?"

"Digamos que no puedo comprenderlo como Leo, pero probablemente un poco mejor que tú."

Elise no estaba de humor para investigar más a fondo el significado de su declaración, ella sabía que conduciría a su discusión eso fue más como su mini seminario personal titulado: "Yo soy judío, tú no". Ella no estaba de humor para escuchar como insistia en sus diferencias esa noche. No mientras él parecía tan dispuesto a hablar de un tema que hace sólo unos meses parecía tabú en su presencia. Esperaba que esto era una señal de que su muro de protección se derrumbaba, por lo que concienzudamente mantuvo su diálogo centrado en Leo. "¿Alguna vez Leo fue herido en la guerra?"

"Lo creas o no, fue herido en ese mismo ataque, pero dijo que todo sucedió tan rápido, que no se dio cuenta hasta que sus piernas colapsaron bajo él en su intento de escapar. Cayó al suelo, perdiendo brevemente el conocimiento. Cuando volvió en sí, momentos después, los alemanes estaban reuniendo a los soldados estadounidenses. Cualquier soldado que se negó a cooperar fue puesto contra la pared y disparó con ametralladoras. Leo se dio cuenta de que en su estado inconsciente era probable que lo dieran por muerto, así que trató de moverse cautelosamente de vuelta a la posición en la que estaba mientras estaba inconsciente, esperando que lo dieran por muerto. Pero el agudo sentido del oído de un hombre de la audición resultó en un rifle de ser empujado en la espalda baja. Se levantó, siguió las órdenes que le daban en alemán y en un inglés entrecortado, y se dio cuenta de que su pierna izquierda estaba parcialmente entumecida. Por suerte, pudo caminar. No recuerda cuánto tardaron en llegar al campamento, pero tuvo la suficiente presencia de ánimo, mientras para dibujar un mapa esquemático que les sirviera en caso de fuga.

"Al parecer, no llegó a usarlo."

"No. Él estuvo acampado durante unos dos meses, tratando con limitado suministros y experiencia para recuperar la salud de su pierna. Pero una infección se instaló, y tenía miedo de dejar que cualquiera de los guardias se enterara de su problema, por lo que todos los días - ahora recuerda que esto fue en pleno invierno - él y sus compañeros trabajaban de sol a sol - reparando las vías del ferrocarril que habían sido blanco de las fuerzas guerrilleras en la zona. Luego, por la noche, regresaba a sus míseras barracas con tanto dolor que apenas podía comer, por la mañana les daban de comer y por la noche, siempre un plato de sopa de patata, que en realidad era agua hervida y trocitos de patatas crudas."

"¿Cómo salió de allí? ¿Escapó o qué?" Elise apenas tuvo la oportunidad de terminar su pensamiento, ya que Brad continuó relatando ansiosamente la saga de Leo, con una pasión que contradecía su habitual naturaleza estoica, pensó ella, de lo cerca que llevaba a su corazón esta historia y a este hombre llamado Leo.

"No, no. Una mañana le despertaron unas voces fuera de las barracas, no había ventanas en los cuarteles, así que no podrían ver qué pasaba, y nadie quería abrir la puerta para averiguarlo. Entonces alguien dijo que la luz del sol entraba por las rendijas de la puerta. Durante todo su encarcelamiento, nunca les habían despertado después del amanecer, siempre en la oscuridad. Así que supieron que algo había salido mal. Y entonces, cuando las turbas se acercaron más a su puerta, ellos pudieron entender los gritos. Los hombres fuera estaban hablando inglés, y así supieron que su larga batalla había terminado. Los que pudieron salir de las barracas, pero Leo dijo - que no podía moverse. La fiebre se apoderó de su cuerpo, y su pierna palpitaba insoportablemente. No recuerda haber sido levantado de su litera ese día, y no tiene memoria de los días que pasaron entre la liberación del campo y su despertar en el entorno limpio y acogedor de un hospital militar en Inglaterra. Pero sobrevivió, todavía cojea, pero tuvo mucha suerte de no perder la pierna ni la vida."

Brad terminó contándole a Elise todo lo que había que saber sobre Leo. Pero lo hizo en los momentos que él pensó, y Elise nunca pidió más de lo que la prudencia de Brad le permitió revelar una sola vez. Sin embargo, se sintió cautivada por la historia de la vida de Leo, y a medida que pasaba el tiempo y se desarrollaba su historia, fue capaz de comprender la fuerte conexión entre Brad y Leo. Y lo que es más importante descubrió que solo conociendo la vida del hombre mayor, pudo sensibilizarse y comprender la personalidad del hombre más joven, que era tan diferente a cualquier hombre que ella había conocido.

Elise se arrodilló junto al gran contenedor Rubbermaid, en el húmedo desván, y pensó en el año en que Brad y ella empezaron a salir. Como diría LaLa, "Ha pasado mucha agua bajo el puente desde entonces." Brad y ella habían cambiado en muchos aspectos, pero la caja que tenía en sus manos parecía la misma que el día en que la vio en la estantería del apartamento de Brad. Puso la caja en su regazo y se esforzó por levantar la tapa del recipiente, que esperaba que mantuviera sus tesoros a salvo en caso de que el huracán dañara su casa. Quitó la tapa y estaba a punto de colocar la caja en su nuevo lugar seguro cuando decidió abrirla, y volver a tocar y ver los objetos que Leo había guardado a lo largo de su vida, los objetos que dejaron tanta huella en su vida que los guardó y protegió como una especie de autobiografía para ser transmitida a la persona en la que más podía influir su vida - a Brad.

Elise consideraba que la ausencia de recuerdos de la infancia era la primera de la colección de Leo. Después de todo, había otro contenedor en el mismo desván lleno de obras de arte, boletines de calificaciones, fotos, ropa y juguetes especiales que Peggy Anne había guardado de los primeros años de Elise en Bayou Chouteau. Pero la caja de Leo saltó sobre su juventud y comenzó a marcar su vida, en cambio, durante su servicio en la Segunda Mundial. Ella encontró sus dos placas de identificación entre varias monedas alemanas, que yacían sueltas en el fondo de la caja. Había un sello de correos que representaba a Adolf Hitler, que Leo había metido en un pequeño sobre - con el mapa que había garabateado en su camino al cautiverio. Y, por supuesto, la medalla Corazón Púrpura que se le concedió por ser herido en el acto de servicio.

Había dos fotos de los años de la guerra, una del tamaño de una cartera de un joven y apuesto Leo, con su uniforme, y la otra de una bonita joven con un elegante atuendo de los años cuarenta. Se trataba de Mary Jo Murphy, con quien Leo se casó después de la guerra. Había una pequeña invitación de boda debajo de las dos fotos. Había otra foto en la caja, que no dejaba de retorcer el corazón de Elise. Era una instantánea en blanco y negro tomada unos años después del matrimonio de Leo y Mary Jo. La pareja estaba delante de su casita, con nieve en el suelo. acurrucados y sonriendo a su hijo recién nacido, Hank, a quien Mary Jo sostenía en brazos.

Pero la caja también contenía dos esquelas y dos tarjetas con oraciones de los funerales de Mary Jo y Hank. Se podría decir que el accidente que cobró la vida de la mujer y el hijo de Leo fue el acontecimiento singular - de su pasado que definió al Leo que Elise conoció, admiró y anhelaba tener como parte integral de su vida familiar. Fue el único acontecimiento singular en el que pensaba cuando le miraba a sus nebulosos,y pálidos ojos azules, preguntándose qué miraba realmente mientras más allá de la vida que ocurría justo delante de él, a una realidad propia, en algún lugar de un mundo más allá.

Leo nunca se perdonó no haber estado en casa aquella noche, su mujer embarazada descubrió que su hijo de tres años tenía fiebre alta. Ella era enfermera y normalmente se sentía capaz de atender las heridas leves y las enfermedades ocasionales que se producen en los hogares con niños pequeños. Pero algo la hizo entrar en pánico esa noche en particular. Leo se había quedado hasta tarde en la escuela para asistir a una conferencia con un colega. Desde que había acompañado a su amigo a la escuela esa mañana, su propio coche estaba aparcado en la cochera conectada a la casa. A medida que la fiebre de Hank subía, el tiempo empeoraba. Mary Jo no pudo contactar a Leo y decidió llevar al niño a un hospital cercano. Nadie sabe exactamente lo que sucedió. Mary Jo era una buena conductora, aunque no conducía muy a menudo. Las carreteras estaban resbaladizas por el hielo y la nieve recién caída. Y Leo no tenía ninguna duda de que su esposa probablemente estaba muy nerviosa, preocupada por las condiciones de conducción y, lo que era más importante, por su hijo enfermo tumbado en el asiento trasero.

Según el informe policial, Mary Jo se saltó un semáforo y fue embestida por un camión que circulaba a toda velocidad. El conductor del camión no sufrió heridas graves, pero fue llevado al hospital por shock cuando le dijeron que el impacto de su camión había matado a Mary Jo. Una mujer embarazada y su hijo de tres años. Brad le dijo a Elise que Leo fue al hospital a visitar al hombre y a asegurarle que el accidente no era culpa suya. Pero entonces, ¿cómo podía Leo culpar al camionero cuando se había echado toda la culpa a sí mismo? Nadie podía convencerle de lo contrario.

Incluso después de años de amistad, Leo nunca habló con Elise sobre esa noche. Hablaba muy a menudo de las vidas de Mary Jo y Hank, pero nunca del accidente o de sus muertes. Y aunque una parte de ella deseaba que él le hablara de ese doloroso momento de su vida para que ella pudiera ayudarlo a sanar, una parte egoísta de ella se alegraba de que él decidiera no hacerlo. Porque al ayudarlo a lidiar con su culpa y dolor, ella tendría que lidiar con la realidad de que un acontecimiento tan trágico puede ocurrir en la vida de cualquiera. Lo que significaba, por supuesto, que podía ocurrir en su propia vida. Porque Leo era un buen marido y un padre cariñoso. ¿Por qué él? ¿Por qué no ella? No le gustaba pensar en la tragedia y la felicidad en términos de sucesos aleatorios. Ella quería sentir que era más responsable y en control del destino de su familia.

Elise empezaba a arrepentirse de su decisión de volver a visitar la "vida en la caja" de Leo, cuando vio el sobre amarillento que sobresalía de debajo de la caja que contenía su medalla de honor. Sabía exactamente lo que encontraría dentro del sobre, que estaba dirigido a Leo, pero carecía de remitente. Contenía un pequeño artículo que había sido recortado de un periódico de St. Louis. El artículo se titulaba, "Esposa e hijo de profesor mueren en accidente". El recorte de periódico iba acompañado de una nota corta y conmovedora, escrita en una tarjeta blanca personalizada con iniciales góticas doradas prácticamente ilegibles. Era obviamente la letra de su suegra, y Elise casi podía imaginarse a Phyllis Steiner sentada en la mesa escribiendo la nota de pésame a su hermano, dirigiendo y cerrando el sobre, y poniendo un check a la par de su nombre en su lista de cosas por hacer.

Querido Leo,

Me entristeció mucho la noticia de la muerte de tu mujer y de tu hijo. Es muy lamentable que tus decisiones te hayan obligado a soportar tu pesada pena en soledad. En otras circunstancias, habría estado a tu lado en cuanto me enteré de tu pérdida. Pero tengo que pensar en mi propia vida familiar. Sé que respetas mis sentimientos. Tú siempre lo has hecho.

Atentamente, Phyllis

P.D. Le agradecería que guardara esta correspondencia.

PHYLLIS MEYER STEINER
1940s

Era la mañana de su decimotercer cumpleaños. Pero en lugar de despertarse a los regalos especiales de cumpleaños de su madre, Phyllis se despertó el olor a café, el murmullo de voces, el ocasional arrastre de una silla y el delicado traqueteo de tazas y platillos. Eran las siete de la mañana, pero estos sonidos y olores se congregaron en lo alto de las escaleras, justo delante de la puerta de su habitación, eran los mismos con los que se había dormido hacía apenas cuatro horas.

"Bueno, al menos va a ser un día soleado", pensó Phyllis, mientras subía la persiana de la ventana, justo encima de su mesita de noche. Aún no había visto a ningún vecino, pero estaba segura de que para todos los demás vecinos de West Carlton sería un día bastante típico. Sin embargo, para Phyllis no debía serlo, De hecho, iba a ser un día muy especial para ella y sus amigos también. Se suponía que iba a haber una gran fiesta en su casa esa misma tarde, a las seis en punto, su primera fiesta chico-chica, y ella y sus amigas la esperaban con ansias. Aunque no podía invitar a todos sus compañeros de clase, invitó a toda su clase de la escuela dominical, lo que le dio una razón perfecta para invitar a Mel Steiner. Le encantaba Melvin Steiner, lo sabía. Sus amigos también lo sabían. Y eso la molestó, porque ella nunca les había dicho sobre sus sentimientos hacia él, y si era tan obvio para ellos, entonces debía ser obvio para él. Sintió que se le sonrojaba la cara al pensar en esa posibilidad. ¿Por qué Dios la maldijo con la cara sonrojada, se preguntó. Si venía a su fiesta de cumpleaños, nunca podría hablar con él sin revelar su profundo secreto. Con esto en mente, una pequeña parte de ella se alegró de que la fiesta se cancelara.

Estaba segura de que no faltarían los rituales tradicionales de cumpleaños como los blintzes de cumpleaños, un vestido de fiesta nuevo y zapatos nuevos de mamá y papá, y tal vez un libro junto con una caja de dulces de su abuela. No sólo los dulces ordinarios que uno podría encontrar en el supermercado. La abuela regalaba dulces inusuales como fruta recubierta de chocolate o galletas masticables, con forma de bolitas, como bolitas enrolladas en azúcar cristalizado de distintos colores. Cada año envolvía sus delicias del viejo mundo en una bonita caja, sujeta por un lazo de cinta de raso perfectamente atado. Y cada año le contaba a Phyllis que en su país los niños no recibían regalos de cumpleaños extravagantes como en Estados Unidos. Pero sí disfrutaban de los maravillosos dulces que les regalaban sus familiares y amigos. "Aquí, en Estados Unidos decía, "los niños dicen 'quiero', llega el cumpleaños y lo reciben."

La abuela siempre se quejaba de lo mimados que eran los niños americanos. Ella contaba la misma historia una y otra vez acerca de cómo ella y su hermana, Reba, tuvieron que trabajar para los vecinos todos los días durante dos años para ganar suficiente dinero para comprar sus bicicletas. Lavando y planchando ropa, así es como lo hacía, decía. Y siempre la historia con su humorística nota de ironía. "Por eso Reba se burla en cada carta que me escribe. '¿Cómo puedes casarte con un hombre que trabaja en la lavandería? Y yo le digo, cuando le respondo, 'Reba, te olvidas que mi marido es el "dueño" de la lavandería." El abuelo de Phyllis comenzó un servicio de lavandería cuando era adolescente y lo había convertido en uno de los mayores lavanderías de la ciudad. A su muerte, el negocio familiar quedó en manos de su mujer, Sylvia, y la dirigieron sus dos hijos, el padre de Phyllis, Stanley, y su tío Sam.

Hacía mucho tiempo que la abuela no sabía nada de Reba. Desde que esos informes de noticias llegaron a Estados Unidos, diciendo acerca de lo que los alemanes habían hecho a la gente en Polonia. De hecho, ella no había oído hablar de nadie en su familia desde entonces. La abuela se había trasladado a América cuando era sólo una niña de catorce años con una familia rica que la empleó como niñera. Su padre había muerto pocos meses antes, y su madre no podía mantener la casa en orden y alimentar a cuatro niños al mismo tiempo. El hijo mayor, Leo, ocupó el puesto de su padre en la marroquinería familiar. Y Sylvia, siendo la hija mayor, se trasladó a América, dejando a su madre, Leo, Reba, que era sólo un año menor que ella y al pequeño Max, el bebé de todos, en Polonia.

La abuela no volvió a ver a nadie de su familia. Su madre había muerto, sus hermanos se habían casado, tenían hijos y nietos, y su única conexión era a través de sus cartas que cruzaban el océano religiosamente para ser esperadas y respondidas con igual fervor y deleite. Hacía que todos se reunieran en el salón para escuchar las noticias del viejo país y durante muchos años, Phyllis disfrutó de estas ocasiones. Se imaginaba aquel lejano y misterioso país y se imaginaba a su tía abuela y a sus tíos abuelos viviendo lo que la abuela describía como felicidad absoluta y simple placer.

Luego, parecía que Phyllis se cansaba de los recuerdos idílicos del hogar de su infancia, y a menudo se preguntaba, mientras la anciana divagaba, si Polonia era tan maravillosa, ¿por qué se quedaba la abuela en América? La abuela nunca dijo nada bueno de América. Sólo criticaba a los americanos y sus frívolos hábitos irresponsables. Y a menudo molestaba a Phyllis, cuyo patriotismo juvenil se había despertado en los últimos años por las noticias y la propaganda. "¿Cómo puede hablar así, cuando mi único hermano y sus amigos están allí luchando por su preciada patria?", le preguntaba a su madre, cuya tolerancia hacia su suegra se derivaba de una arraigada noción de lealtad familiar más que de un amor genuino por la anciana. "Es vieja. No hagas caso de lo que dice. Yo eso hago." Esa era su madre. Directa. Al grano. Sin rodeos.

Maxine Meyer, la madre de Phyllis, era una mujer muy práctica, que mantenía sus emociones bajo control. Las emociones interferían con el orden del hogar y la rutina de la familia muy estructurada, por lo que ella, Maxine, era la última responsable. Phyllis siempre comprendió que aunque mamá parecía responder ante la abuela y papá, ella era la persona que mantenía todo unido. Hacía cumplir las reglas de la casa, todo el tiempo trabajando bajo la apariencia de la sumisa esposa y nuera.

Una de las reglas, que mamá había enseñado a sus hijos y de lavarse y vestirse antes de bajar las escaleras hacia la cocina. Pero en esta mañana de cumpleaños, Phyllis decidió tentar a la suerte. Después de todo, sus mayores difícilmente se concentran en el atuendo matutino adecuado esta mañana. Se levantó de la cama, se puso sus grandes y mullidas zapatillas, y se ató la bata firmemente alrededor de su cintura recién desarrollada, pensando un momento en lo mucho que su cuerpo había cambiado -o madurado, como ella prefería pensar en el último año. Había tenido tanto miedo de que nunca pasara. Todas sus amigas habían cambiado al menos un año antes que ella y las continuas discusiones sobre sus "ciclos y calambres" siempre la hacían sentirse excluida. Incontables noches se había ido a la cama sin poder dormir, preguntándose si le pasaba algo a su cuerpo. No se atrevía a preguntar a su madre o a su abuela. Difícilmente se consideraría un tema apropiado en su casa.

A menudo deseaba tener una hermana mayor para hablar de cosas de chicas, pero solo tenía a su hermano mayor, Leo, y después de las noticias de ayer, temía tener que enfrentarse a ser hija única en un mundo reticente de adultos muy convencionales. No podía permitirse pensar así. Hoy no. No en su día especial. De todos modos, la carta del departamento de guerra decía que estaba herido, no muerto. Y aunque no entraba en detalles, informaba a la familia de que había sido enviado a un hospital del ejército para un tratamiento especial. Y ella se aferró a la línea en la carta, que informaba a la familia que si todo iba bien con su tratamiento, Leo sería enviado a casa lo antes posible.

Confiando en el poder del pensamiento positivo, Phyllis se aferró a la idea de que Leo volvería a casa y trató de ver la carta de ayer como una buena noticia y no como un presagio. Leo volvía a casa, y esa habría sido un punto brillante en su vida hogareña. Porque él era el responsable de cualquier alegría que ella experimentara en esa casa. Él era su fuente de felicidad, su única conexión con esa noción de amor familiar, el que había leído en las novelas, visto en las películas y sentido a través de sus amigos cuando los visitaba en sus casas. Estaba segura de que sus padres y su abuela la querían. Pero su amor no por su corazón. Alimentaba su estómago. La mantenía vestida. La educaba. La mantuvo a salvo. Pero no tocó su corazón.

Leo era diferente. Probablemente porque podía sentir este vacío - en el corazón de su hermana pequeña. Probablemente porque él también necesitaba el tipo de amor que Phyllis anhelaba. Echaba de menos sus juegos, la forma en que se burlaba de ella, de los chicos de su clase, la forma en que imitaba las reacciones de papá ante ciertas situaciones problemáticas, y ella extrañaba especialmente la forma en que la incluía en sus salidas a pesar de sus ocho años de diferencia de edad. Phyllis se preguntaba a menudo cómo habrían sido sus primeros ocho años de vida, siendo el único hijo de la casa. Por aquel entonces, su abuelo aún vivía, así que Leo tuvo que lidiar con una autoridad aún más "cariñosa" de la que ella tuvo. Quizá por eso le prestaba tanta atención. Tal vez ella era su distracción del status quo. Cualquiera que fuera la razón, ella lo disfrutaba, y con toda honestidad, se aprovechaba de ello.

Justo antes de salir de su dormitorio perfectamente ordenado a la cocina, miró la foto que había pegado en el marco del espejo sobre su tocador. Era de Leo con su uniforme del ejército. Le encantaba la foto. Estaba tan guapo. Le había enviado cuatro fotos. Una a sus padres, otra a su abuela, otra a su novia, Sandy, y la última a ella, que autografió como una estrella de cine: "Para mi admiradora favorita y más hermosa, siempre con amor, Leo". Tocó el papel satinado de ocho por diez y se preguntó qué parte de su cuerpo se había herido. Sabía que tenía que ser grave si ya se había decidido que lo enviarían a casa. Pero hoy no pensaría en eso. Él no querría que lo hiciera. No en su día especial. Él tampoco quería que se cancelara su primera fiesta chico-chica. Pero ella sabía que eso pasaría. Estaba segura de ello.

El aroma del café se hacía cada vez más fuerte a medida que bajaba las escaleras hacia la cocina, y fue un recordatorio para Phyllis de que ella era la única en la casa que había dormido algo. "Buenos días. dijo, más bien alegremente, tratando de captar el estado de ánimo que, a pesar de las noticias de ayer, no parecía diferente a las de cualquier otra mañana excepto que papá no estaba leyendo el periódico. Sólo miraba con una mirada de desconcierto en sus ojos tristes y oscuros. Pero los ojos de papá siempre estaban tristes, pensó, y se preguntó brevemente por qué. Los ojos de mamá parecían enrojecidos e hinchados por el llanto o la falta de sueño, probablemente un poco de ambos. Y la abuela, bueno, parecía la menos afectada en sus breves y bruscas declaraciones mientras las otras dos guardaban silencio, o bien ignorándola conscientemente o simplemente demasiado cansadas para hacer frente a sus típicos amargos comentarios.

La abuela levantó la vista de su labor de ganchillo, como reconocimiento del saludo de Phyllis, luego volvió a centrar su atención en su tarea. No le dijo "buenos días," ni mucho menos "feliz cumpleaños." Pero Phyllis sabía que no podía esperar algo más que un buen desayuno en la mesa. Estaba decidida a no dejar que le estropearan el día. Lo pasaría como si su hermano mayor estuviera allí, haciendo muecas y gestos a sus espaldas mientras ella se esforzaba por no reír, encontrando el humor en su ambiente estoico. Su hermano la sorprendía, porque nunca lo había oído quejarse de sus estrictos padres y abuelos quejarse de sus estrictos padres y abuelos. Había desarrollado sentido del humor, que utilizaba como muro de defensa, y encontraba, o más bien, inventó un punto brillante en todos los aspectos de su vida cotidiana. Phyllis envidiaba esta característica de la personalidad de Leo y deseaba ser como él. Pero algo se interponía en su camino. Algo que ella sólo podía describir como respeto. Respeto por sus mayores. Honra a tu padre y a tu madre. Pesada culpa.

Y sin embargo, Leo nunca pareció irrespetuoso en su jocosidad, solo era divertido, y de alguna manera, él nunca estaba en problemas. De alguna manera, ella, que siempre intentaba hacer lo correcto, siempre estaba en problemas. No le molestaba tanto cuando Leo estaba cerca, porque siempre podía aligerar su carga, pero desde que se había ido, había sido más difícil de manejar. Esa mirada de decepción o desaprobación, seguida de ese sentimiento de frustración por nunca estar a la altura de las expectativas familiares. "Esperamos que hagas esto," y "Esperamos que nunca hagas eso". Y en su mayor parte, Phyllis hizo esto y no hizo aquello. Pero nunca fue suficiente para que ella ganara... ¿Ganar qué? ¿Qué era lo que quería, no, necesitaba?

"Así que, Maxine, parece que tu hija ha olvidado que es indecente estar en ropa de dormir en la cocina, ¿eh? Siempre digo que una persona sólo debe estar en ropa de dormir si está enferma, y entonces ella debe permanecer en la cama, ¿eh?"

"Phyllis, sube y vístete para el día", dijo su madre, ni siquiera se giró para verla, mucho menos para reconocer su saludo, Phyllis no se movió.

No dijo ni una palabra en respuesta a los comentarios de ninguna de las dos mujeres. Normalmente, se habría dado la vuelta e ido arriba para cambiarse de ropa, asegurándose de disculparse, en algún momento, por su falta de discreción. Pero esta vez no pudo. Ella simplemente no podía moverse. Sus ojos clavados en una mirada congelada en la anciana sentada en la mesa ante ella. "¿Cómo te atreves?", pensó en un silencioso desafío. "¿Cómo se atreve a insistir en sus simples y ridículas normas y reglamentos en este día cuando ninguno de ustedes sabe si mi único hermano vivirá o morirá? En mi decimotercer cumpleaños, cuando se suponía que debía celebrar el comienzo de mi vida como mujer joven."

Era como si Phyllis sintiera que se le helaba la sangre mientras fluía por sus miembros, y se preguntó si el odio le helaba a uno la sangre, porque estaba segura de que odiaba a su abuela en aquel momento. Y entonces la enjuta añadió: -Así que has oído a tu madre. Sube y vístete."

Phyllis rompió su mirada y miró a su padre que ahora rápida y convenientemente estaba refugiado del conflicto en el periódico de la mañana, que había sido prolijamente doblado ante él. Luego miró a su madre, que pasaba del fregadero a los fogones y a la nevera de la cocina a los fogones y a la nevera, una y otra vez, como un juguete de cuerda, sin necesidad de pensar en nada para hacer su siguiente movimiento. Tal como Phyllis imaginaba. No habría rescate ni apoyo de parte de ninguno de ellos. "Sí, he oído a mi madre. Y voy a subir ahora mismo. Pero no me cambiaré de ropa, porque no volveré a bajar."

Phyllis giró sobre sus mullidas pantuflas, pero no tan rápido que no notó que las tres cabezas se giraron simultáneamente en su dirección en una fracción de segundo de su declaración de intenciones. Subió arriba, no por miedo a ser reprendida, sino por su deseo de estar sola, lejos de ellos.

Su corazón iba tan rápido como sus pies. Llegó al final de las escaleras y giró a la izquierda, entrando en la habitación de Leo en lugar de a la derecha, hacia su propio rincón del mundo.

El segundo piso era su santuario. Dos pequeñas, pero adecuadas habitaciones en el ático estaban separados por un pequeño, pero adecuado cuarto de baño que el hermano y hermana compartían. Era su zona de seguridad. Cerró la puerta de un portazo y arrojó su largo y delgado cuerpo, boca abajo, sobre el cubrecama a cuadros pulcramente colocado sobre la cama individual, cuya compañera estaba en su propia habitación cubierta de rosa. Allí tumbada, la cabeza empezaba a latirle con fuerza y sabía que le esperaba uno de esos miserables dolores de cabeza que normalmente anunciaban el comienzo de la menstruación. Ahora no, pensó, sabiendo que esos dolores de cabeza podrían durar un par de días, a veces provocando náuseas, distorsionando la visión y le daban ganas de tumbarse en la oscuridad con la almohada apretada sobre la cabeza.

Los dolores de cabeza habían empezado hacía un año y Maxine había llevado a Phyllis al oftalmólogo, convencida de que su hija necesitaba gafas. Pero el Dr. Appelbaum les aseguró a ambas que la visión de Phyllis era de veintitantos. "Podría ser su edad", dijo, con mucha cautela - como si sospechara cómo reaccionaría la madre en un área de experiencia algo diferente. "¿Ha empezado ya su ciclo menstrual?" Dirigió la pregunta a Phyllis, pero Maxine fue rápida con su respuesta cortante, "¿Qué tiene eso que ver con si necesita o no gafas?"

El Dr. Appelbaum dirigió su atención a Maxine, pero antes de que pudiera explicar el motivo de su pregunta, Phyllis retomó la conversación, aliviando así parte de la tensión que se estaba creando entre su madre y el médico vacilante. "No, doctor Appelbaum, aún no he empezado. ¿Cree que esto significa que empezaré pronto? Mis amigas han empezado todos". Ella no sabía por qué había añadido el último bit de información. Maxine parecía sorprendida de que su joven hija pareciera tan dispuesta a hablar de esos temas con un oftalmólogo. El médico, por el otro lado, se mostró aliviado de hablar con una paciente cooperativa y no con una madre discutidora, y asintió con la cabeza en señal de comprensión. "Sí, Phyllis. Creo que los dolores de cabeza son un signo de los cambios hormonales en tu cuerpo."

Con la confianza recuperada, se volvió hacia Maxine, con el fin de traerla de vuelta a la conversación, pero mantuvo sus comentarios dirigidos hacia su paciente. El Dr. Appelbaum fue el primer médico en hacer esto, e hizo que Phyllis se sintiera adulta. A ella le gustaba esa sensación, pero podía ver a su madre cambiando de posición en su asiento y sabía que Maxine estaba lejos de estar contenta. Todo lo que el Dr. Appelbaum les dijo sobre los dolores de cabeza y las hormonas tenía mucho sentido para Phyllis, pero Maxine no estaba dispuesta a entenderlo. Después de asegurarle a Phyllis que estaba seguro de que ése era su problema, dijo que ésa era sólo una posibilidad, y que había pruebas que podrían realizarse para descartar otras posibilidades. Por supuesto, las pruebas tendrían que ser ordenadas y administradas por un médico diferente, con el que estaría encantado de ponerse en contacto.

Al final de la visita, sugirió a Maxine que podría ser conveniente una cita con el médico de cabecera. Si había algo que irritaba a Maxine más que estar equivocada sobre un tema, era la idea de que algo pudiera estar mal con uno de sus hijos. La mala vista era una cosa, pero si una de estas pruebas que el Dr. Applebaum propuso, encontró algo malo con su hija. Bueno, todo eran tonterías de todos modos, pensó para sí misma, y procedió a expresar su opinión mientras ella y Phyllis caminaban hacia la parada del autobús. "Creo que Stanley Appelbaum - simplemente se ha vuelto loco," dijo. Y ése fue el único comentario a Phyllis sobre toda la visita.

Phyllis fue llevada al Dr. Schein y luego a otros dos médicos - al otro lado de la ciudad, todos los cuales confirmaron el primer diagnóstico de veintidós de visión. Mientras tanto, los dolores de cabeza continuaron haciendo sus visitas mensuales, tal como predijo el Dr. Appelbaum... La abuela sugirió que Phyllis usaba estos dolores de cabeza como excusa para quedarse en casa y no ir al colegio, cosa que rara vez hacía, o para librarse de las tareas domésticas.

Al final, sin embargo, Maxine tenía la última palabra. Llevó a Phyllis al centro a ver a Ben Schott, que hacía gafas en una pequeña tienda, que compartía con su hermano, que estaba en el negocio de reparación de calzado. Ella había obtenido su nombre y recomendaciones de Selma Glassman, del salón de belleza. Los Schotts eran primos hermanos de Selma y no de una buena familia "observadora". Sí, papá había estado de acuerdo.

Así que, allí estaba, en una pequeña tienda polvorienta que olía a cuero y allí se confirmó el diagnóstico de Maxine. Un hombre bajo y calvo que llevaba un delantal blanco manchado con los bolsillos llenos de lentes de diferentes formas, tamaños y grosores, miró a Phyllis a los ojos con sus gafas, le pidió que leyera una tabla optométrica que colgaba junto a la puerta principal, y le informó de que, efectivamente, necesitaba gafas para ver las cosas a distancia.

"Jou vear dem to school, and jour headaches, dey go avay, heh," y la condujo a una vitrina situada al fondo de la estrecha porción de la tienda.

Por supuesto, las tres monturas más de moda, que rápidamente le llamaron la atención, no estaban disponibles. Schott desapareció tras una puerta con cortinas que separaban su taller y almacén del resto de la tienda y regresó con tres monturas que, según dijo eran las que tenía en stock y que podía poner a su disposición. Y además que formaban parte del especial que iba a realizar durante los dos días siguientes. A instancias de Maxine y con la voluntad de Phyllis de complacer, a la joven, supuestamente miope, eligió un estilo de montura que realzaría su belleza tanto como las lentes mejorarían su visión.

Phyllis sabía que sus ojos estaban realmente bien, sobre todo porque con sus nuevas gafas no podía ver bien. Así que, aunque llevaba las gafas al colegio cada día en el pequeño estuche, que había recibido "cortesía de Schott 's Opticals" (lo ponía en el estuche), en realidad nunca las llevaba puestas. Se las sacaba y las ponía en su escritorio, pero nunca las usaba. Así que ahora, cada vez que los dolores de cabeza se apoderaban de su cuerpo, no se lo decía a su madre, porque sabía que sólo le dirían que era culpa suya - por no llevar gafas.

Ese día, quería ocultar su dolencia a sus mayores. Así pensarían que estaba en cama en pijama porque estaba enferma, dando crédito a las condiciones de su abuela para hacerlo. Ese día, ella no quería apaciguar a nadie, especialmente a la abuela. Sólo quería estar sola, con sus propios pensamientos. Y entonces se le ocurrió que en realidad no tenía muchos pensamientos propios. Todos sus pensamientos eran gobernados por el tribunal de abajo.

El sonido de pasos pesados subiendo las escaleras vino de fuera de la puerta del dormitorio de Leo. Se acercaban cada vez más. Luego escucho unos ligeros golpecitos en la puerta. "¿Phyllis? Es tu papá," Silencio, mientras ella se preguntaba sarcásticamente por qué él sentía la necesidad de identificarse considerando que era el único hombre en la casa. "Phyllis, es suficiente. Ahora abre la puerta. Has disgustado a tu madre y a tu abuela, y no necesito esto ahora." Silencio. De hecho, hubo silencio todo ese día, a pesar de unas cuantas peticiones hechas en la puerta por ambos padres.

En un momento de su huida, Phyllis arrancó un par de hojas de papel de uno de los cuadernos universitarios de Leo, que aún estaban en su pequeño escritorio, más apropiado para un estudiante de su edad que para un hombre adulto seriamente involucrado en el estudio de la historia. Eso era en lo que Leo se había especializado en la universidad. Quería ser profesor universitario, se lo había dicho. Pero también se interesaba por la psicología - y ella a menudo disfrutaba escuchándolo hablar y psicoanalizar a algún personaje famoso o líder mundial ya desaparecido. Ella empezó a escribir, a desahogarse con su sensible y comprensivo hermano, que entendería la decepción, los miedos y la angustia de su decimotercer cumpleaños. Seguramente, podría enviar la carta a través del departamento de guerra o de quien fuera responsable de entregar la carta a su familia ayer. Cuando terminó la carta, la dobló y la dejó caer junto a su cuerpo mientras volvía a adoptar una posición fetal en el calor y la comodidad de la cama de su hermano.

Eran casi las cuatro de la tarde cuando una vejiga a punto de reventar reclamó la victoria sobre la ira y el orgullo juvenil de Phyllis y la obligó a abrir la puerta y salir al pasillo. Su intención era hacer sus necesidades lo más rápida y silenciosamente posible, ya que sabía que sólo empeoraban su dolor de cabeza, y volver a meterse en el capullo que había creado con la ropa de cama de su hermano "Si pudiera aliviar tan fácilmente este dolor de cabezam" pensó en un murmullo, esperando que los cielos estuvieran abiertos para la sugerencia. Se sentó en el retrete y sintió que el dolor de estómago se disipaba mientras cruzaba los brazos sobre el regazo y se inclinó hacia delante como si estuviera ayudando a expulsar la orina de su cuerpo. Se sintió un poco mareada mientras caminaba hacia la habitación de Leo, haciendo un esfuerzo consciente para evitar hacer ruido, lo que llamara la atención a los que estaban abajo.

No se oía nada en la cocina, así que Phyllis supuso que su familia se había reunido en el salón o se había retirado a sus respectivos dormitorios para recuperar el sueño perdido. Con sus ojos en el suelo, observando cada paso deliberado, se dio cuenta de tres cajas bellamente envueltas en el suelo, cerca de la puerta del dormitorio. Se preguntó cómo no las había visto de camino al baño. Qué diferente había resultado este cumpleaños de todos los maravillosos planes que había hecho.

La fiesta debía empezar a las seis. Lo más probable es que ya se habría preparado, lo que le daría tiempo de sobra para ayudar a su madre a preparar la comida y la decoración.

En secreto habría estado pensando en hablar con Mel, a quien su mejor amiga, Joni, le había confirmado que le gustaba de verdad, aunque sus padres no tenían ni idea de que pensara tanto en los chicos.

Phyllis se acercó, recogió los paquetes y se retiró una vez más a su refugio seguro. Los colocó en la cama frente a ella - y reflexionó sobre si debía o no darse el gusto de recibir bienes materiales de las personas que más despreciaba en el mundo en aquel momento y después de unos momentos de considerar la posibilidad de prescindir de los regalos de cumpleaños en su día especial, cedió a lo que una persona más madura consideraría hipocresía y lo consideró como la mayoría de los adolescentes. como algo que se había ganado, algo que merecía, algo que los padres y abuelos debían a sus hijos por el hecho de que fueron sus elecciones o acciones las responsables de que el niño esté en el mundo y soporte las largas horas de agonía viviendo en el hogar orquestadas por unos padres que no conocen el corazón ni el alma de su propio hijo. Así que, con entusiasmo desenfrenado, abrió la primera caja, que por su tamaño y olor sabía que eran los caramelos de la abuela. Una vez más, los frutos secos cubiertos de chocolate eran los elegidos. Tenía bastante hambre, así que dejó la caja abierta a su lado y probó la fruta mientras seguía desenvolviendo sus tesoros.

Phyllis esperaba encontrar un libro en la siguiente caja, gratamente se sorprendió al encontrar, en su lugar, unos preciosos guantes blancos y cinta para el pelo de satén que, al parecer, estaban destinados a complementar el nuevo vestido que sus padres ya le habían comprado y regalado para que se lo pusiera para su fiesta. Introdujo sus largos y finos dedos en los suaves y lisos guantes y se tumbó en la cama, levantando las manos en el aire para admirar la elegante metamorfosis de manos de niña con las uñas mordidas a las manos de una estrella de cine.

Y entonces recordó que había otra caja, una inesperada. Como todos los regalos tenían el mismo envoltorio, Phyllis no podía determinar de quién era el regalo. Era una caja pequeña envuelta con mucha cinta adhesiva, nada que ver con el estilo frugal de su madre. Pero, ¿qué le regalaría la abuela? Debajo del envoltorio, descubrió una caja vieja y amarillenta que, al parecer, procedía del viejo continente. El nombre de la tienda, impreso en la parte superior de la caja, no era fácil de pronunciar y, desde luego, no era el nombre de una tienda que ella reconocía.

Con gran curiosidad, Phyllis levantó cuidadosamente la tapa de la caja que estaba unida al fondo de la caja por una vieja bisagra floja. Dentro del antiguo envoltorio, encontró un colgante de oro sentado sobre un trocito de terciopelo azul oscuro. Levantó la cadena de la que colgaba y lo dejó caer sobre la palma de su mano enguantada. Lo reconoció al instante. Era el chai que su abuela había llevado al cuello desde que tenía memoria. Esta letra judía era un símbolo de vida, y Phyllis sabía que era, sin duda, la posesión más preciada de la abuela. Sentada en la cama, contemplaba el pequeño colgante, que siempre había admirado, pero pronto se distrajo con una aparente nota en papel rosa, doblada y pegada en la tapa interior de la caja.

Phyllis sacó el papel de su minúsculo envoltorio, lo desdobló y empezó a leer los garabatos que contenía y que había sido escrito por las manos temblorosas y envejecidas de su abuela. "Mi querida Phyllis, cuando lleves esto, viviré a través de ti, como mi madre y mi abuela han vivido a través de mi madre y mi abuela. Nunca debes olvidar el pasado. Nunca debes olvidar a tu pueblo". Palabras de consejo, palabras de esperanza, de un alma conocedora y sufriente. Era la forma de la abuela de reconocer que su nieta no era una niña, que ella, de hecho, entendía las responsabilidades de ser mujer en una familia judía. Tantas veces había oído decir que la mujer de la familia era la portadora de la fe y de las tradiciones del pasado.

Phyllis era muy joven cuando Leo tuvo su bar mitzvah. Su rito religioso de iniciación había sido presenciado y celebrado por toda su congregación en la sinagoga, así como en casa con una gran cena para familiares y amigos. Recordaba vagamente haberlo visto vestido incómodo con su nuevo traje rígido, leyendo nerviosamente la Torá desde el púlpito, mientras sus padres miraban y se aferraban a cada palabra como si el propio Dios les hablara. Pero esto, este pequeño colgante, era su rito religioso de iniciación. Y el hormigueo nervioso que sentía por todo el cuerpo le hizo darse cuenta de que ahora formaba parte de una larga línea de tradición, una pequeña parte de una cultura que personas como su madre y su abuela habían mantenido viva durante miles de años.

Sin embargo, la gravedad del asunto no la conmovió tanto como el hecho de que su abuela estuviera a punto de morir, como el hecho de que su abuela estuviera dispuesta a confiarle su futuro. Una repentina oleada de náuseas le recorrió el estómago, pero esta vez no se debía al dolor de cabeza, sino a un entumecimiento que le hacía sentir como si tuviera la cabeza llena de algodón. No, esta vez estaba asqueada por la forma en que había estado actuando con sus padres y su abuela durante todo el día. Pasó de sentirse una pobre y sufrida víctima a sentirse como una mocosa desagradecida y egoísta. Después de todo, ¿no estaban haciendo todo lo posible para mantener las cosas en orden en casa, sobre todo por su bien. ¿No debería haber hecho su parte para ayudar a su familia en este duro momento, en lugar de darles aún más dolor en sus corazones?

"Y pobre abuela. Pobre, pobre abuela", pensó Phyllis. "Después de perder a su familia en Polonia, se entera de lo de su único nieto, y sólo porque ella muestra un poco de fuerza en el tratamiento de su dolor, ¿tengo que ser grosera con ella? Una anciana a la que no le queda mucho, una anciana que me tiene tanto respeto. ¿Cómo puedo volver a enfrentarme a ellas? ¿Cómo puedo disculparme o compensarlos?" Se había sentido tan justificada en sus acciones y reacciones anteriores, y ahora sus sentimientos habían dado un giro de ciento ochenta grados. Se sentía ahora avergonzada, y de una manera extraña se sentía herida por la forma en que los había lastimado. Bueno, tenía que disculparse y hacerlo pronto, porque se sentía que no podía vivir ni un minuto más sintiéndose tan horriblemente culpable por sus acciones.

Sin quitarse los guantes, Phyllis deslizó la larga cadena sobre su cabello alborotado y saltó de la cama con un inusual deseo de enfrentarse a las víctimas de su actitud farisaica. Ella corrió escaleras abajo, atravesó la inmaculada cocina que olía más a productos de limpieza que a comida, y entró en el salón, donde su repentina entrada sorprendió a los tres silenciosos ocupantes. "Yo... yo... sólo quería darles las gracias por mis regalos de cumpleaños. Especialmente a ti, abuela." Sostuvo la cadena en la mano para mostrarle a su abuela exactamente lo que agradecía, y continuó con su voz quebradiza: "Y también quiero disculparme por la forma en que he actuado. No sé por qué."

Quería continuar para quitarse la pesada carga del pecho, pero su abuela la interrumpió "¿Por qué, de qué niña? Sabemos que hoy has tenido uno de tus dolores de cabeza y pensamos que era mejor dejarte tranquila. Así que - ya te encuentras mejor, ¿eh?".

Phyllis miró a su madre y a su padre, que asintieron en lugar de vocalizar su acuerdo con lo que se decía, y ella comprendió exactamente lo que estaba pasando. Era más fácil para ellos crear una ilusión, en lugar de reconocer y lidiar con un estallido de rebelión. La rebelión era un terreno inexplorado en esta familia, un rumbo nunca antes tomado. Ella lo dejó con el escenario de la abuela. No había nada más que ganar, estaba derramando su corazón ante ellos en una confesión en toda regla. "Sí, Ahora me siento mucho mejor, gracias," dijo, y pasó de uno a otro, dándoles un abrazo y un beso en la mejilla. Luego, volviendo a su estilo de negocios, su padre procedió a contarle - de su contacto con el rabino Rubín, que por su sabiduría y su lista de amigos importantes e influyentes, estaba en ese mismo momento intentando obtener más información sobre el estado y el paradero de Leo. Y mientras Phyllis y su madre respondían con aclamaciones de esperanza, la abuela sólo podía reiterar una predicción que había hecho el día del bris de su nieto: "Mala suerte, le digo. Siempre tendrá mala suerte si le pones el nombre de un pariente vivo. Si le pones Leo, el nombre de mi hermano que está vivo y bien en Polonia. No está bien. Mala suerte". Nunca le importó a la abuela, ni ese día ni nunca después, que Maxine había llamado a su hijo como su propio padre, que había fallecido sólo dos semanas antes de que naciera su hijo. Pero entonces, no era la naturaleza de la abuela pensar mucho en la familia de Maxine. Este comentario habría enfurecido a Phyllis antes, pero su madurez de recién nacida y el agotamiento emocional le permitieron pasarlo por alto. Y eso fue un buen logro.

Esa noche, cuando Phyllis subió a acostarse, fue a la habitación de Leo para hacerle la cama tal como la había encontrado por la mañana. Mientras enderezaba las sábanas, encontró la carta que le había escrito en medio de su rabia y su agitación emocional, y sin permitirse más pensamientos sobre el asunto, rompió las hojas de papel y las tiró a la papelera que había junto a su escritorio. Después de lavarse los dientes y la cara, regresó a su habitación y tocó suavemente el cuadro de su habitación, tocó suavemente la foto de su hermano y se metió en la cama, sintiéndose física y emocionalmente destrozada. No tardó en pensar en cómo aprovechar mejor el nuevo día antes de terminar su decimotercer cumpleaños quedándose dormida.

Dos años después, en el decimoquinto cumpleaños de Phyllis, la guerra había terminado y Leo estaba en casa. Y nada la alegraba más que tener a su hermano mayor en casa, sin embargo, esto no se debía a que las cosas volvieran a la normalidad de antes de la guerra. Sentía que algo faltaba entre los dos, esa conexión mágica ya no existía. Uno de ellos, o tal vez los dos, había cambiado. Cuando llegó a casa de los Meyer la noticia de que Leo volvía a casa, Phyllis imaginó que sus vidas volvían a ser como antes de que él partiera a la guerra. Pero de eso hacía ya cuatro años. Ella sólo tenía once años, y él era un estudiante universitario, cuyas experiencias de la vida real aún no habían involucrado el miedo o la tragedia de la guerra.

Él la trataba de forma diferente, pensó ella, dándose cuenta de que ahora era una mujer joven, no sólo una hermana pequeña. Y él era tan callado, tan reservado, cuando sonreía o se reía -cosa que ya era rara, parecía vacía, como si el propio movimiento careciera de la emoción que hay detrás. Nunca hablaba de la guerra, de sus amigos, de los lugares en los que había estado. Y evitaba especialmente hablar del suceso que le provocó la cojera permanente con la que volvió a casa. Metralla, dijo, pero eso fue todo.

Aunque Phyllis sabía que le molestaba hablar de sus últimos cuatro años, ansiaba oír las historias de las heroicas aventuras de Leo. Ella sabía que había hecho algo heroico, porque le habían dado una medalla llamada Corazón Púrpura, y papá le dijo que para conseguir una de esas, un hombre tenía que ser herido en combate. Trágico y romántico, como en las películas, pensó. Un héroe de verdad en su propia casa. Quería hacerle tantas preguntas, pero tanto mamá como papá le habían dicho que lo dejara en paz. Le dijeron que necesitaba tiempo para curarse y que con el tiempo volvería a ser el de antes.

Mamá lo mimaba todo lo que él le permitía. Incluso la abuela parecía ablandarse por su bien. De vez en cuando, Phyllis encontraba a su madre con lágrimas en los ojos, y sabía que sus lágrimas se derramaban por su hijo que no volvía a casa completo. Algo se había ido. Le faltaba algo. Algo se quedó atrás en el Viejo Mundo, que ahora estaba tan roto como aquellos que habían luchado por ella. Papá predijo que Sandy, la novia de Leo, sería la que lo traería de vuelta. Pero ella también sólo creció más y cada vez más frustrada mientras la visitaba todos los días de una revista con sus bonitos trajes a la moda, ni un pelo fuera de lugar, perfectamente cuidada, y llevando pequeños regalos y golosinas que esperaba despertaran un destello de interés y esperanza. Pero por la respuesta de Leo podría haber pensado que era su prima favorita. Phyllis sabía que Sandy quería casarse tan pronto como Leo regresara. Ella se lo había dicho. Estaba tan segura de que él sentiría lo mismo después de sus angustiosas experiencias. Pero nada parecía estar más lejos de la mente de Leo ahora. Y esto era obvio para todos, especialmente para su impaciente novia del instituto.

Sandy estaba en casa de los Meyer la tarde de la pequeña celebración familiar del cumpleaños de Phyllis, y aunque había esa incomodidad de completa felicidad y satisfacción que todo el mundo habían aprendido a llevar a pesar del hecho de que sabían que algo iba mal, Phyllis estaba decidida a centrarse en lo positivo. Leo estaba en casa y sólo este hecho ya era algo que celebrar.

Después de soplar las velas, comer el pastel y el helado y los regalos abiertos y admirados, Leo se levantó, con un aire ceremonioso, y anunció a Sandy que le gustaría mucho acompañarla a casa. Los ojos de Sandy lanzaron una mirada esperanzada de un miembro de la familia. Al fin y al cabo, Leo apenas había salido de casa desde su regreso. Papá pensó que podría estar un poco acomplejado por su cojera, pero Phyllis no creía que algo así pudiera molestar a su hermano. Esta pequeña salida era una señal de que, tal vez, estaba saliendo de su caparazón. Antes, le había pedido a mamá que le prestara algo de dinero, que le devolvería al final de la semana. Ella no le había preguntado para qué lo necesitaba, pero ahora suponía que iba a llevar a Sandy a una cita nocturna. La expresión en el rostro de Sandy cuando accedió al paseo no podría haber sido más radiante si ella hubiera sido una novia dando el "sí, quiero". Leo, también, tenía un rostro más complaciente, si no animado, y todos los que estaban sentados alrededor de la mesa del comedor suspiraron en silencio aliviados, pensando: "Ha vuelto, ha vuelto a casa."

Es cierto que la mirada complaciente de Leo provenía de un largo período de profunda reflexión sobre su pasado y su futuro. Es cierto que finalmente había decidido salir de su caparazón y comenzar su vida de nuevo. Y era también cierto que Leo estaba preparado para avanzar en su vida sentimental, pero la idea de que Leo por fin había vuelto a casa no podía estar más lejos de la verdad. Esa noche, Leo dejó a una chica muy llorosa y abatida en su puerta y caminó hasta la estación de autobuses, donde tomó el autobús de las 10:30 a Little Rock, Arkansas.

Pasaron dos semanas y no se supo nada de Leo. Phyllis y su familia sabían que estaba bien, sin embargo, porque habían tenido una visita de Sandy la mañana después de su desaparición. En ese momento, nadie se había dado cuenta de que Leo no había vuelto a casa de Sandy. Simplemente pensaron que había salido tarde y que aún estaba en la cama. Después de todo, se habían acostumbrado a que buscara la soledad en su habitación. Ni que decir que la pobre chica. La chica estaba muy angustiada al dar la noticia a la desconcertada familia. De hecho, todo lo que Phyllis podía pensar era que nunca había visto a alguien pasar de ser tan hermosa a estar tan demacrada en tan poco tiempo. A Phyllis nunca le había gustado Sandy, pero sentía un poco de lástima por ella en ese momento. Y aunque normalmente se negaba a escuchar nada negativo sobre su hermano, Phyllis no podía evitar estar un poco enfadada con él. Entre sollozos espasmódicos, Sandy logró expresar que Leo le había dicho que había cambiado, que no era la misma persona que cuando se marchó cuatro años atrás. Le había dicho que su intención era volver a su casa, a su antigua vida, y retomarla donde la había dejado, y que realmente esperaba poder hacerlo, porque eso le haría la vida más fácil. Pero no tardó en darse cuenta de que ya no encajaba en su antiguo mundo. Le dijo que había tomado decisiones muy difíciles y que estaba dispuesto a cumplirlas. Nunca sería feliz en este mundo si no lo hacía.

"¿Qué significaba todo esto?", se preguntó Phyllis, "¿hablar de su 'viejo mundo' y de 'no encajar'?, ¿Cómo podría no encajar en su propia casa?, ¿Con su propia familia? ¿Con su propia hermana?" En silencio, Phyllis le dio más importancia a estas preguntas que a los sentimientos de la patética, despechada, sentada ante ella, que parecía estar atrayendo suficiente piedad de los padres de su victimario. Sus esperanzas de que esta buena judía sería la respuesta a sus plegarias, habían quedado destrozadas, Phyllis no estaba muy decepcionada por esa parte en particular del escenario, ya que estaba demasiado ocupada lidiando con sus propios sentimientos de estar profundamente herida y extremadamente curiosa. Quería algunas respuestas de parte de Leo, para poder entender por sí misma lo que estaba pasando en su vida. ¿No se daba cuenta de lo mucho que le quería, de lo importante que era en su vida?

Las respuestas a las preguntas de Phyllis llegaron dos semanas después. Llegaron no en una carta o una llamada telefónica o un mensaje de un amigo. Llegaron con un golpe en la puerta, en la forma de una mujer católica irlandesa, bonita, pelirroja y pecosa llamada Mary Jo Murphy. Con Leo a su lado, brazo alrededor de su hombro, ella extendió su mano suave pero fría y húmeda a Phyllis, que había abierto la puerta. Estaba encantada de ver a su hermano ante ella, Phyllis devolvió el saludo y el apretón de manos al desconocido y abrazó a su hermano, diciéndole entre lágrimas lo preocupada que estaba de no volver a verle, y que no podía dormir por las noches preguntándose si había dicho o hecho algo para que él quisiera irse. No paraba de divagar, derramando dos semanas de miedo y angustia hasta que Leo le acarició el pelo y le dijo en su antiguo tono reconfortante, "Tranquila, Phyl. Deja que entremos y nos instalemos un poco, y te lo explicaré todo. ¿Están los padres por aquí?"

"Oh, claro," dijo ella, recuperando un poco la compostura, lo suficiente como para sentirse un poco avergonzada por su reacción al verle en la puerta.

"Están en la cocina, qué sorpresa, ¿verdad? Oí los golpes desde mi habitación de arriba. Estaba leyendo y "¿por qué llamaste a la puerta principal como un vendedor?" Oyó cómo sus palabras salían de su boca de una manera espasmódica y vacilante, como ocurre a veces cuando una persona ofrece un parloteo superficial para participar en una conversación con sumo cuidado de no revelar los verdaderos pensamientos y preguntas que pasan por la mente. Retrocedió hasta el vestíbulo, permitiendo a su hermano y a su invitado la entrada a la silenciosa casa.

"No sé. Supongo que no estaba segura de cómo se estaba tomando la gente mi inexplicable desaparición".

"Como era de esperar. Actúan como si nada anormal estuviera sucediendo, mientras caminan en silencio. Excepto la abuela, que sigue diciendo que te has vuelto completamente loco, porque Dios todavía está enfadado por ponerte el nombre de un pariente vivo."

"¿Qué significa eso?", preguntó la mujer pelirroja y pecosa, con su sonrisa que parecía encender luces en sus ojos. Phyllis había oído hablar de personas cuya sonrisa iluminaba sus rostros, pero nunca lo había visto y dudaba de la existencia de tal fenómeno. Pero allí, ante sus ojos, estaba la prueba viviente, y la pregunta de la mujer le recordó que había alguien más en la habitación además de ella y Leo.

"Oh, eso no importa", dijo Leo. "Lo entenderás cuando conozcas a la infame Sylvia Meyer. Es todo un personaje. Y por cierto, no te he presentado formalmente a este personaje real", dijo.., poniendo su brazo libre alrededor del hombro de Phyllis. "Mary Jo Murphy, te presento a mi hermana favorita, Phyllis Marian Meyer. Phyllis, Mary Jo."

"Eres muy gracioso, Leo, considerando que soy tu única hermana. Y de todas formas, ese chiste es demasiado viejo para seguir teniendo gracia". Ambos se rieron de su comentario, especialmente Leo, y Phyllis no podía creer el cambio que se había producido en su hermano desde la última vez que había estado en su casa. Se estaba riendo y burlando de ella de nuevo, y aunque esto la hacía feliz, no podía deshacerse de un presentimiento en la boca del estómago. Y el presentimiento se lo causaba su guapa compañera, que obviamente por las indicaciones del lenguaje corporal, era mucho más que una amiga ocasional. Y lo que es más importante, obviamente no pertenecía a la sinagoga más cercana.

Después de un par de minutos de charla casual, los tres entraron en la cocina, con Phyllis caminando justo delante del dúo de la mano. Da-da-da-daaah. Una trompeta tocando las primeras notas de la Quinta de Beethoven no podría haber despertado más atención que su repentina aparición ante unos padres y una abuela evidentemente sorprendidos y conmocionados.

Se hizo un gran silencio mientras los padres y la abuela se miraban unos a otros, a Leo, a Mary Jo, pero nunca a Phyllis, como si estuvieran esperando a que otro fuera el primero en hablar para orientar la conversación. Phyllis deseaba poder hacer o decir algo que rompiera la tensión especialmente por el bien del invitado de Leo. Leo, también deseoso del aire, levantó una mano, como si detuviera un camión que se acercaba. "Antes de que digas nada, lo siento. Siento mucho haberme ido sin explicaciones, y espero no haberte preocupado. Sé que Sandy tuvo que venir, sé que estaba muy disgustada la última vez que la vi. No quería hacerle daño, ni a ti tampoco."

Notablemente silencioso y siempre atento, su público miraba con expectación la explicación que tanto merecían. Phyllis estaba tan nerviosa por Leo y por ella misma que se mordió la uña del pulgar hasta que sangró, provocando una aguda punzada de dolor que recorrió su pulgar y subió por su antebrazo en una fracción de segundo. Pero ella también permaneció en silencio y en su sitio, esperando. Leo tuvo una sesión de presentaciones muy incómoda e invitó a Mary Jo a sentarse a la mesa familiar, aunque ella prefirió quedarse de pie detrás de su silla.

"Como sabes, cuando me hirieron, en la batalla, me enviaron a un hospital militar en Londres. No puedo empezar a describir mi estado de ánimo durante toda esa experiencia. Todo lo que sé es que no me importaba si vivía o moría. No me importaba. Estaba más allá de sentir dolor, hambre, sed. No me importaba tomar otro aliento, tal vez, por temor a lo que este feo mundo tenía para mí. Porque, créanme, había visto un mundo tan feo." Él tragó con fuerza y las lágrimas llenaron los pálidos ojos azules que tanto habían visto. La visión de las lágrimas en los ojos de su precioso hermano provocó un sentimiento de repugnancia instantáneo a su hermana, que nunca le había visto llorar.

Se detuvo un momento, se pasó la mano por la boca y la barbilla para recuperar la compostura que parecía escapársele a cada segundo. Y aunque cada uno de los miembros de su familia podía obviamente ver la dificultad, había recordado los días más oscuros de su vida, ninguno de ellos hizo ningún esfuerzo por tenderle la mano o decirle algo para consolarlo. Sus ojos seguían pasando de Leo, a los demás, a Mary Jo, de nuevo a Leo, en silencio. Y entonces, Phyllis notó la pequeña mano derecha de Mary Jo hacia su hombro derecho, donde descansaba la mano de Leo, y deslizó su mano en la de él. Él la miró y apretó la mano, que Phyllis recordaba fría y húmeda, y pareció encontrar su fuerza interior para continuar.

"Y entonces, conocí a Mary Jo. Era enfermera en el hospital y estaba a cargo de todos los pacientes de mi sala, en su mayoría chicos de mi escuadrón, que sentían lo mismo que yo. Simplemente no quería seguir adelante". Volvió a apretarle la mano mientras se aclaraba la garganta para dar a sus oyentes la oportunidad de saltar en la conversación con preguntas, comentarios, cualquier cosa para romper ese espeso muro de silencio que sus palabras hirientes tenían que penetrar. Pero nadie respondió, nada más que sus miradas vacías, pero de alguna manera acusadoras. Así que continuó.

"No creo que hubiera llegado a casa, si no hubiera sido por Mary Jo. Ella no sólo me ayudó a curar mis heridas. Ella me devolvió la vida, y la vida de nuevo a mí. " Otra pausa. Otro silencio. Otro apretón de la mano. Y entonces, justo cuando Leo estaba a punto de embarcarse en el siguiente segmento de su confesión, su madre entrecerró los ojos y miró a Leo y luego a Mary Jo, y preguntó en un tono agudo y acre, "¿Y Sandy? ¿Qué era ella, hígado picado?". "Madre". Pero Leo fue incapaz de interrumpir. "La pobre chica te esperaba, te escribía, te echaba de menos, y te fue fiel, Leo Meyer. ¿Qué pasa con esa pobre chica?"

"Madre, yo quería a Sandy, pero no es lo mismo..." Y de nuevo, fue incapaz de terminar su respuesta.

"¿Oh? ¿Y qué significa eso exactamente? 'No es lo mismo'. Tu dices que la querías, pues ya está. Le debías lealtad y respeto. Igual que ella te lo debía a ti. Eso es el amor, no es tan egoístamente simple y conveniente como elegir la cara más bonita que esté cerca cuando te sientes solo."

En todo esto, Mary Jo Murphy se sentó en silencio, asombrada, esperando que la familia de Leo se sorprendiera, pero no que estuvieran tan alterados Leo se aprovechó de la necesidad de su madre de tomar aire y disparó un intento desesperado de defender sus acciones. "¿De eso crees que se trata, madre?, ¿Crees que se trata de una elección egoísta y conveniente? Se trata de una de las decisiones más difíciles que he tomado en mi corta vida. He pensado mucho. Me siento bastante mal por Sandy. Intenté tanto hacer que las cosas estuvieran bien con Sandy desde que volví a casa. Quería tanto sentir por Sandy lo que siento por Mary Jo, pero simplemente no funcionó. Y nunca lo hará, porque esta es la mujer con la que quiero pasar el resto de mi vida Esta es la mujer con la que me voy a casar y sé que, si se dan la oportunidad de conocerla, entenderás por qué la quiero tanto como la quiero. Y ustedes la amarán también."

De repente, Stanley Meyer apartó la silla de la mesa y se levantó. Tenía la cara enrojecida por la rabia, los labios apretados, formando una línea tensa y recta en la parte inferior de la cara, y cuando golpeó la mesa con la mano, la resonancia resultante hizo que todos en la sala gritaran como si estuvieran asustados por un espectro inesperado. Phyllis, con el pulgar palpitante, cruzó los brazos sobre sus pechos, abrazándose a sí misma y protegiéndose de la escena que estaba a punto de producirse.

"¡Ya he oído bastante!" gritó, este hombre manso y tímido que raramente hablaba en su casa, con la excepción de responder preguntas o responder a los saludos. "Durante meses y meses, tú has estado moviéndote por esta casa, y todos hemos intentado tener paciencia. 'Espera', pensábamos, 'ya volverá en sí'. Tu pobre madre apenas ha dormido por las noches por preocuparse por ti, así como tu abuela. Por no hablar de esa pobre chica de la calle. Esperando. Sin salir con nadie más por ti. ¿Cuántos años de su vida has desperdiciado? ¿Has pensado en eso? Entonces, dejas mi casa con el dinero de tu madre en tu bolsillo para irte de vacaciones con esta mujer, y ni siquiera una palabra para decirnos si estás vivo o muerto. Todo lo que sabemos es esta historia que le contaste a Sandy cuando la dejaste como un zapato viejo. Y ahora vuelves a entrar en mi casa, donde he criado a mis hijos con moral, valores y tradición. Ahora vuelves a mi casa, con esta mujer y nos dices esto... esta canción y baile, y nos dices que te vas a casar con ella. Así de fácil."

Phyllis oyó un quejido proveniente de Mary Jo y pudo ver que los hombros de la mujer temblaban a pesar del fuerte apoyo de las manos de Leo. Esto decepcionó a Phyllis, que esperaba que Mary Jo fuera del tipo valiente, el tipo de mujer que respondería al ataque verbal de su padre. También deseaba tener el valor de defender a su hermano y a su desprevenida prometida, pero ella también lloraba y temblaba. Leo nunca había estado en esta situación, y se podía ver fácilmente que no estaba dotado de un temperamento argumentativo.

"Por favor, papá," sus pasivas palabras suplicaban patéticamente su caso, "Tienes que entender. Yo la quiero. Por favor, date la oportunidad de conocerla. Sólo..."

"Vale, hijo, tienes razón. Déjame conocerla un poco mejor". Pero las palabras eran sarcásticas, cáusticas. "Dígame, Srta. Murphy, ¿a qué sinagoga asiste?" Y aunque dirigió la pregunta a Mary Jo, miró con rabia e incredulidad a su hijo, enviando cuchillos a través de su corazón roto.

Pobre Mary Jo, pues estaba comprendiendo completamente que la pregunta, en sí misma, era en realidad una declaración de desacuerdo, trató de responder con su acento sureño más educado: "En realidad, señor, me criaron como católica romana, pero Leo y yo hemos hablado largo y tendido sobre la religión, especialmente cuando se estaba recuperando en el hospital. Y de alguna manera, oh, no sé, la guerra nos hizo ver las cosas de otra manera." Estaba satisfecha con su respuesta, y Phyllis también. No es que le importara a nadie más, pero a ella le gustaba esto, Mary Jo Murphy. Pero Stanley Meyer obviamente casi parecía insultado por el intento de la mujer de explicar sus sentimientos.

"La guerra, eh. Bueno, lo siento Srta. Murphy, y espero que no tome mis sentimientos como algo personal. Mi decepción se debe únicamente a mi hijo, mi hijo que sabe, porque se le ha enseñado, que durante miles de años nuestro pueblo ha luchado por la supervivencia. A través de muchas de sus guerras. Y sólo miren esta última. ¿Cuántos de los nuestros tuvieron que morir, muertes brutales, desmoralizantes, a causa de esa misma lucha para poder vivir sus vidas como judíos. Tu, Leo y sus novedosas nociones vienen de la guerra. Bueno, en esta casa, vienen de esa lucha. ¿Entiendes? Esa lucha por la supervivencia. Y esa lucha está dentro de cada judío. Está en mí, mi esposa, mi madre, mi hija, y lo creas o no está en mi hijo. Pero nunca, nunca puede ser parte de ti. Es lo que nos define, es lo que somos, y es la razón por la que mi hijo se casará con una judía."

Mary Jo le escuchó, le observó y se sentó en una quietud silenciosa que la hacía parecer una muñeca de porcelana, cuya expresión facial no revelaba ningún secreto sobre sus sentimientos. ¿Qué podría decir en respuesta a ese soliloquio? se preguntó Phyllis. ¿Cómo podría ella dar una respuesta de regreso? De repente sintió que la ira crecía en su interior hacia Leo, por hacer pasar a su familia y a esta agradable mujer por esta escena infernal. ¿En qué estaría pensando? Su padre empezó a salir de la habitación, cuando Leo habló, manteniéndose firme en su postura, "Lamento que te sientas así papá, pero Mary Jo será mi esposa."

"Ahora eres un hombre, y harás lo que debas", respondió Stanley Meyer. "Y yo también. Y ya sabes lo que haré si te casas fuera de tu fe". Dicho esto, simplemente se marchó. Maxine, en una absurda noción de hacer lo correcto, ofreció a Leo y Mary Jo un poco de café.

"No lo creo, madre," respondió Leo. "Creo que tenemos que marcharnos."

"Bueno, ¿cuándo volverás?", preguntó ella de forma controlada pero angustiada.

"Eso dependerá de papá," contestó él, y tocó a Mary Jo ligeramente en el hombro. Ella se levantó, se alisó la falda y expresando su placer por reunirse con todos, añadiendo sus disculpas por causar tanto descontento entre la familia. Mientras salían de la cocina hacia la puerta principal, Leo inclinó su larguirucho cuerpo y besó a su hermana pequeña en la mejilla. "Lo siento, niña. No quería hacer esto." Apretó sus hombros como había hecho con los de Mary Jo momentos antes. Phyllis se quedó sin habla. Asombrada. Su mundo se estaba rompiendo en pedazos. Al salir por la puerta. Quería correr hacia él, arrastrarlo y decirle que no le importaba con quién se casara. Quería hacerlo, pero no lo hizo. Su mirada se movía de la pareja que salía a su madre y a su abuela, de un lado a otro, esperando a que alguien hiciera un movimiento para detener la locura. Pero los pasos de su hermano lo alejaban cada vez más lejos de ella, hasta que finalmente la puerta principal se cerró, y ella se quedó una vez más con el silencio, sólo roto por el único comentario de su abuela, durante todo el calvario, "Mala suerte, te digo. Nadie escucha a una vieja, je. Mala suerte."

En los días que siguieron a la debacle familiar, Phyllis vio muy poco a su padre y habló muy poco con los demás. Aproximadamente una semana después de que Leo anunciara a la familia su intención de casarse con Mary Jo Murphy, recibieron una invitación manuscrita de la pareja, solicitando su presencia en la ceremonia de boda, que se celebraría en una pequeña capilla de Northbridge, Arkansas. También se adjuntaba una carta de Leo explicando sus sentimientos, afirmando que los quería mucho y que deseaba que formaran parte de su vida. ¿No les gustaría ser parte de su matrimonio? ¿No querían reconsiderarlo? Todo podría solucionarse.

La carta pasó de mamá, a papá, a la abuela. Phyllis observaba atenta y desapercibida desde la escalera de la cocina. No hablo esperando a ver su reacción. Sus esperanzas aumentaron brevemente cuando su padre le pidió a su madre que marcara la fecha y la hora en el calendario. Sin embargo, mientras Maxine buscaba un bolígrafo en el cajón de la mesa de la cocina, Stanley Meyer encendió la luz la llama de uno de los quemadores de gas de la estufa, colocó la pequeña invitación manuscrita, así como la sentida carta de su hijo, sobre la rejilla del quemador mientras veía a ambas inflamarse y arder en pedacitos diminutos. Su expresión facial era una mezcla de ira y dolor, lo que provocó en Phyllis el deseo contradictorio de sentir lástima por aquel hombre al que apenas soportaba mirar. Y aun así, no dijo nada.

Llegó el día de la boda, y los Meyer siguieron con sus actividades como de costumbre. Nadie mencionó el evento, nadie mencionó el nombre de Leo. El inconmensurable dolor que Phyllis sentía la desgarraba por dentro. No tenía apetito; no podía dormir; estaba físicamente enferma. Y tal como había hecho en su decimotercer cumpleaños, pasó el día en la habitación de Leo, que sólo había cambiado ligeramente desde su regreso de la guerra. Necesitaba hablar con alguien, pero no había nadie. Tenía prohibido hablar de su "humillante" problema con sus amigos, y sus padres no escucharían su petición de perdonar a Leo y aceptar a la mujer cuya sonrisa iluminaba su rostro. Ella lo mencionó a Melvin Steiner, sin embargo. Pero él no era un consuelo, porque estaba de acuerdo con su padre. "Phyllis, ¿qué tan difícil puede ser encontrar una buena chica judía para casarse, teniendo en cuenta que es probablemente la única cosa que tus padres le han pedido a tu hermano?", argumentó. Y esto llevó a Phyllis a preguntarse si realmente le importaba tanto como pensaba.

La boda iba a celebrarse a la una de la tarde y, justo a esa hora, oyó la profunda voz de su padre llamando a su madre, luego a su abuela, y después le oyó llamarla desde el pie de la escalera de la cocina para que bajara. "¿Y ahora qué? pensó amargamente, mientras sacaba su cansado cuerpo de la cama de su hermano, intentando alisarse el pelo despeinado y ondulado con la punta de los dedos. Aunque no sabía qué esperar al llegar a la cocina, le sorprendió un poco encontrar a su padre con su traje negro y su kipá. Estaba de pie junto a la mesa, donde descansaba su libro de oraciones diarias y se arreglaba la corbata. Cuando se dio cuenta de que ella estaba allí asombrado, sus músculos faciales se tensaron notablemente.

Sus labios finos se volvieron inexistentes y los apretó con el ceño fruncido, una expresión que daba la impresión de que estaba intentando contener un torrente de lágrimas o un estallido de ira. Se asustó porque nunca había visto esa expresión en el rostro de su padre. Sus labios se separaron sólo para decir: "Es la una. Ven al salón para que podamos empezar."

"¿Empezar qué, papá? ¿Qué pasa?" Pero ella lo sabía. Su intuición era correcta. Porque allí, en el salón, estaban sentadas las mujeres de la casa. Allí, en la habitación que sólo se compartía en ocasiones especiales y en las grandes fiestas. Allí estaban reunidas como una familia, para llorar la muerte de su hermano Leo, para llorar la muerte del hijo mayor y único de Stanley y Maxine Meyer. Para llorar la muerte de un nieto, que fue maldecido desde el día de su nombramiento. Su madre y su abuela se levantaron pues estaban sentadas en el sofá y miraron obedientemente a Stanley. Maxine extendió la mano y cogió la mano temblorosa y sudorosa de Phyllis y tiró de su cuerpo casi sin vida hacia la pequeña reunión.

"¡Nooooooo!", gritó cuando comenzó el rito de Keriah, con su padre rasgando la solapa derecha de su traje. "No puedes hacer esto," ella siguió gritando mientras él rasgaba el cuello del vestido de su madre e hizo lo mismo con la blusa blanca de su mujer. "¡No me toques! Quítame las manos de encima", forcejeó, pero fue en vano, y su padre rasgó su delgada camisa de algodón. Y mientras ella se doblaba en agonía, sollozando, cayendo al sofá, gritando, "¿Cómo puedes hacerle esto a él?" Pero lo que realmente quería decir era: "¿Cómo puedes hacerme esto a mí?"

Stanley Meyer comenzó a recitar el Kaddish, la oración judía de luto. Apenas podía ver las expresiones en la cara de su madre o abuela. Ni siquiera podía mirarlas. Temía que esto pasara aunque su padre nunca había hablado de ello. Pero pensando en el día en que Leo y Mary Jo dejaron la casa, se dio cuenta de que su hermano lo sabía. Y a pesar de estas horribles consecuencias, él se casó con Mary Jo. Su amor por ella era más fuerte que su amor por su familia. Y cómo esta comprensión sólo sirvió para traer más dolor, se permitió escuchar la voz profunda y monótona de su padre, recitando la oración hebrea, una oración creada en un tiempo tan lejano del presente, en un idioma desconocido para las mujeres de la familia, esta oración tradicional, pero sin sentido para Phyllis, marcando la muerte de su hermano, cuyo único deseo era estar con la mujer que amaba, la mujer que le devolvió la vida, que le hizo querer experimentar la vida de nuevo. Y entonces recordó cómo Leo había actuado en casa después de regresar de la guerra. Y se dio cuenta de que Leo había elegido la vida por encima de su familia, no sólo una cara bonita.

Durante treinta días, el hogar de los Meyer fue un hogar de luto. El espejo del tocador de Phyllis, que una vez tuvo la foto de Leo, al igual que todos los espejos de la casa. estaban volteados al revés, cuando preguntó por qué su madre dijo que no estaba segura, pero que ella pensó que tenía que ver con la eliminación de los pensamientos vanos durante Sheloshim. Su padre no hablaba con nadie. Y su abuela dijo que era para evitar ver el fantasma de la persona muerta en tu reflejo y que la persona fallecida te arrancara el alma. "Leo no está muerto," ella afirmó desafiante. "Mmm, hmmm", fue la respuesta de la abuela, "En esta familia, lo está, y es mejor que lo aceptes, ¿eh?". ¿No se daban cuenta que su corazón ya había sido arrancado, así que ¿por qué preocuparse por su alma?

La noticia de la triste situación de la familia Meyer se extendió como un reguero de pólvora a través de la cohesionada y "bienintencionada" comunidad. "Una marca en la familia", dijeron algunos. Una vergüenza. Una desgracia. Una decepción. Y Phyllis de mala gana tuvo que escuchar los sentimientos de Mel en el consenso de la congregación. "Todo lo que tenía que hacer era casarse en su fe, una cosa simple para los buenos padres a pedir." Estas palabras estaban destinadas a consolarla, a hacerle ver que su hermano era un ingrato por todo lo que sus padres habían hecho por él en su vida. Había sido desleal a sus padres, a sus antepasados y a todos los judíos que habían muerto a manos de los nazis.

Al final de Sheloshim, los espejos volvieron a sus posiciones correctas, y en el espejo de tocador, donde antes estaba la foto de Leo de ocho por diez, Phyllis miró su propio reflejo. Ya no era una niña, porque en este espejo había visto su cara y su cuerpo a través de los años. Había tantos cambios y, sin embargo, el mundo que la rodeaba seguía firme en sus tradiciones e ideas. Pero el mundo de Leo había cambiado con la guerra, con Mary Jo. Sus experiencias lo habían llevado más allá de los límites de su comunidad de la infancia y le habían colocado en un mundo de "otros". Otras personas, otras culturas, otras creencias, otras tradiciones. Phyllis sabía que siempre echaría de menos a Leo, pero también sabía que nunca podría vivir en el nuevo mundo de Leo. El viejo mundo no era perfecto, pero era lo que ella conocía. Era lo que le habían enseñado, y para lo que estaba preparada. Era el mundo en el que criaría a sus hijos y a los hijos de sus hijos.

Phyllis levantó el diminuto Chai de oro que colgaba de la cadena de su cuello, y con la otra mano, tocó el lugar en su espejo donde una vez estuvo colgada la foto de Leo, y rezó para que a medida que creciera en su propio mundo, también llegara a comprender y a creer en el deber y la convicción que llevarían a un padre y a una madre a llorar la muerte de su único hijo vivo y querido.

DOMINGO

Elise estaba sentada en el columpio del porche trasero, disfrutando de un momento de tranquilidad, observando a Casey mientras jugaba diligentemente en el suelo con lo que parecían un millón de piezas de espuma de poliestireno. En la televisión sonaba a todo volumen el mismo vídeo de dinosaurios que J. P. ponía una y otra vez. Tan cansada como estaba de oír ese vídeo, sólo interrumpido por Disney Channel, durante todas las horas de su día, era un alivio oír algo que no fuera el Weather Channel. No hay nada como un desastre inminente para hacerte añorar la aburrida rutina diaria de las tareas domésticas, o "labores del hogar," como algunas de sus compañeras insistían en referirse a sus carreras como amas de casa. Al fin y al cabo, las "amas de casa" son la ayuda remunerada que viene a la casa durante la semana para ayudar a limpiar.

Las "amas de casa" son esas personas especiales, con talento, muy inteligentes, almas cariñosas, que renuncian a sus profesiones o carreras para dedicar sus cuerpos y cerebros al bienestar físico y emocional de los individuos que componen la unidad social denominada familia inmediata. Eso es lo que debería estar junto a la palabra ama de casa en el diccionario. Ah, sí, y mascotas. En algún lugar de la veterinaria puede ser necesaria para cumplir los requisitos de este puesto altamente cualificado.

Se encontró riendo en voz baja para sí misma mientras sus pensamientos la llevaron momentáneamente al año en que nació Lilah.

Algunas de sus amigas estaban embarazadas al mismo tiempo, y ellas también planeaban pasar de trabajar fuera de casa a quedarse como mamá en casa. Pero de alguna manera, a principios de los 90, a las mujeres les costaba admitir que iban a dejar sus trabajos porque estaban hartas de trabajar, y porque sus maridos ganaban suficiente dinero para mantener moderadamente a la familia sin ingresos adicionales. No podían admitir que preferían quedarse en casa, disfrutar de su hogar y jugar con sus hijos. Sólo la mujer más perezosa y menos realizada abandonaría el mundo laboral - ese mundo de retos y productividad - para quedarse en casa y dedicarse a la limpieza y al servicio de guardería.

Así que, para justificar su decisión de quedarse en casa y ser amas de casa, estas mujeres de los 90, con un alto nivel educativo, tuvieron que cambiar la imagen de quedarse en casa de una evasión al último reto profesional de su vida y así lo hicieron. Leyeron las nuevas revistas profesionales" que aparecían hasta la saciedad con títulos como Modern Mom, The Happy Healthy Home y Parent and Child. Leían artículos cuasi científicos sobre temas como "La mejor música para poner en casa si quiere que su hijo obtenga una beca para Julliard", "Los nombres de pila más populares entre las personas más ricas de Estados Unidos," "De tela o desechable: cómo salvar el medio ambiente", "Los mejores cuentos infantiles para niños no violentos." Elise empezó a reír a carcajadas mientras creaba posibles títulos para el popular género de material de lectura que entonces abarrotaba las cajas de los supermercados y proporcionaba interesantes conversaciones en los grupos de juego del vecindario. Todo ello por un trabajo que sus propias madres, abuelas y tatarabuelas habían llevado a cabo sin la ayuda de títulos universitarios ni clases y artículos sobre crianza de los hijos.

Casey la miró, pensando que la sonrisa de su rostro era para él, en alabanza y admiración, por la capacidad creativa que requería pegar un "Toobers&Zots" de espuma de poliestireno en la boca del caimán blanco de plástico que acababa de comprar en el zoo de Audubon. "¿Y qué come el caimán grande? preguntó. En respuesta, transformó su dulce voz de niño pequeño en el gruñido más feroz, "¡Se está comiendo a Lilah!"

"Oh, bueno," pensó ella, "supongo que debería haber leído más artículos". Dio otro largo sorbo al té de menta y levantó ligeramente la cabeza para agarrar la brisa del ventilador en la esquina del porche. "Tengo que arreglar este ventilador de techo," dijo, como si a su hijo de tres años le molestara lo más mínimo el aire espeso y húmedo. Pensó en llamar el lunes, pero se dio cuenta de que, aunque estuvieran en casa el lunes, probablemente no tendrían servicio telefónico. Y de seguro nadie vendría a arreglar el ventilador. Entonces rezó una oración rápida para que tuvieran casa el lunes. Oyó sonar el teléfono y luego se detuvo: "¡M-o-m! Teléfono."

"¿Quién es?", gritó, dándose cuenta de que acababa de cometer una de sus propias manías, gritando como salvaje a través de la casa. "Es la Sra. Talía," respondió la voz salvaje de la sala de estar, donde se daba un raro momento de práctica de piano. Elise se acercó y cogió el teléfono, que tenía cerca por si surgía un momento como aquel y saludó a su interlocutor con un juguetón "¡Hola, hola!"

"¡Buen día!"

"Vaya, parece que estás de buen humor."

"Sí, sí, sí. ¿Y sabes por qué?"

"Déjame adivinar. ¿Has tenido noticias de tu padre?"

"¡Qué listo eres!"

"Y déjame adivinar otra vez. ¿No viene de visita?"

"¡Acertaste de nuevo, amigo mío!"

"Eso es genial, Talía. Ahora tú y los chicos pueden quedarse con nosotros. Los chicos estarán tan emocionados."

"Es un gran alivio, te digo. No sé cómo podría haber manejado ver a mi padre con esa babosa. Y mi madre era una santa."

"¿Babosa, Talía?

"Sí, sí, babosa - putanna. ¿No es esa la palabra que usas para putanna?"

"Los americanos tienen muchas palabras para putanna, Talia, pero la que yo a la que creo que te refieres es zorra. Una babosa es una de esas viscosas, gusanos criaturas que se pegan a tu casa y parecen caracoles sin concha."

"Puta." Sí, bueno, babosa, puta, putanna - como lo digas, eso es lo que ella es. Y mi madre era una santa."

"Vamos, Talía. Sé que no te gusta la nueva mujer de tu padre, y sé que tu madre era una buena mujer, una madre maravillosa, ¿pero una santa? Es muy difícil ser una santa."

"Sí, sí, sí, Elise. Igual que tu abuela con la que tanto hablas."

"¿Quién? ¿LaLa? LaLa no era una santa. Era una buena persona, y una abuela maravillosa, pero no era una santa. Y LaLa habría sido la primera persona en admitir que se quedó corto de calificar para la santidad."

"Haces que suene tan perfecta."

"Claro que sí. Pero eso es porque ella me quería mucho, y yo a ella. Pero créeme, LaLa tenía un par de características muy poco. De hecho, había una cosa - estoy realmente avergonzado de decirte esto. Tal vez, no debería..."

"¿Qué, ¿Qué? Dímelo."

"Bueno, LaLa odiaba a los italianos."

"N-o-o-o. ¿Cómo iba a odiar a los italianos? Somos tan adorables, ¿eh?" "Con pasión, así es."

"¿Pero por qué?"

"En realidad, es algo cómico. No estoy seguro de si alguna vez he mencionado que mi padre fue enviado a Italia durante la Segunda Guerra Mundial. Desafortunadamente fue herido mientras estaba allí, y regresó a casa con su mano derecha parcialmente paralizada. Con el tiempo, fue capaz de recuperar el uso de la misma como si nada hubiera pasado, pero mi abuela siempre culpó a los italianos de su incapacidad temporal."

"Bueno, yo también soy madre, y puedo entender cómo pudo sentirse. Sé que si uno de mis hijos..."

"No, no, no, Talia. Tú no lo entiendes. Mi padre fue herido en un accidente de jeep con un par de sus compañeros del ejército mientras estaban fuera en una especie de pase de fin de semana. Y si me preguntas, los únicos italianos involucrados fueron probablemente unas cuantas botellas de Chianti. Nunca le diría eso a mi abuela ni a nadie de mi familia. Quién soy yo para desacreditar a un héroe americano, y eso es lo que mi padre era, en los ojos de su madre."

"Eso es tan triste, Elise, porque tu abuela, probablemente ni siquiera conocía a ningún italiano. Todos con los que creciste eran franceses, ¿verdad?"

"Más o menos. Pero había una familia italiana que se mudó a Bayou Chouteau cuando yo tenía unos ocho años. Sí. Yo estaba en tercer grado en ese momento. Anthony y Anna Barreca, tenían una hija, su única hija, y resulta que estaba en mi clase. Se llamaba Rosalie. Siempre pensé que su nombre era tan hermoso. Me sonaba como una canción cuando oía a la Sra. Barreca llamarla. Rosalie y yo nos hicimos muy amigas. Cuando ella no estaba en mi casa, yo estaba en la suya. A mi padre le gustaba mucho el Sr. Barreca. No eran amigos íntimos, pero se respetaban. Se notaba. Era dueño de un pequeño restaurante, uno de los primeros en Bayou Chouteau. Vendían sobre todo sándwiches y almuerzos calientes y tenían un buen negocio, en realidad. La madre de Rosalie hacía la mejor lasaña. Y como se puede imaginar, la lasaña no era uno de los alimentos básicos entre las comidas en el Bayou. Supongo que esa es una razón por la que me gustaba tanto. Era una distracción del gumbo, jambalaya y étouffée. De todos modos, LaLa siempre hacía estos pequeños comentarios a mi madre, en voz baja pero lo suficientemente alto como para que yo lo oyera, por supuesto. Al parecer, ella tenía la idea de que sólo porque el Sr. Barreca era siciliano de nacimiento, tenía que estar involucrado en la mafia. Nadie podía convencerla de lo contrario. Ni a mi madre, ni a mi padre, ni a mí. El Sr. Barreca era tan amable. Todavía lo recuerdo, cocinando en la cocina, cantando canciones italianas a pleno pulmón. Tenía una voz muy bonita."

"¿Sigue viviendo cerca esta familia Barreca?"

"Oh, no. Mi amistad con Rosalie, por desgracia, fue muy efímera."

"¿Tu abuela terminó con ella?"

"No, no. Una señora mucho más fuerte que mi abuela la terminó. Su nombre era Bertha."

"¿Bertha? ¿Quién es Bertha?"

"El huracán Bertha. Yo tenía diez años cuando prácticamente borró Bayou Chouteaux del mapa. Dejó muy pocas casas de pie a su paso. Creen que pasó como un maremoto. Fue horrible."

"Entonces, esta Rosalie, ¿qué le pasó?"

"Bueno, se predijo que Bertha sería una tormenta asesina. Incluso los veteranos que nunca dejaron sus casas y barcos en tormentas anteriores fueron convencidos de evacuar con sus familias. Bayou Chouteaux estaba desierta cuando el huracán tocó tierra, gracias a Dios. No pudimos volver a nuestras casas durante al menos una semana. Y entonces regresamos a lo que era una devastación completa. Algunas personas realmente encontraron sus casas en medio del pantano, a kilómetros de distancia. La inundación sólo los levantó y se los llevó. En algunos casos, todos los muebles y pertenencias - fotos, vajilla y demás - se encontraron perfectamente intactos dentro de una casa que había sido arrastrada. El hedor absoluto que llenaba el aire aquel septiembre nos ponía a todos enfermos, añorábamos el olor familiar del marisco de los muelles. Hasta el día de hoy, cuando huelo aceite de pino vuelvo a esa época, porque es lo que la Cruz Roja repartió con el material de limpieza, y parecía que la casa de todo el mundo olía a aceite de pino durante años."

"Todavía no me has contado lo de Rosalie."

"Lo siento. Supongo que estoy divagando,"

"Sí, lo estás. Ahora, ¿qué pasó con tu amiga?"

"Bueno, como dije, todos dejamos nuestras casas, evacuamos a refugios, hoteles, casas de familiares y amigos en zonas más seguras. Entonces, Rosalie y su la familia también se fue. Todo fue tan caótico que nunca supe a dónde se fue. Sólo supuse que estaban en un refugio local. Cuando todos empezamos a regresar tras el huracán, esperaba cada día a que los Barreca volvieran, sobre todo porque su casa y su restaurante seguían en pie y sólo necesitaban una limpieza a fondo. Pero nunca volvieron. Una semana después de volver a casa, hubo un incendio, en mitad de la noche. El parque de bomberos y la estación de bomberos habían sido destruidos, y todavía no teníamos agua corriente. La casa y el restaurante de los Barreca ardieron hasta los cimientos. No quedó nada. Mi padre dijo que probablemente fue un incendio eléctrico, debido a la humedad y a los cables expuestos. Pero LaLa no estaba de acuerdo. Estaba convencida de que era trabajo de la mafia. Afirmaba que el motivo era el dinero del seguro. Ella siempre sospechó que el negocio del Sr. Barreca era sólo una tapadera para el tráfico de drogas desde el golfo. "Probablemente necesitaba el dinero para pagar esas babosas," dijo.

"Esto es muy interesante. ¿Tu abuela se refería a los italianos como criaturas babosas y gusanos que se pegan a tu casa?"

Elise se quedó desconcertada durante unos segundos y luego se dio cuenta de que siempre su amiga acababa de impedirle que convirtiera una conversación completamente optimista en un recuerdo deprimente que, con toda probabilidad, le destrozaría el humor para el resto del día. Ella no necesitaba que eso ocurriera. Se rió de la pregunta de Talía, mientras en silencio se reprendió a sí misma por permitir que sus pensamientos se remonten a ese episodio de su vida. Eso podría ser perjudicial para su tranquilidad. Concéntrate en los momentos felices, se recordó a sí misma. Céntrate en lo positivo.

"Talía, eres muy graciosa. Por eso necesito una amiga como tú, siempre estás ahí para hacerme reír."

"Por eso todo el mundo necesita un amigo italiano, ¿verdad?"

"En eso tienes razón. Ahora no te preocupes por la comida o cualquier suministro de emergencia. Entre la comida de mi madre y las compras de Brad en la ferretería, creo que estamos bien cubiertos."

"Esa es otra razón por la que te llamo, Elise. También recibí una llamada de Nicky hoy. Está muy preocupado por la tormenta y quiere que lleve a los chicos a un hotel. Por supuesto, preferiría quedarme contigo en tu casa. Creo que me sentiría segura. Pero, por supuesto, está tan lejos y no se siente cómodo con que nos quedemos. Hizo arreglos para nosotros para ir al Hotel Palace, y por supuesto, tú sabes que puede venir con nosotros."

"Oh, Talía, es muy amable por tu parte ofrecerte, pero somos cinco, más mis padres. Creo que sería muy difícil para todos nosotros capear el temporal en una habitación. Además, no sabemos cuánto tiempo tendremos que estar fuera. ¿Cuándo se van?"

"Los chicos están recogiendo ahora. Probablemente sobre las cuatro. ¿Estás segura de que no quieres unirte a nosotros?"

"Estoy segura. Estaremos bien. Ojalá pudiéramos estar juntos. Los niños estarán decepcionados, también. Pero ciertamente entiendo la preocupación de Nicky. Sólo ten cuidado por favor y trata de mantente en contacto."

"No te preocupes. Esta amiga italiana volverá a casa después de la tormenta. Ahora cuídate y no corras riesgos. Promételo."

"Te lo prometo. Te quiero."

"Yo también te quiero. Ciao!"

Así que Talía también se iba. Elise de repente se sintió como la protagonista en una película de terror. Y el clic del teléfono en el otro extremo fue el sonido de una llave girada por la malvada ama de llaves, encerrándola, atrapada y sola, en una gótica habitación iluminada por velas de una mansión encantada. La imagen en su mente la hizo estremecerse por un segundo, devolviéndola al presente. ¿Por qué iba a sentirse sola? Toda su familia estaría con ella durante los próximos días. Difícilmente estaría sola, pero, por desgracia, no podía deshacerse de la inquietud que la conversación de Talía había plantado en su mente.

Brad parecía estar más raro cada segundo, caminando por ahí con la mirada vacía, sin hablar con nadie salvo para dar respuestas de una o dos palabras a sus preguntas y comentarios. Su padre, que había sido su roca de fuerza y seguridad de niña, parecía tan cansado de la vida misma que hacía tiempo que había dejado de temer el final de su vida terrenal. Luego estaba su madre, Peggy Anne, que de buena gana se hacía cada vez más dependiente de Elise para las más simples decisiones domésticas, como "¿Cuántas cebollas picas para una olla de alubias rojas?", y mucho menos las decisiones más críticas, como "¿Crees que tu casa es lo suficientemente fuerte como para soportar un huracán? " Y luego, por supuesto, estaban los niños, los tres niños inocentes, que ella y Brad trajeron al mundo. Sólo se sentían seguros cuando ella lo sabía por su propia infancia.

Había evacuado muchas veces con su madre por las numerosas tormentas que amenazaron Bayou Chouteau durante su infancia. Y muchas de esas evacuaciones resultaron ser algunos de sus momentos más felices. Pasar tiempo con amigos que vivían en la ciudad, esperando varios días a que bajara el agua para volver a casa y encontrar suficiente agua en el jardín para poder remar un par de días en piraguas con sus amigos en sus asediados patios. Pero todo cambió con Bertha. Nunca en su vida olvidaría la mirada de miedo, puro miedo, en la cara de su madre mientras escuchaban los aullidos del viento y las lluvias torrenciales atacaban la casa de una prima lejana que había abierto su casa a los Charlevilles. Durante horas, ella y su madre se sentaron acurrucadas en un rincón, encima de una cama gemela, en una habitación oscura, llena sólo por los sonidos de Bertha.

Elise recordó el momento en que sintió temblar a su madre, y ese fue el momento en que el terror se introdujo en su cuerpo. Ella había estado bien hasta que se dio cuenta de que su madre estaba asustada. Nunca quiso que sus hijos sintieran lo que ella sintió aquella noche. Y lo que más le preocupaba era que los meteorólogos predecían que Georgette sería una tormenta persistente. Moviéndose a su velocidad actual, la tormenta podría tardar días para completar su descarga. Por lo tanto, dado el elenco de apoyo del que ella estaría rodeada, Elise se sentía sola y atrapada en una situación sobre la que no tenía absolutamente ningún control. Dios, cuánto deseaba que Talía se quedara con ella.

Peggy Anne y Joseph Charleville llegaron a casa de su hija alrededor de las cuatro de la tarde, cargados de comida y de un humor que se asociaría más con unas vacaciones que con un desastre. Pero eso era típico de la vieja generación en el Bayou. No era nada nuevo. No era su primera evacuación, y no sería la última. Era un evento inevitable en el Bayou, y aunque nunca aprendieron a que les gustara, sin duda aprendieron a aceptar y hacer lo mejor de la situación. Y lo hacían con comida, la comida era el secreto de la curación en los hogares en los que había crecido Elise. Peggy Anne y sus contemporáneas encontraban consuelo en sus cocinas y compartían el consuelo con las comidas que preparaban en ellas. Lo mismo ocurría en las evacuaciones por huracanes, así como en las reuniones tras los funerales, que las damas auxiliares podían organizar en un momento para una familia necesitada de la iglesia de St. Michael.

Mientras Peggy Anne descargaba en el congelador una de sus dos neveras con alimentos, le contó a Elise lo que había en cada recipiente y añadió pequeñas anécdotas sobre cosas que hacía de forma diferente o que sucedieron durante la preparación de cada plato. "Espero que tu amiga también traiga algo de comida. Seguro que esos chicos tienen mucho apetito."

"Talía y los chicos no se quedan con nosotros", informó Elise a su madre con la mayor naturalidad posible, sin querer revelar su decepción. "Bueno, me alegro un poco de que no se quede. Me pareció muy mal de su parte aprovecharse así de tu hospitalidad. Y hubiera sido incómodo para mí y tu papá tener extraños alrededor mientras estamos encerrados y tal vez varados por Dios sabe cuánto tiempo. Y esos niños suyos habrían puesto nervioso a tu padre. Yo no quería decir nada, por supuesto, porque es tu casa, y yo nunca querría interferir. Pero, si me preguntas, es lo mejor para todos."

Elise no dijo ni una palabra, no porque se hubiera quedado muda, sino porque no quería empezar una discusión. Pero sus pensamientos corrían a la velocidad del sonido. "¿Lo mejor para todos nosotros? ¿Y para mí? ¿Qué hay de mí? ¿Te has parado a pensar que no puedo depender de los miembros de mi familia para que me den fuerzas? Que podría necesitar a mi mejor amigo en un momento así. Por supuesto que no. Porque me tienes a mí. Por lo tanto, no puedes imaginar que un extraño sea importante para mí. Hola, ¿alguna vez pensaste que yo también podría necesitar a alguien a quien acudir?" Ninguna de estas palabras fueron pronunciadas. No habría servido de nada, pensó. Su madre nunca lo entendería, y ni siquiera lo intentaría. Se limitaría a mirarla con la mirada lastimera de un cachorro asustado - esa mirada que seguramente inducia la culpabilidad de varios meses en cuestión de segundos, y le decía a Elise que se calmara y dejara de exagerar. ¿Y si los niños la oían arrebato? Seguro que se asustarían. Así que Elise contuvo su ira.

Se entretuvo, a propósito, sola en su dormitorio hasta las cinco en punto cuando bajó las escaleras de la cocina y vio a su madre y a Brad sentados a la mesa de la cocina en un cómodo y compatible silencio. Elise rompió el silencio preguntando por la cena. "Oh, cariño, tenemos tanta comida aquí", respondió su madre. "Tenemos albóndigas y espaguetis, pavo y salsa, gambas y berenjenas, podemos hacer unos po-boys..."

Elise interrumpió a su madre antes de que la mujer mayor procediera a nombrar todas las cenas posibles con la comida que tenía a mano. "No, no. Nosotros probablemente estaremos comiendo esa comida durante días, y estoy agotada. No me apetece limpiar una cocina desordenada esta noche. Creo que todos necesitamos una agradable tarde relajante. Salgamos. Será bueno alejarse y pretender que es una noche normal."

"¿De verdad crees que podremos encontrar un restaurante abierto esta noche, Lissy?" preguntó Brad.

"No había pensado en eso", admitió ella decepcionada pero no, aún no estaba dispuesta a renunciar a su idea. "Saquemos la guía telefónica y empecemos a llamar." Tras diez minutos de llamadas, Elise anunció sus opciones para comer. "Bien, esto es lo que hay. Está Alberghetti's, italiano por supuesto, Buffet de mariscos del tío Jo-Jo, y China Grove, que está cerrado sólo para el Año Nuevo Chino, sus palabras exactamente." La perspectiva de salir había puesto a Elise de un humor juguetón, y como sus ánimos estaban muy bien por el momento, esperaba que los demás estuvieran igual de entusiasmados. No le importaba qué restaurante eligieran, sólo quería escaparse un rato.

"Papá y yo comimos chino ayer", dijo Peggy Anne. "Y ya sabes que no me gusta que coma eso muy a menudo. El sodio es malo para su presión. Edna me dijo que hay mucho sodio en la comida china. Así que, no sé, pero ustedes decidan por sí mismos. No se preocupen por nosotros."

"No, mamá. Queremos que tú y papá vengan también, así que vayamos donde todos seamos felices. ¿Qué te parece Alberghetti's?" Brad murmuró su aprobación a la sugerencia de su esposa, y Elise se volvió hacia su madre, esperando una respuesta similar.

"Bueno, ya sabes que me encanta la comida italiana, pero Elise, ya sabes que a tu padre la salsa de tomate le da acidez a tu padre."

"No, la verdad es que no lo sabía". Su nivel de paciencia iba disminuyendo. "Le encanta mi lasaña. De hecho, siempre parece contento cuando se la preparo."

"Bueno, cariño, tu padre nunca te diría nada sobre eso. Nunca querría herir tus sentimientos por no comer tu comida. Pero, créeme, ese hombre sufre cuando come salsa de tomate. Lo mantiene despierto toda la noche. Dando vueltas en la cama."

"Mamá, ¿por qué demonios no me lo dijiste, entonces?"

"¡Cómo si! Se enfadaría mucho conmigo si dijera algo que hiera tus sentimientos!"

La sola idea de que su padre sufriera una noche porque quería evitar herir sus sentimientos le rompió el corazón. El manto de culpa cayó lentamente sobre ella. Empezó a sentirla envolviendo sus hombros. Se estaba hundiendo, hundiendo, hundiendo.

"Supongo que eso nos deja con el tío Jo-Jo's, entonces," las abruptas palabras de Brad la devolvieron a la inminente decisión. "Podría comer unas camarones hervidos," dijo con una chispa de entusiasmo que Elise no había visto en días.

Hizo contacto visual con él y se dio cuenta de que la había visto hundiéndose y acababa de lanzarle una cuerda. Le asintió con la cabeza en su humor juguetón una vez más. "Sí, compartiré unos kilos contigo, e incluso puede que me tome una cerveza o dos."

"Oooo, mamá," respondió él, con un guiño, que ella le devolvió en agradecimiento por el rescate. Pero la jovialidad se detuvo en seco por la tercera parte.

"Vayan ustedes," dijo Peggy Anne, y Elise notó una nota de rendición en su tono. "Papá y yo nos quedaremos en casa. No me gustan mucho los buffete, siempre me preocupa el tiempo que lleva la comida fuera. Estoy tan acostumbrada a lo fresco. Leí un artículo el otro día que decía que los buffets son la causa de más casos de intoxicación alimentaria que la carne cruda. ¿Te lo puedes creer?"

Elise se levantó de la mesa, ignorando por completo la pregunta de su madre. Por extraño que parezca, sabía que su madre no esperaba una respuesta de todos modos. "Voy a refrescarme, Brad. Reúne a las tropas. Están todos arriba en la sala de juegos. Bajaré en unos veinte minutos."

Uncle Jo-Jo 's resultó ser la elección perfecta. Los Steiner eran los únicos clientes que cenaban en el restaurante a las seis de la tarde del domingo, sólo una ligera llovizna salpicaba el gran escaparate situado junto a su mesa, donde un brillante y colorido letrero de neón anunciaba alternativamente "CANGREJOS CALIENTES HERVIDOS" y "CAMARONES CALIENTES HERVIDOS." Como Jo-Jo Trosclair sabía que iba a estar fuera del negocio al menos unos días, decidió incluir su selección de marisco hervido en su tarifa de "todo lo que puedas comer."

"No tiene sentido desperdiciar comida buena. Prefiero regalarla a tirarla," dijo Jo-Jo, con su voz profunda y gutural que siempre terminaba cada frase con una risita. "Os diré una cosa, niños. Puse todos los juegos en la parte de atrás para que no tengáis que poner ninguna moneda. Sólo vayan y jueguen lo que quieran". Los tres niños saltaron de la mesa como si hubieran sido liberados de la detención, gritaron un gracias a mitad de camino hacia el arcade y dejaron atrás a sus padres para disfrutar de una cena para dos. O así pensó Elise, hasta que Jo-Jo se sentó a su lado y se unió al festín que había preparado.

A Elise siempre le había gustado Jo-Jo Trosclair. Era uno de esos chicos de Bayou Chouteau a los que Brad siempre se refería cuando discutían. Jo-Jo llevaba un par de años en su clase de St. Michael, y cada vez que sus caminos se cruzaban, él le contaba a quien fuera que se sentaba detrás de Elise Charleville y copiaba de sus trabajos. Le contaba que siempre había estado enamorado de ella, pero Elise tenía demasiada clase para gustarle a alguien como él. Ella siempre se reía y le recordaba que él y su esposa Charlaine habían sido novios desde que tenían tres años, y que era ella, Elise, quien no habría tenido una oportunidad con Jo-Jo. La misma viñeta surgía cada vez que se encontraban.

A Jo-Jo le había ido bien sin tener un diploma escolar. Sabía desde el principio que seguiría en el negocio de los mariscos, como su padre, pero daría un paso más. Sus barcos trabajaban y abastecían su restaurante, que abrió solo cinco años después de dejar el instituto. Jo-Jo se parecía más a los hombres de la generación de sus abuelos que a sus contemporáneos. Era un emprendedor, dispuesto a arriesgarse, mientras que los demás luchaban año tras año con su industria moribunda, porque simplemente no querían cambiar con los tiempos.

"Jo-Jo, Elise me ha dicho que tú diseñaste y construiste todos tus barcos." Brad se había quedado asombrado cuando vio la flota Trosclair atracada en el bayou. "¿Dónde aprendiste a hacer eso? Es increíble."

"Yo te diré dónde aprendió", intervino Elise, riéndose a carcajadas después de dos cervezas. "Cuando los demás diagramábamos frases en clase de inglés, él dibujaba barcos, y cuando los demás dibujábamos diagramas de Venn en clase de matemáticas, él dibujaba barcos. Y cuando los demás dibujábamos y etiquetábamos partes de la célula en clase de ciencias, adivina qué hacía él". A lo que todos respondieron, "Dibujando barcos." Fue un buen momento. Pero al final surgió el tema inevitable. Georgette.

"No me digas que te vas a quedar, 'Lise", dijo Jo-Jo, en un repentino tono preocupado.

Elise bebió un trago de cerveza, se inclinó y le miró a los ojos, como si estuviera dispuesta a enfrentarse a él en una pelea. "Sí, te quedas, ¿verdad?"

"¡Claro que no! Tengo la camioneta preparada. Mi vieja ya está en Baton Rouge con su mamá y su papá. Sabes que mi hija menor, Cherie, está en LSU, y Charlaine y yo le conseguimos un pequeño lugar allí. Es más barato que alquilar. Así que nos quedaremos allí. Incluso trajo sus dos perros y tres gatos allí. La única razón por la que me quedé abierto aquí fue porque tuve que atar algunos cabos sueltos y pensé que bien podría permanecer abierto si tenía que estar aquí de todos modos."

Eran las siete y media cuando los Steiner salieron de Jo-Jo's, y Elise estaba tan ansiosa por llegar a casa como lo había estado por irse un par de horas antes.

El sol se puso y se hizo la oscuridad. Un silencio ominoso envolvía la casa, y parecía hacerse más denso e impenetrable a medida que pasaban los minutos. Todas las ventanas y puertas estaban tapiadas, y los suministros de emergencia se habían comprado y colocado en los lugares donde serían necesitados. La comida estaba preparada, y los productos perecederos colocados en el congelador, que se mantendría frío un par de días, incluso después de perder la electricidad. Había agua potable en abundancia y para tirar de la cadena. Linternas con pilas nuevas y velas se colocaron en lugares estratégicos en toda la casa. Dada la última velocidad de Georgette, los meteorólogos predecían que su ojo no tocaría tierra hasta las ocho o las nueve de la mañana siguiente. No había nada más que hacer.

El momento de espera había comenzado, por primera vez en días, Elise se instaló con Brad y los niños en la sala de estar. Brad y su padre estaban viendo el final del partido de fútbol americano del domingo por la noche de los Santos de Nueva Orleans. Lilah y J. P. estaban jugando al Battleship, y Peggy Anne le leía un nuevo libro de dinosaurios a Casey, cuyos ojos traicionaban su desesperado intento de mantenerse despierto con los niños grandes. Nadie mencionó el inquietante aspecto de aquella habitación, normalmente acogedora y reinaba un ambiente sorprendentemente apacible, solo interrumpido ocasionalmente por los gritos de celebración o desesperación de Brad y Joseph al ver a su equipo local moverse arriba y abajo del campo en su intento de ganar un juego para sus ansiosos e inquietos fans en casa, en la Big Easy. Pero al final, un intento fallido de gol de campo en el último segundo permitió que los Atlanta Falcons mantuvieran su ventaja, de modo que incluso la retransmisión deportiva de las noticias de las diez de la noche sería la cobertura del desastre.

"Lo sabía," proclamó Joseph con seguridad. "Se atragantó." El viejo se levantó trabajosamente, saludó a todos con la mano, dio las buenas noches y se acostó temprano, como si fuera una noche de domingo cualquiera, dejando la vigilancia a la generación más joven. Lo hizo como si no hubiera tablas en las ventanas y como si a la mañana siguiente solo traería el amanecer y no los vientos huracanados y las lluvias torrenciales que la acompañarían. Incluso Georgette no consiguió despertar el entusiasmo en la vida de su padre. Elise pensó con tristeza. ¿Se preguntaba si era paz total o sólo apatía total? Esperaba que no fuera esto último, pero tenía sus sinceras dudas. Observó con simpatía cómo su padre se dirigía al pasillo que conducía al dormitorio de invitados, deseando poder levantarlo para que pudiera moverse con la misma rapidez y firmeza que cuando ella era niña. Pero la música de apertura de las noticias de las diez, con sus agudos staccatos y crescendos, atrajo bruscamente su atención hacia el televisor de pantalla ancha que Brad acababa de comprar hacía un mes, tras investigar fabricantes durante un año. Uno más de sus tesoros personales. Esperaba que él no tuviera los mismos pensamientos que ella en ese momento.

Los rostros serios y desolados de los recién casados John y Wendy Davis, pareja de presentadores de las noticias locales, llenaban el metro y medio de pantalla, y cuando empezaron su cobertura de la "línea caliente" del huracán, como ellos se referían a su emisión, Elise recordó, una vez más, por qué rara vez veía las noticias, antes de ir a la cama cada noche. De hecho, se dio cuenta de que, hasta ese momento, ella había conseguido todos sus reportes de huracanes del Canal del Tiempo.

"Ahora vamos a averiguar lo que realmente está pasando",,Peggy Anne afirmó con un firme aire de confianza. "Frank Cable era el mejor meteorólogo de este planeta cuando se trata de huracanes." Oh, mi palabra, pensó Elise, mientras su madre empezaba. "Dicen que incluso esos peces gordos en ese Canal del Tiempo se basan en el anticuado de Frank Cable. He oído que fue la primera persona que ideó formas de predecir huracanes. Dicen que, durante la guerra, voló sus aviones justo en el ojo de un huracán para estudiar cómo crecen y todo eso. Esos otros tipos sólo nos dicen que están usando esos elegantes y novedosos radares. Eso es porque saben que los jóvenes tienen más fe en las máquinas que en las personas. Pero la verdad es que todos confían en Frank Cable." Elise podría haber predicho que su madre daría un espontáneo e improvisado discurso sobre el valor intacto del esfuerzo y la capacidad frente a la maldad de la ciencia y la tecnología. Peggy Anne Charleville consideraba la ciencia y la tecnología como un subtítulo bajo la brujería y, como toda persona temerosa de Dios sabe, la brujería no debe ser tolerada por el Creador ni por sus adoradores. Sabiendo cómo se sentía su madre, Elise no iba a entrar en una defensa del Canal del Tiempo, porque, al final, sólo la llamarían "pequeña pagana", que es como su madre terminaba todas sus discusiones filosóficas, y por supuesto, Elise sabía que no lograría cambiar la opinión de su madre ni un ápice. Pero para disgusto de Peggy Anne, la aparición de Frank Cable y la última evaluación de la situación meteorológica, tendrían que esperar a la larga cobertura de los Davis de las noticias especiales sobre la evacuación de la ciudad y los preparativos para el huracán.

"Se espera que el huracán Georgette deje caer más de treinta y dos pulgadas de lluvia sobre la ciudad de Nueva Orleans", informó John Davis. "Samuel Clark, portavoz del Cuerpo de Ingenieros, habló en la reunión de emergencia del alcalde esta tarde y advirtió que los únicos ciento treinta millas de diques de protección, que ya están hinchados por las tormentas recientes, puede no ser lo suficientemente fuerte como para evitar que el lago Maurapas y Pontchartrain en la ciudad y sus suburbios."

El siguiente reportaje mostraba imágenes en directo de las interestatales 10, 12, 55 y 59, donde el tráfico estaba de parachoques a parachoques con los coches, camiones y remolques saliendo de la ciudad. Una mujer corpulenta y administrativa con una pequeña voz de soprano chillona que apenas encajaba con su estatura física dijo que los refugios de emergencia de Luisiana esperaban hasta cuarenta mil evacuados al anochecer.

Wendy Davis confirmó que el aeropuerto internacional de Nueva Orleans había sido cerrado a todos los vuelos. "Los turistas que aún no hayan abandonado la ciudad pronto podrán experimentar un huracán aún más fuerte que la popular bebida del Barrio Francés. Su marido se rió y luego la efímera frivolidad se transformó rápidamente en un comportamiento más sobrio, más apropiado para la situación. John Davis se dirigió a Jim Hallsley, meteorólogo del Centro Nacional de Huracanes, sentado en la mesa del presentador a su izquierda.

"Mira esto," suspiró Peggy Anne con disgusto. "¿Por qué no ponen a Frank Cable? No queremos oír la opinión de este hombre."

"En realidad sí quiero oír su opinión, Peggy Anne," respondió Brad. Y Peggy Anne fue silenciada por el inusual tono autoritario que se disparó en su dirección, de la boca de su yerno, siempre sereno y paciente.

Sentado junto al bien vestido y profesionalmente arreglado John Davis, Jim Hallsley tenía el aspecto del profesor chiflado. Alto y delgado, con un corte de pelo muy feo y gafas gruesas, su aspecto añadía credibilidad a la larga lista de credenciales recitadas por su presentación. Su desaliñado atuendo llevó al espectador a imaginar que estaba tan absorto en los detalles y el seguimiento del huracán que tenía muy poco tiempo o atención a su aparición en la televisión. No esbozó ni una sonrisa. De hecho, parecía incapaz de hacerlo, lo que añadía convicción a su grave información detallada.

Al terminar el segmento de Hallsley, la cámara se volvió hacia Wendy Davis, que mostró una perfecta sonrisa de cartera, mientras anunciaba, "Iremos en directo a una rueda de prensa con el alcalde Troy Hunter cuando volvamos de esta pausa publicitaria", y señaló a la cámara como si con la yema de su dedo activara los cinco minutos de publicidad que siguieron. Elise normalmente odiaba la interrupción de los anuncios, pero estaba cansada de las noticias deprimentes y agradeció la pausa.

Una atractiva pareja de mediana edad tomaba un aromático café al amanecer en un pintoresco refugio de montaña. Un minuto después, la escena ponía a otra pareja más joven que recorría a toda velocidad la rocosa costa californiana en su flamante descapotable rojo, sin ninguna preocupación en el mundo. El anuncio que siguió provocó carcajadas, mientras veían a un niño derramar comida para perros por todo el suelo de una impoluta cocina en un intento de alimentar a su San Bernardo, que le lamió la cara profusamente durante todo el anuncio. Luego había un grupo de hombres disfrutando de un evento deportivo televisado en un bar local, rodeados de su cerveza favorita y mucho escote. Y por último, pero no menos importante, una joven hermosa ama de casa sacando una cena congelada del horno y engañando a su suegra haciéndole creer que había estado cocinando todo el día.

Por un momento, las viñetas de sesenta segundos recordaron a Elise que la vida era, de hecho, normal en la mayor parte del país, y por un momento ese pensamiento la tranquilizó. Pero, un instante después, esa misma constatación la hizo sentirse más sola que nunca ante el peligro. Le hizo sentir que nadie más sabía o se preocupaba por lo que estaba sucediendo a la familia Steiner y todos los demás que estaban sentados con miedo en sus hogares o en refugios. Al igual que se recordaba a sí misma que la autocompasión no ayudaba a nadie, Wendy Davis estaba de vuelta, pero su sonrisa había desaparecido. "Bienvenidos de nuevo a la Línea Directa del Huracán, iremos en vivo al Ayuntamiento, donde el alcalde Troy Hunter se dirigirá a los ciudadanos de Nueva Orleans y del área metropolitana.

El alcalde Troy Hunter se encuentra detrás de un podio con el escudo de la ciudad. Era un político prometedor, que ya estaba haciendo historia como el alcalde más joven de todo el Sur. Conocido por su facilidad y su carismático atractivo para públicos de todas las razas, credos y sexos, manejaba todas las situaciones con dos de sus más poderosas: su gran sincronización para contar un chiste y su estilo para vestirse impecable a la hora de vestirse para la ocasión. Pero este domingo por la noche en particular incluso el alcalde Hunter no encontraba un buen momento para una broma, y porque había estado de pie bajo la lluvia todo el día examinando esclusas y diques para que la prensa pudiera informar de que estaba, de hecho, cumpliendo con su deber, él estaba empapado de pies a cabeza, tenía cara de asombro y perplejidad al dirigirse al público, como si no se diera cuenta de que era responsable de la ciudad en una en tiempos de crisis. Como si quisiera decir, "Hey, tomé este trabajo pensando que sólo implicaría veladas de etiqueta, bautizos en barcos fluviales, y recaudaciones de fondos. ¿No va alguien a ayudarme?" Brad también se percató del semblante desconcertado de Hunter.

"Mira, Lissy. Mira a nuestro intrépido líder. ¿No te sientes seguro? Él nos va a mantener a salvo. No tenemos nada de qué preocuparnos". Ambos rieron mientras veían la arrogancia del alcalde derretirse ante sus ojos. La verdad es que el hombre parecía tan fuera de lugar que ninguno de ellos escuchó lo que tenía que decir. Y ya habían oído a tantos funcionarios dar sus puntos de vista y advertencias sobre el huracán que realmente no creían que el alcalde pudiera decirles nada nuevo o esclarecedor.

Lilah abandonó el juego del acorazado, en contra de los deseos de J. P., y se subió al regazo de Elise, pidiéndole a su madre que le rascara la espalda. Era lo único que los tres niños tenían en común: su amor por las rascadas en la espalda de Elise. No permitían que nadie más se los hiciera jurando que su madre era la mejor rascadora de espaldas del mundo. Puede que quizás nunca gane un Premio Nobel, concedió Elise para sus adentros, pero siempre podré decir que soy la mejor en algo. Se frotó las puntas de las uñas por la columna vertebral de Lilah, y la niña se acurrucó junto a su madre y descansó la cabeza en el hombro y enterró su cara en el cuello de Elise. Aunque ésta había sido una de las posiciones favoritas de Lilah de pequeña, hacía tiempo que no se acurrucaba y Elise se alegró de tener la oportunidad de volver a abrazar a su pequeña.

"Mi dulce, dulce niña." murmuró tiernamente al oído de Lilah mientras acariciaba la suave piel de su espalda. "Debes tener mucho sueño para subirte en mi regazo así, ¿eh?" Pero Lilah no contestó. Elise no le preguntó de nuevo, pensando que la niña se estaba quedando dormida. Ya planeaba dejarla dormir el resto de la noche en el sofá, porque ella y Brad probablemente estarían despiertos toda la noche de todos modos, cuando de repente se dio cuenta de los pequeños movimientos en la espalda de Lilah. "¿Te estoy haciendo cosquillas? ¿Estás de un humor de vértigo?" preguntó con una voz pastosa y juvenil que normalmente hacía que Lilah se encogiera. De nuevo, no hubo respuesta. Fue la humedad de su cuello lo que hizo que Elise se diera cuenta de que la niña estaba llorando. Se había subido al regazo de Elise para que nadie la viera llorar.

"Lilah, ¿qué te pasa? ¿Qué te pasa, Lilah, te encuentras mal? ¿Qué te pasa, cariño?" Elise ya se estaba poniendo frenética al pensar de que alguien enfermara y no hubiera un médico cerca para ayudar.

"Tengo miedo, mamá. Tengo mucho miedo."

"Oh, cariño, vamos a estar bien. No voy a dejar que nada te pase nada." Pero en el fondo Elise sabía que nunca podría convencer a esta preceptiva niña de que se sintiera a salvo y segura, si primero no podía convencerse a sí misma.

"Pero mamá, ¿no has oído lo que acaba de decir el alcalde? Ha dicho que va a cerrar todas las carreteras de la ciudad. Ha dicho que nos vamos a quedar atrapados. ¿No le oíste decir que íbamos a quedar atrapados sin salida?"

Para entonces, J. P., que no había prestado atención al discurso del alcalde pero había oído cada palabra del relato de Lilah, empezó a gritar, "No quiero estar atrapada. No quiero estar atrapada". Y corrió hacia Brad, llorando tan histéricamente que Elise temió que se hiperventilara. Por suerte, Casey estaba profundamente dormido. De lo contrario, se habría unido, y habría sonado como la misa de las diez y media en Sat. Michael. Al cabo de una hora, el coche estaba lleno. El cielo nocturno era oscuro a la vez, inquietante y encantador. Una lluvia ligera y constante caía sobre las cabezas desprotegidas mientras los niños y sus abuelos se amontonaban en el todoterreno de Brad, en silencio y obedientes, sin rechistar ni demorarse. Brad y Elise volvieron al interior de la casa para hacer una última comprobación, asegurándose de que todos los electrodomésticos estaban desenchufados, colocando los objetos de valor que no podían llevarse en un lugar más seguro. También se aseguraron de que los niños no olvidaran ningún peluche o juguete de viaje que pudieran necesitar para hacer más llevadera la evacuación. Pero en realidad, para cada uno de ellos, en secreto, era una oportunidad de despedirse de su hogar en caso de que, de hecho, fuera un adiós.

Elise estaba en el salón, su habitación favorita, y encendió la luz del museo, que Brad había pedido expresamente durante el diseño de la casa. La luz brillaba sobre la chimenea sobre un retrato al óleo de Lilah a los cuatro años. El retrato brillaba, con la oscuridad total alimentando el brillo de sus apagados tonos. Elise recordó, como si fuera ayer, el día en que ella y Brad entraron en el estudio del artista para ver el retrato por primera vez. En cómo lloró él al verlo, como el día en que nació su hija, ahora era ella la que lloraba. Todas las emociones de la última semana se acumulaban en su interior, retenidas. Miedo, impotencia, rabia, confusión y, por supuesto, culpa. ¿Por qué siempre sentía que todo era culpa suya? Sintió los brazos de Brad rodear sus hombros por detrás. Él giró suavemente su cuerpo para que quedara de cara a él y mantuvo su cuerpo cerca del suyo. No se dijeron ni una palabra. No tenían que hacerlo. Ella se limitó a llorar y él a abrazarla. Eran cerca de las once y media y la interestatal iba a estar cerrada a las dos de la madrugada.

Si no se encontraban con tráfico denso, podrían llegar a Casa Victoria en hora y media. Habían llamado con anticipación y Jacqui dijo que los estaría esperando, con una botella fría en la mano. Igual que su padre, pensó Elise. Brad encendió la radio, justo a tiempo para oír el último boletín. "Todavía se espera que Georgette barra directamente sobre la ciudad de Nueva Orleans. A las tres de la mañana, los vientos huracanados de 75 a 100 mph llegarán a la zona. Debido a que la tormenta se mueve a un ritmo tan lento, es posible que la ciudad pueda sentir toda la fuerza del huracán hasta por treinta horas. Incluso si la tormenta decide girar hacia la costa del Golfo de Mississippi, las fuertes lluvias y las inundaciones aún amenazaran la vida de cualquiera que se quede en la ciudad. Se espera una marejada de hasta cinco metros cuando Georgette llegue a la ciudad famosa por sus elevaciones bajo el nivel del mar."

Aunque el boletín de noticias confirmó su decisión de evacuar, Elise no quería oír ni un minuto más de previsiones, preparativos y predicciones. Brad buscó hasta encontrar un buen canal de fácil escucha y condujo bajo la lluvia por carreteras sorprendentemente desiertas. Al parecer, el resto de la ciudad había escuchado las advertencias mucho antes que los Steiner. Esto era mejor, pensó Elise, intentando ver el lado positivo de las cosas. Mientras el coche atravesaba la quietud de la calma que precede a la tormenta, los niños dormían, mientras sus padres y abuelos permanecían sentados en silencio, contemplando los pantanos de Luisiana que bordeaban la autopista interestatal.

En un momento de su solitario viaje, una caravana de unidades paramédicas y ambulancias les adelantó por el carril izquierdo. Las luces de los compartimentos traseros de cada vehículo, y se podía ver al personal médico atendiendo a sus pacientes transportados desde los hospitales de Nueva Orleans a centros sanitarios entre Baton Rouge y Lafayette. Elise sintió que se le ponían los pelos de punta al ver pasar a aquella gente, imaginando lo asustadas que debían de estar, no sólo por el dolor y la incertidumbre de una enfermedad, sino también con su dependencia de un refugio seguro durante la tormenta. Dio gracias a Dios porque toda su familia estuviera bien y pudieran estar todos juntos. Cada uno de esos pacientes era la madre o el padre, el abuelo o el hermano de alguien, o peor aún, el hijo de alguien. "Gracias, Dios", susurró de nuevo y se dio la vuelta para mirar a cada miembro de su familia como si tuviera que asegurarse de que todos seguían allí con ella.

El pequeño cartel de madera, colgado de dos cadenas en un poste rústico, marcaba la entrada al camino bordeado de robles que conducía a La Casa de Victoria. Ese era el nombre oficial de la casa del rancho y la granja de caballos que Adam había adquirido en un caso de divorcio que llevó para una figura pública muy conocida y extravagante, con una gran riqueza y escrúpulos. La propiedad era sólo un pago parcial por un trabajo bien hecho, Adam les había dicho cuando todos los papeles habían sido firmados y finalizados.

Victoria era una casa exquisita, espaciosa y extendida bajo un dosel de robles de Luisiana, que daban al viejo lugar un entorno típicamente visto en retratos de paisajes del Viejo Sur. La que una vez fue una plantación, Casa Victoria estaba situada a orillas del río Mississippi, al norte de Baton Rouge, una ubicación que facilitaba el acceso a la ajetreada ciudad portuaria del sur. A Elise le encantaba visitar Victoria. Era tan relajante, y a los niños les encantaban las comodidades que Adam había añadido. Había piscina, jacuzzi, pistas de tenis, una sala de juegos con mesa de billar, mesa de air hockey, ping pong, los niños nunca estaban ociosos o aburridos durante sus visitas a Victoria. Pero a Brad nunca le gustó el lugar. Nunca lo había admitido con palabras, pero Elise se daba cuenta. Siempre inventaba las excusas más patéticas para no asistir a las fiestas de fin de semana que Adam organizaba a lo largo del año. Se preguntaba por qué Adam seguía incluyéndolos en su lista de invitados, después de haber sido rechazado tantas veces.

En su propio psicoanálisis de aficionada, había decidido que Brad y Adam eran más hermanos que amigos de la universidad. Compartían un mutuo amor y lealtad que nunca podría ser cuestionado o amenazado. En el ámbito profesional, su asociación era un perfecto equilibrio para la exitosa práctica que estaban construyendo juntos. Pero había un fuerte contraste entre los dos hombres, en sus modales, actitud y estilo de vida. Y en ningún otro lugar del planeta se hizo más evidente este contraste que en La Casa de Victoria.

Aunque Adán odiaba el deporte de la caza, era conocido por planear las mejores expediciones de caza. Las fiestas y juergas que duraban a veces hasta una semana de duración, por no hablar de impuestos deducibles, eran notorias entre sus amigos y los amigos de sus amigos. Bebían lo mejor que había y comían lo mejor que había, y Adam no era demasiado modesto para compartir con sus invitados cuánto le había costado, sólo para hacerles saber, por supuesto, lo mucho que valían sus amigos para él. Y si fue por la fastuosa hospitalidad de Victoria, Adam se hizo querer por su gran círculo de amigos que se alojaban allí, tenía justo el efecto contrario en Brad, que había conocido a Adam mientras estaba en la universidad. Entonces eran diferentes. Las cosas eran diferentes entonces. Ambos eran solteros; ambos eran libres de hacer lo que querían, más o menos. Ahora Brad tenía a Elise y a los niños, y Adam tenía a Victoria. Adam seguía siendo libre.

Elise sabía que Adam siempre sería libre. Sólo esperaba que Jacqui fuera capaz de aceptar lo inevitable cuando se diera cuenta de que su relación no conduciría al matrimonio y a los hijos. No había duda, Jacqui disfrutaba del estilo de vida de Adam tanto como él. Adam era un hombre amable y generoso. Pero a Elise le preocupaba que su prima se estaba preparando para otro desengaño amoroso, y éste sería realmente incómodo, ya que estaba saliendo con el mejor amigo y socio de Brad. Este arreglo hizo que Elise se sintiera personalmente involucrada, y sabía que, aunque no tenía nada que ver con el noviazgo, se sentiría parcialmente responsable si Jacqui se iba con el corazón roto.

Al ver Casa Victoria, Elise se dio cuenta de que el porche, que rodeaba la casa, estaba cubierto por una mosquitera que rodeaba todo el primer piso, estaba iluminado como si hubiera una fiesta. Y allí estaba Jacqui, sentada en la escalera. Cuando vio llegar el coche, se levantó y agitó una botella de vino en una mano y dos copas en la otra. Brad gimió, "Mírala. Te está esperando, Lissy."

"Lo sé. Me alegro de haber venido."

"Te diré algo: despierta a tus padres y llevemos a los niños a la cama. Luego descargaré el coche y me iré a la cama. Estoy agotado."

"Yo también. Pero quizá me tome una copa de vino con ella. Después de todo nos ha esperado, y probablemente esté aburrida y sufriendo después de estar aquí arriba con la tía Kitty como única compañía." Ambos se rieron al pensar en esas dos personas haciéndose compañía, solas en medio de la nada.

Los Steiner tardaron sólo media hora en descargar el coche e instalarse en Casa Victoria. La casa parecía mucho más grande que en el pasado, sin embargo, mucho más acogedora, pero era la primera vez que Elise y Brad habían estado en Victoria sin estar en una gran fiesta.

Brad parecía contento, satisfecho con su refugio. Elise los arropó, besó y bendijo a los tres niños y salió a reunirse con Jacqui, que la esperaba pacientemente en la escalera. Se daba cuenta de que su prima había estado bebiendo mucho antes de su llegada. Y aunque Elise ya se sentía mejor con la seguridad y protección que le ofrecía Victoria, pronto se dio cuenta de que el entorno tenía el efecto contrario en su compañera.

"¿Qué pasa, Jack? Adam y tú has discutido o algo? ¿O se trata de tu madre?" Elise sabía que quería hablar sobre algo en particular y sólo necesitaba un poco de insistencia.

"No. No se trata de Adam. Adam me importa una mierda, ¿lo ves aquí conmigo? Por supuesto que no. Y no se trata de Kitty. Es sobre Marsh."

"¿Qué pasa con él? ¿Ha pasado algo?"

"No, Elise. ¿Por qué siempre piensas que algo malo ha pasado?"

"No he dicho 'malo', ¿verdad?"

"No, pero sé cómo piensas. Y piensas 'mal'."

"Vale, para. Esto no es sobre mí, de todos modos. Entonces, ¿qué pasa con Marsh?" Hubo una larga pausa, luego Jacqui cerró los ojos por un momento y sacudió la cabeza, como si estuviera pensando en algún lugar lejano o en algún tiempo lejano. Luego dijo las palabras que Elise sabía que eran ciertas, pero temía escucharlas durante años.

"Sé que todo el mundo piensa que, después de todo este tiempo, debería haberlo superado. Elise, y a veces casi me convenzo de que lo he superado, pero la verdad es que no. No estoy ni cerca de superarlo. Y me asusta pensar que puede que nunca lo supere, que tendré que vivir toda mi vida con este dolor. En realidad, ya no es dolor; es más como un hueco en el centro de mi cuerpo del que sólo soy vagamente consciente, cuando estoy ocupada, preocupada o borracha. Pero entonces, en los días en que estoy solo con poco que hacer, el hueco crece y se extiende por todos los rincones y grietas de mi cuerpo, es difícil de describir. Me hace sentir débil. Como cuando tienes hambre, sólo que la comida no hace que desaparezca. Como la sed, luego de beber no hace que desaparezca. Nada hace que desaparezca. Se apodera de tu cuerpo y mente. Entonces no puedo sacarme a Marsh de la cabeza. Pienso en todo sobre él, sobre nosotros. Cuando estábamos en quinto grado, y éramos demasiado tímidos para admitir que nos gustábamos, así que apenas nos hablamos durante todo un año. Pienso en cuando estábamos en el instituto y recuerdo la primera vez que nos cogimos de la mano. Las yemas de sus dedos primero, tocando suavemente, explorando la palma de mi mano, hasta que mis dedos se entrelazaron con los suyos, dándole el visto bueno para seguir adelante y sostener el resto de mi mano. Ése era siempre su enfoque en cada paso que dábamos juntos: suave, sensible a mis sentimientos. Como la primera vez que hicimos el amor-um". Ella apretó los labios para detener su temblor y apartó de Elise sus grandes ojos azules, ahora brillantes por las lágrimas, y se concentró momentáneamente en el oscuro bosque que había más allá de la casa. Luego respiró hondo y exhaló un suspiro: "Oh, Señor. Cuando hicimos el amor..." Bromeando, dio una palmada en el muslo de Elise y mojó sus labios con el poco vino tinto que quedaba en su copa. Volvió a llenar su propia copa y llenó la de su prima, vaciando la botella que tenía a mano. "Elise, sé que no te gusta hablar de sexo, ¿o todavía te refieres a él como la palabra con "s"?

"Elise se rió sarcásticamente, preguntándose por qué Jacqui nunca dejaba de deslizar algún tipo de crítica en la conversación. Estaba a punto de decir "Por lo menos yo tengo tres hijos para demostrar lo de la 'palabra con s', que es más de lo que tú tienes," pero nunca le habría dicho eso a su primita, aunque sus pensamientos no hubieran sido interrumpidos por la voz de Jacqui, "Tengo que decirte Lissy, su cuerpo y el mío están hechos el uno para el otro, el suyo para el mío, y el mío para el suyo". Su ánimo pareció levantarse por un segundo, incluso sonrió sensualmente, mientras pensaba obviamente en su relación íntima con Marsh. Como si de repente despertara de un trance, comentó: "Nadie más podría sentirse tan perfecto a mi lado y nadie lo ha hecho nunca. Y ahora otra persona está junto a su cuerpo, y sé que no puede sentirse bien con él, ya me entiendes. Simplemente sé que tiene que sentir lo mismo que yo, que lo que ha aceptado puede ser bueno, pero es sólo el segundo mejor. Sólo sé en mi corazón que tiene que sentirse así."

Elise no respondió, no porque quisiera evitar hablar de "la palabra con s", sino más bien porque se encontró pensando en su cuerpo y en el de Brad juntos, entrelazados, y en cómo sabía exactamente lo que Jacqui quería decir, porque ella había sentido lo mismo. Y se preguntaba si esa sensación de ser el "complemento perfecto" el uno para el otro era un signo de estar con la pareja perfecta. Una señal de seguridad de que sí, de hecho, encontraste a la persona con la que Dios quería que vivieras tu vida. Y qué triste, si esto era cierto, que Jacqui nunca podría tener este sentimiento de nuevo. Estos pensamientos, mezclados con los efectos del vino, hicieron que se le llenaran los ojos de lágrimas y despertaron sentimientos y pasión en su interior. Estaba deseando meterse en la cama junto a Brad y sentir su cuerpo junto al suyo. Pero su anhelo tuvo que ser sometido con paciencia, porque Jacqui seguía hablando, y Elise sabía que ella no podía abandonarla en medio de su emotiva conversación.

"A veces, Elise, estaré pensando en Marsh, y mis sentimientos, son tan fuertes que, si cierro los ojos, casi lo siento cerca de mí. Y pienso que si mis sentimientos son tan fuertes es porque seguramente él está pensando en mí, justo en ese momento. Y que nuestros pensamientos están conectados, como telepatía mental o algo así. ¿Tú crees en esas cosas, Lissy?" Elise puede haber asentido o sacudido la cabeza en algún tipo de respuesta, pero no importaba, porque Jacqui realmente no se moría por escuchar su opinión.

"Creo que hay algo de cierto en eso, siendo que es tan poco lo que sabemos sobre el cerebro y todo lo demás. Así que me pongo a pensar por favor llámame, por favor llámame, sólo con la esperanza y rezando para que él tome el teléfono y me llame y diga, 'Hey Jack, necesito verte. Te echo de menos'. Todas esas cosas que siento, Elise." Sólo hubo una breve pausa desesperadamente lastimera, antes de admitir: "Pero él nunca llama. Y vuelvo a preguntarme por qué, y el dolor vuelve a ser como el día en que llamó para poner fin a todo, y no me queda más remedio que fingir por el resto de mi vida. Fingir que lo he superado, fingir que soy feliz, fingir que amo a un hombre cuyo cuerpo nunca se sentirá perfecto junto al mío. Es horrible, Lissy. Es como si se hubiera llevado una gran parte de mi corazón con él, y aunque puedo tener capacidad en mí para cuidar de otro hombre, nunca seré capaz de amar a otra persona por completo como lo amé a él, con todo mi corazón. Sé que piensas que estoy loca. Únete a la multitud. Diablos, incluso creo que me he vuelto loca, a veces. Después de todo, él es sólo una persona en todo este mundo, y sin embargo, él es mi mundo, es parte de lo que soy".

"Jacqui, le pido a Dios poder hacer que tu dolor desaparezca. Desearía poder tomarte en mis brazos y abrazarte hasta que todas las lágrimas simplemente se lleven los recuerdos. Me siento tan impotente. No hay nada que pueda decir o hacer. Sé que podría decirte, como hace todo el mundo, que sigas adelante. Pero no sé si sería más fuerte si Brad simplemente recogiera y me dejara, sin avisar, sin dar explicaciones. Especialmente, ahora, con los niños debería haber tenido su bebé, Elise. Entonces, al menos habría tenido una parte de él conmigo. Una parte de él que me querría siempre." Elise supo inmediatamente que había cometido un error egoísta al sacar el tema de los hijos.

"Ahora alguien más tendrá sus bebés. Alguien más compartirá esos momentos especiales con él, alguien más llorará con él por la alegría de sus hijos recién nacidos. Y sus hijos nunca tendrán mis ojos o mi nariz mezclados con sus rasgos, o mi personalidad. Solíamos hablar de cosas así, incluso cuando estábamos en el instituto, sabiendo con certeza que algún día nos casaríamos y tendríamos hijos". Bajó la cabeza y apoyó la frente en la palma de la mano y luego se frotó los ojos llorosos con las yemas de los dedos, como si supiera que su mente la llevaba por un camino viejo y conocido, camino que sólo la llevaría a un lugar de autocompasión, de autodestrucción.

Y ella no quería ir allí, no otra vez. Sin embargo, ¿cómo podía evitarlo? "Tengo que saber qué pasó, Elise. Tengo que averiguarlo de una vez por todas, saber lo que pasó, lo que hice mal. Y tengo que hacerlo antes de que se case, o me arrepentiré el resto de mi vida."

"Sabes, Jacqui, eso es lo más sensato que te he oído decir en mucho tiempo. Nunca te hubiera animado a llamar a Marsh o tratar de encontrarlo, porque supongo que siempre he querido que hagas una limpia y siguieras adelante. Pero creo que nunca he entendido cómo te has sentido realmente, hasta esta noche. Me has hecho apreciar algunas de las pequeñas cosas que probablemente he dado por sentadas, también. Siento mucho no haber estado ahí para ti..."

"Oh, Elise, has escuchado mis sollozos más que nadie. De hecho, no puedo creer que aún me dejes seguir así."

"Sé que te he escuchado, Jacqui, pero nunca entendí lo profundo que te han herido, y tengo que confesar, que no he sido mucho mejor que todos los demás que han tratado de instarte a seguir adelante con tu vida. Tienes que hablar con él, Jacqui. Por tu propio bien, tienes que escuchar la verdad de él, ya sea por teléfono o en persona. Y tienes que hacer que te cuente todo. Él te lo debe, Jacqui, y el Marsh que conocí querría hacer todo lo posible para ayudarte a seguir adelante. Él te amaba Jacqui, y nadie nunca me convencerá de lo contrario. Así que, hazlo, chica. Ponte en contacto con él. Y si me necesitas de cualquier forma, estaré ahí para ti. Lo sabes, ¿verdad?"

"Sí, sí, lo sé. Como hermanas, ¿no?"

"Ven aquí", dijo Elise. Y rieron y lloraron como niñas hasta que Brad llamó desde dentro, informando a Elise de que Casey estaba despierto y necesitaba a su mamá. Por la expresión de su marido, ella pudo notar que estaba enfadada, así que corrió rápidamente al interior y siguió el sonido del llanto de Casey hasta el dormitorio que ella y Brad habían elegido para ellos. La pequeña se había despertado, no reconocía el entorno desconocido, y recurrió a una crisis incontrolable.

Para empeorar las cosas, su madre había ido al dormitorio de Brad para ocuparse de su nieto.

"¿Qué estabas haciendo ahí fuera, Elise?" Peggy Anne preguntó en un tono acusador. "¿No oías llorar al bebé? Pobrecito".

"En primer lugar, mamá, no es un bebé, y en segundo lugar, su padre está aquí. Ahora, gracias por tu preocupación, pero por favor vuelve a tu habitación, creo que podemos manejar esto por nuestra cuenta." Elise no lamentaba haber salido en su defensa, pero odiaba tener que pagar el precio de la "culpa" después de ver a su madre alejarse como si la hubiera abofeteado. Puso a Casey en medio de la cama, donde se acurrucó instintivamente entre los cuerpos de Brad y ella. Le acarició la espalda y le tarareó su canción de cuna favorita: "Hush Little Baby", y se durmió enseguida. Lo llevó de vuelta a su litera y volvió a su habitación, donde esperaba encontrar a Brad de mejor humor. mejor. No tuvo suerte.

"Dios mío, Brad, no puedo creer que estés tan molesto, porque no escuché a Casey llorando. Entré en cuanto me llamaste."

"Perdóname, Elise, si no puedo estar de fiesta contigo y con Jacqui esta noche, OK."

"¿De fiesta? No fue una..."

"Mira, todo lo que sé es que por fin estaba durmiendo un poco después del día más loco de mi vida, y lo siguiente que sé es que Casey está gritando a los pies de mi cama, y miro hacia arriba para ver a tu madre de pie en mi habitación. Por el amor de Dios, Elise, ¡estoy en ropa interior! ¿Tiene ella que tener tanta libertad en mi vida?"

"Mira, ha sido un día largo para todos. Todos están nerviosos. Vamos, intentemos dormir un poco y recemos para que nos salvemos por la mañana." Ella pensó que su voz calmada y su mensaje lo calmarían, pero él continuó como si ella no hubiera hablado.

"Todo este calvario es tan malditamente increíble. Todavía no puedo creer que esta mierda nos está pasando. Estoy durmiendo en algún lugar en el bosque en el medio de Louisiana, con mi suegra entrando en mi habitación, sin previo aviso, conmigo en ropa interior, preguntándome si un maldito huracán va a destruir mi nueva casa y todo lo que hay en ella". Él estaba despotricando sin control, y antes de que ella tuviera la oportunidad de responder, él cambió de tema. "¿Dónde demonios está Adam? ¿Alguien sabe dónde está? Pensé que se suponía que debía estar aquí". Se sentía como un testigo durante uno de sus interrogatorios. Después de todo, él sabía más sobre Adam que ella.

"Jacqui me dijo que en el último minuto decidió quedarse en Nueva Orleans. Estaba ayudando a uno de sus amigos o algo así. Ella no sabía todos los detalles."

"¡Oh, claro! El buen samaritano que es. La 'amiga' a la que está ayudando es Ángela, su nueva asistente legal. Tu prima está realmente ciega si no ve lo que está pasando. Pero ella es tan retorcida como él."

"Cálmate, Brad. No sirve de nada enojarse con todo el mundo en tu vida. Todos estamos molestos por esta situación. Vamos a tratar de hacer lo mejor de ella. Al menos estamos a salvo."

"Lo siento. Mira, sólo estoy cansado y agravado. Y ahora, estoy muy despierto y no puedo dormir."

"Mira Brad, creo que sé de qué va esto. Sé que estás molesto porque no hemos sabido nada de tus padres. Pero ya sabes cómo son ellos Probablemente estén ahí sentados pensando que te corresponde a ti llamarlos. Así que, si sientes que necesitas hablar con ellos, simplemente coge el teléfono y llámalos. Sabes que no me molestaría que lo hicieras, tu relación con tus padres no me incumbe, Puedes..."

"¡Maldita sea, Elise! ¿Por qué no puedes olvidarlo? Le das vueltas a esa mierda todo el tiempo. ¿Qué pasa contigo? ¿Qué más tengo que hacer para demostrarte que no quiero tener nada que ver con ellos? ¿Qué? Por favor, dímelo ¡para que podamos terminar esta discusión de una vez por todas!"

"¡No sé lo que puedes hacer! ¡Ojalá lo supiera! Tal vez, sin embargo podrías empezar por hablarme de tus sentimientos. Dios sabe que me gustaría hablar de los míos. Quiero decir, tú y yo podemos hablar de cualquier cosa y de todo. Somos los mejores amigos. Y sin embargo, no podemos hablar del problema que nos perseguirá mientras vivamos."

"No, Elise. Te persigue a ti, no a nosotros. Eres la única que no deja que esto muera. Por el amor de Dios, nos mudamos. No tenemos que tratar con ellos nunca más. Y sin embargo, cada vez que estoy de mal humor - lo que es humano, ya sabes - tienes que traer toda esa mierda de vuelta al tema. Tienes que empezar a psicoanalizarme: "Brad, si sientes que necesitas ver a tu familia, deberías ir a visitarla', o 'Brad, no dejes que mis sentimientos se interpongan entre tú y tu familia'. ¿Por qué sigues sacando el tema, Elise?"

"No lo sé. No lo sé. Lo siento. Es sólo que no puedo ni imaginar estar alejada de mi familia, y nunca, ni en un millón de años, habría pensado que estaría en una situación como esta. Seamos realistas, Brad, sé que tenías problemas con ellos antes de que yo entrara en escena, pero no fue hasta que yo entré en escena que enfrentaste esos problemas. Me siento como la cuña que cortó los lazos entre tú y tu familia. Así que creo que debo alejarme, aunque sea por un momento, para que tengas una familia."

"¡Tengo una familia, Elise! Te tengo a ti y a los niños, y..."

"¡Me tienes a mí! Eso es todo. Soy una persona, Brad. Una persona. Y se supone que soy tu esposa, tu amiga, y la madre de tus hijos. Puedo hacerlo. Dios sabe que me encanta ser todas esas cosas para ti. Y creo que soy muy buena en esos papeles, pero no soy tan buena como para compensar la pérdida de tus padres. Quiero decir, tan duro por mucho que intente hacerte feliz, no puede valer la pena perder a tus padres o tu pasado. Sólo soy una persona. Y a veces siento que tengo que ser tres personas para ti. Siento que, no importa cuánto lo intente, nunca podré ser capaz de compensar tus pérdidas. No importa cuánto lo intente, Brad, nunca podré reparar ese agujero en tu corazón o llenar ese enorme vacío en tu vida."

"Lissy, Lissy, ¿no entiendes, después de todos estos años, después de todo por lo que hemos pasado? Cuando me conociste, yo ya tenía ese agujero en mi corazón y ese enorme vacío en mi vida. Y puede ser que nunca quise admitir lo dolorosa y vacía que había sido mi vida hasta ese momento. Pero entonces llegaste tú, y arreglaste ese agujero en mi corazón. Y luego llegaron los niños, y ¿qué puedo decir? Los cuatro han llenado ese vacío en mi vida. Así que por favor no sientas que tienes que ser más que mi esposa, mi amiga y la madre de mis hijos. Soy feliz. Amo mi vida. Amo a mis hijos y te amo a ti. Dejó caer el peso de su cuerpo en sus brazos, y sintió cómo se desvanecían las cargas de los últimos días, semanas, meses y años, mientras él la abrazaba y le besaba suavemente la cara. "Dios, necesitaba oír eso," dijo ella en cuanto recuperó el aliento.

"No tanto como yo necesitaba decirlo," respondió él.

Aquella noche sería la noche que Elise y Brad recordarían siempre como su momento más perfecto juntos, su primera noche juntos, más perfectos que sus noches románticas en París, Venecia o Barcelona. Nunca tendrían que recordarse el uno al otro sobre la noche en la granja de caballos, en el bosque, en algún lugar en el medio de Luisiana. Después de quince años de matrimonio, las paredes entre ellos se habían derrumbado. Ya no había secretos, y el espacio entre ellos, donde ninguno se atrevía a aventurarse solo, era ahora un lugar donde podían estar juntos. Era su momento perfecto.

LUNES

Elise se puso de lado y abrió los ojos justo cuando Brad entraba en la habitación, obviamente estaba duchado, afeitado y vestido con dos tazas de café caliente en las manos. "Hola, dormilona ¿has decidido despertarte hoy?" Le dio una de las tazas y se dirigió a las ventanas para abrir las contraventanas de la plantación, que habían hecho un muy buen trabajo de mantener alejado el hermoso sol de media mañana. Elise se tapó los ojos durante unos segundos para protegerse del resplandor, y en la confusión de los primeros momentos al despertarse en una habitación extraña, murmuró un gracias. "¿Qué hora es?", preguntó. "¿Dónde están los niños? ¿Qué está pasando?"

"Bueno, son cerca de las 10:45..."

"Dios mío, tengo que levantarme. Los niños necesitan desayunar." Ella no podía creer que se había quedado dormida con todo lo que estaba pasando. "¿Por qué no me despertaste, Brad?"

"Espera. Los niños ya han desayunado. Sigo siendo el especialista en nuestra familia, según los niños, por cierto. Y en respuesta a tu pregunta sobre lo que está pasando, te alegrará saber que Georgette nos ha echado completamente de lado."

"¿Qué? No me estás tomando el pelo, ¿verdad? Porque si esto es algún tipo de broma, estaré furioso, así que."

"Por supuesto que no Lissy, ¿de verdad crees que bromearía con eso?"

"No, pero no puedo creerlo. Todos esos expertos estaban tan seguros de que se dirigía directamente hacia nosotros. ¿Qué ha pasado?"

"Bueno, realmente no entiendo la razón meteorológica detrás del cambio de trayectoria, pero tan pronto como te dormiste anoche, me levanté y fui al estudio para ver las actualizaciones. También encendí la radio para escuchar las estaciones de Nueva Orleans, y yo no podía creer lo que estaba escuchando. Los periodistas también estaban conmocionados. Al parecer, cuando la pared exterior estaba justo al sur de Grand Isle, este huracán de categoría 3 sólo se detuvo, y en lugar de aumentar la fuerza, lo que suelen hacer cuando se detienen, comenzó a debilitarse. Un reportero dijo que era como un corredor, corriendo a toda velocidad y cansándose justo antes de llegar a la línea de meta. De todos modos, también cambió de dirección y acabó yendo hacia la costa de Mississippi."

"Gracias, Dios, gracias, Dios." Elise suspiró, y entonces recordó que había otros que estaban despertando a un diferente escenario. "Me siento terrible por esa pobre gente que recibe la tormenta, pero estoy muy agradecida de que no hayamos sido nosotros."

"De acuerdo a los reportes del clima, no creo que sea peor que una mala tormenta. Es sólo que todavía se está moviendo lentamente, y pueden haber algunas inundaciones repentinas, debido a toda la lluvia."

"Me alegro de oír eso. Mamá y papá deben de estar encantados. No habrá ningún lío para ir a casa. Apuesto a que abrirán las carreteras esta tarde y todos podremos irnos a casa. Voy a ver qué tienen pensado." Pero justo antes de llegar a la puerta, una expresión en la cara de Brad le dijo que se detuviera, así que lo hizo y volvió a sentarse en la cama. Ella sabía que había algo más que él quería decirle.

"Entonces, ¿quién eres? El tipo de las 'buenas noticias, malas noticias'. ¿Qué es lo que no me has dicho?"

"Sólo quería advertirte sobre tu tía Kitty."

"¿Tía Kitty? ¿Qué pasa con la tía Kitty? ¿Está enferma o algo así? ¿Qué?"

"No, no está enferma, pero está loca como un perro rabioso. Y está enfadada contigo."

"¿Yo? Ni siquiera he visto a la tía Kitty desde que estamos aquí. ¿Por qué ¿Por qué está enojada conmigo? ¿Ya despertó Jacqui?"

"Así es. Jacqui se fue."

"¿Se fue?"

"Sí, parece que se fue, justo después de tu conversación de anoche. Dejó una nota, diciendo que se iba al aeropuerto más cercano, volando a Connecticut, e iba a ver a su antiguo novio. Dijo que tú la animaste a encontrar las respuestas a todas las preguntas que ha tenido desde que él se fue."

"Supongo que sí la animé. En realidad sólo estaba de acuerdo con ella. Pero por qué eso enfadaría tanto a Kitty. ¿Se llevó el coche y por eso ahora no puede volver a la ciudad? ¿Cuál es el problema?"

"Oh no. Me encanta esta parte. Jacqui dejó su auto para que Kitty lo llevara a casa. En su lugar, tomó uno de los coupés clásicos de Adam de su cochera atrás. Va a estar lívido. Imagínate, tomando una de sus preciadas posesiones con el fin de dejarlo. Pobre tipo." La sonrisa en su cara traicionó la sinceridad de su simpatía.

Elise pensó durante un minuto, para tener todos los hechos claros, y luego fue a ver a su familia. Encontró a sus padres y a Kitty en la cocina. Peggy Anne y Joseph estaban tomando café, mientras que Kitty desayunaba con hielo. Llevaba un cigarrillo en una mano y una hoja de papel en la otra. Elise sólo podía suponer que se trataba de la carta de Jacqui. En cuanto los ojos de Kitty se posaron en Elise, comenzaron los gritos.

"Cálmate, tía Kitty. Hablemos de todo esto de manera racional. ¿Por qué estás tan alterada? Jacqui es una mujer. Ella tiene derecho a tomar sus propias decisiones. ¿Por qué te molesta que ella quiera hablar con Marsh antes de casarse? Jacqui necesita hacer un cierre."

"Escúchate. Cierre. ¿Qué demonios se supone que significa eso? Estoy segura de que le llenaste la cabeza con todo tipo de grandes palabras psicológicas anoche, sin pensar en cuánto daño podrías causar."

"¿Cómo puede salir más herida de lo que ya está? Tal vez finalmente obtenga las respuestas a las preguntas que se ha estado haciendo todos estos años."

"¿Respuestas? ¿Crees que las respuestas van a cambiar su vida para mejor?"

"Creo que saber la verdad le dará un comienzo para superar lo de Marsh, de una vez por todas. Adivinar todos los diferentes escenarios sólo le permite seguir esperando que él cambie de opinión y regrese algún día."

"Sabes tan bien como yo que su mente no tiene nada que ver." Kitty dio una larga calada a su largo y delgado cigarrillo que sostenía entre sus arrugados labios.

"En eso te equivocas, porque yo no sé nada de las razones de Marsh para irse. Durante años, me he preguntado qué le hizo irse tan de repente. Si yo me lo he preguntado, ¿cómo crees que se ha sentido Jacqui? Ya nada es real para Jacqui. Nada. Ella nunca se permitirá amar realmente a alguien más, hasta que sepa lo que pasó. ¿Te das cuenta de que Jacqui ha perdido a los dos hombres que más ha amado en este mundo y nada de eso ha tenido sentido para ella. Primero, el tío Billy..."

"Oh, así es. Su precioso papá. ¡Ja! Billy Charleville es la razón por la que vive en su mundo de cuento de hadas, pensando que su pequeño Príncipe Marsh volverá por ella y la llevará a su reino, donde vivirán felices para siempre. Billy fue quien le llenó la cabeza con ese tipo de tonterías, y eso es todo lo que siempre hizo por ella además de mimarla. Tan podrida que no podía hacer nada por ella. Nunca me escuchó. Y sólo empeoró después de su muerte."

"Kitty", intervino con calma Peggy Anne, "yo no empezaría a culpar a Billy..."

"Cállate, Peggy Anne. No verías la verdad, aunque te abofeteara en tu simple cara, o no la admitirías, de todos modos, ya que la verdad podría alterar el precioso nombre de Charleville."

"Tía Kitty, discúlpate con mi mamá, ¡ahora mismo!"

"Está bien, Elise. Ella no puede lastimarme. No puede lastimar a nadie más que a Jacqui. Nada de lo que me diga puede igualar el daño que le ha hecho a esa niña."

"¿De qué hablas, mamá?"

"Díselo ahora, Kitty. Díselo tú o lo haré yo."

"¿Como si ella no lo supiera ya? Como si tú y esa bruja de suegra no le han contado ya el pequeño secreto familiar?, ¿Crees que soy estúpida? ¿Crees que no sé que la señorita aquí no ha sabido la verdad todo el tiempo?"

"¿Saber qué verdad, saber qué?"

"Oh, mírate. No eres mala, para nada mala Esa desconcertada, mirada inocente. Sí, eres muy buena."

"¿Quieres parar y decirme qué está pasando aquí. Mamá, ¿de qué está hablando?"

"Si realmente te importara Jacqueline, como dices que te importa la habrías detenido. Nada bueno saldrá de esto si Marsh le dice por qué se fue."

"¿Por qué sigues diciendo eso, como si yo supiera la razón?"

Kitty se volvió para mirar a Peggy Anne, con una mirada interrogante, pero incrédula. La madre de Elise negó con la cabeza. "Vaya por Dios. Realmente no lo sabes, ¿verdad?"

"¿Saber qué?"

KITTY PIERCE CHARLEVILLE
1960s

"Un lunes más," pensó Kitty, mirando la fecha estampada en el billete de autobús que sostenía en la mano. Su madre había dejado River Bend, Mississippi, un lunes simplemente desapareció. Dejó marido, casa, y a su hija de seis años por una "nueva vida", dijo. Y nadie volvió a saber de ella. Y fue hace sólo una semana, el lunes pasado, pensó, cuando Freddie se fue. Se fue a esa vida eterna de la que hablaba la gente de la iglesia. Pero Kitty no podía estar segura de dónde su padre pasaría su "vida eterna." Ni siquiera conocía las opciones. Y ella estaba segura de que nadie más lo sabía. Todos los que decían que sabían de esa vida eterna sólo esperaban saberlo. No podían estar realmente seguros. Eso era lo que solía decir su padre.

Y como en la mayoría de los casos, ella estaba de acuerdo con Freddie, este pensamiento fue de muy poco consuelo para Kitty Pierce, ya que ella subía al autobús que la llevaría lejos de River Bend, su pequeña ciudad natal a las afueras de Jackson, Mississippi. El gran motor del autobús retumbó e hizo que el asiento de vinilo, estilo banco vibrara, lo suficiente para hacerle cosquillas en el trasero. Kitty esperaba que esto no la molestara durante todo el trayecto hasta Baton Rouge, que por el momento era el destino que había elegido, el lugar donde podría empezar su nueva vida. Empezaría de nuevo en Baton Rouge, Luisiana, donde podría escapar del legado Pierce de autodestrucción, negación y calles sin salida. Dejó atrás todo y a todos los relacionados con su pasado, es decir, todo menos su carrera.

Kitty acababa de terminar toda su formación en la escuela de belleza, la misma a la que habían asistido su madre y su tía Dee. Y era la única parte de su vida que amaba. Tía Dee le había rogado que se quedara en River Bend y se dedicara a los negocios con ella, el lugar que su madre había dejado vacante hacía tanto tiempo. Pero Kitty sabía que siempre había sido cuestión de tiempo para que abandonara ese pueblo para siempre. Nunca podría haber dejado atrás a su padre, pero ahora que él se había ido para siempre, ella también. se había ido para siempre. "La tía Dee lo superará," pensó Kitty. "No es como si Baton Rouge estuviera al otro lado del mundo." Y de todos modos, Dee había prometido visitar a Kitty de vez en cuando, sobre todo desde que tenía esa prima suya viviendo en Baton Rouge.

La prima de Dee, Dottie, también tenía un salón de belleza. De hecho, Dee había arreglado para que Kitty trabajara en el salón de Dottie y asentarse." Kitty sería manicurista para empezar. Dottie dijo que después de un par de meses, trabajaría en algunas citas de peluquería aquí y allá, con el fin de introducir a la principiante en el negocio. A Kitty no le importaban las responsabilidades limitadas. No le importaba que la vigilaran bajo los escrupulosos ojos de su nueva empleadora, que sonaba todo lo contrario de la tía Dee, que parecía llevar su tienda por el mero placer de visitar y hablar con sus clientes en lugar de por la próspera oportunidad de negocio que suponía tendría. Pero eso también estaba bien, porque Kitty quería trabajar con alguien que pudiera enseñarle el aspecto comercial de su carrera, cómo llevar la tienda y también cómo satisfacer a los clientes. Esperaba estar sola durante mucho tiempo, y quería más de su vida de lo que la tía Dee había querido o esperaba de la suya.

Kitty quería a tía Dee, pero apenas quería ser como ella. Dee también lo sabía. De vez en cuando se reía de ello, diciendo, "Puede que te parezcas a tu padre, pero eres tu madre hasta la médula."

Comentarios como ese enervaban a Kitty, pero nunca se lo confesó a Dee ni a nadie le dijera algo parecido.

Kitty quería parecerse a su madre y ser como su padre. Entonces, en su opinión, sería perfecta. Había oído decir que su padre fue una vez un hombre guapo. Que era un verdadero "mirón." Pero ella no pensaba eso. Le parecía tan viejo, cuando en realidad no lo era. Era alto y flaco, y su pelo ralo era tan rubio que parecía prematuramente blanco. Tenía la cara demacrada y enrojecida. Cuando Kitty era más joven se preguntaba cómo se le había quemado tanto la cara a su padre, que pasaba su tiempo libre sentado en su sillón reclinable en la oscuridad de su pequeña sala de estar, con las persianas bajadas para que no le diera el sol, pues le provocaba migrañas. Sufría mucho con esos dolores de cabeza. Tanto que Kitty se quedaba despierta por la noche preocupada por si perdía también a su padre. No fue hasta que tuvo 12 años que la tía Dee le explicó que Freddie tenía problemas con la bebida desde que su madre se fue. Así que, desde entonces Kitty no se preocupó por sus dolores de cabeza, y se dio cuenta de que las quemaduras de sol no eran quemaduras de sol después de todo.

Freddie también se había convertido en un fumador empedernido, un hábito que dejó en su otrora apuesto rostro, marcado prematuramente con las profundas arrugas que uno esperaría ver en un abuelo más que en un padre. Pero Kitty miraba más allá de las debilidades de su padre, hacia su corazón bondadoso, que nunca le permitía hablarle con dureza y siempre le impulsaba a tratarla con delicadeza. Aceptó el hecho de que él nunca volvería a ser el mismo hombre fuerte que era antes de que su madre los dejara y, sin quejas ni vacilaciones, se erigió en su único protector en el mundo.

A Kitty le gustaba sentirse necesitada por su padre. Le hacía sentirse importante de una manera que nunca pudo cuando su madre estaba cerca. Aunque sabía que su padre la quería, también sabía que adoraba a su mamá. Ella nunca pensó en esto antes de que su mamá los dejara. Ella recordaba haber llorado durante una semana después de que su madre se fuera todo el día, lloraba hasta dormirse y se despertaba con lágrimas en los ojos, y entonces, un día dejó de llorar. Ya no podía llorar más. Ella estaba agotada. Se preguntó si tal vez sus ojos se habían quedado sin lágrimas. Todo lo que sabía era que algo le había pasado, se sentía diferente. Se sentía mayor y más adulta, mientras que su padre sólo parecía cada día más patética. A partir de ese día, se refirió a su padre como Freddie y a su madre como "ella" o "su," según el caso.

Freddie nunca volvió a mencionar el nombre "Donna" en la casa tampoco. Él y Kitty habían hecho un pacto tácito. Se cuidarían el uno del otro, y no necesitaban a nadie más en sus vidas. Y eso era todo. Con la excepción de la tía Dee, por supuesto, que siempre había sido como una segunda madre para Kitty desde el día en que Donna y Freddie trajeron a su niña del hospital.

Por supuesto, Dee también necesitaba apoyo, porque perder a Donna era como perder una parte de sí misma. Pero tenía el salón de belleza para pasar ocupada. Kitty tenía la escuela y Freddie tenía su gasolinera de servicio completo justo en el centro de la ciudad. Freddie estaba orgulloso del negocio que había construido desde cero. Siempre supo que tendría que tener éxito para mantener a Donna feliz, y las cosas parecían ir a su camino. Se había dedicado a su negocio, orgullosa de los servicios que prestaba. Pero después de que "ella" se fuera, el negocio empezó a desmoronarse poco a poco. Sus dolores de cabeza le impedían ir a trabajar, decía, y sus amigos bien intencionados le sustituían hasta que ellos también se dieron cuenta de la raíz de la enfermedad de Freddie.

Cuando Freddie murió, el negocio no era lo suficientemente bueno como para pagar las facturas de la casa. De hecho, Kitty tuvo que pedir dinero prestado a Dee para saldar cuentas atrasadas, para que ella pudiera seguir adelante. Ella se lo devolvería cada centavo más un poco más por su amabilidad. "Pobre Freddie," pensó, mientras el autobús parecía elevarse por las estrechas carreteras de dos carriles del Mississippi rural. "Ni siquiera lloré en tu funeral. Gasté todas mis lágrimas en ella."

Y entonces se le ocurrió la trágica idea de que no podía llorar por Freddie, porque estaba muy feliz por Freddie. El día de su funeral, se sentó en una silla junto a su ataúd abierto. La tía Dee pensó que estaba loca por pagar a la funeraria Kramer toda la mañana, sabiendo que apenas vendría un alma, ya que Freddie había abandonado la sociedad de River Bend hacía tanto tiempo. Incluso ella se fue temprano y le dijo a Kitty que ya no podía hacer nada por Freddie, que tenía que cuidar de su hijita, y que tenía toda la intención de hacerlo. Pero no iba a sentarse en una funeraria vacía todo el día porque le daba escalofríos. Así que, en su mayor parte, Kitty se sentó a solas con el cuerpo de Freddie todo el día, y en esos momentos de quietud y silencio se dio cuenta de que por primera vez desde que "ella" se fue, la cara de Freddie ya no revelaba una existencia agonizante. Las líneas de dolor habían desaparecido, y su rostro reflejaba, en cambio, la presencia de la paz y pura satisfacción. Por lo tanto, no podía estar triste por este hombre, a pesar de que su vida había terminado a una edad relativamente joven. No podía estar triste, porque sus días de sufrimiento habían llegado a su fin. Y no podía llorar. Se alegró de que hubiera tan pocos visitantes ese día, porque ella y Freddie podrían estar solos al final, tal como habían vivido sus vidas.

Y no tenía que sentirse avergonzada por no poder llorar, pero una semana más tarde, en su viaje en autobús fuera de la ciudad, empezó a pensar en el hecho de que nunca volvería a ver la cara de su padre. Ella nunca volvería a sentir sus brazos rodeándola para asegurarle que no estaba sola en el mundo. Apoyó la cabeza en la ventanilla del autobús sintiendo el frío cristal junto a su cálida mejilla y empezó a llover, y pequeñas gotas de lluvia salpicaron el cristal, dejando rayas diagonales a su paso. En el pasado, Kitty se negaba a pensar que su vida en casa fuera dolorosa. Prefería pensar en el éxito que había tenido manteniendo una cierta apariencia de vida familiar en su pequeño hogar roto. Pero Freddie se había ido, y ella estaba sentada sola en un frío autobús entre extraños, sólo podía recordar la dolorosa existencia detrás de su pretensión de satisfacción. Y por primera vez desde que tenía seis años, Kitty sintió que una lágrima rodaba suavemente por su mejilla. Estaba tan contenta que no compartiera el asiento con otro pasajero, porque no tenía que preocuparse de llamar la atención. Se sentía tan bien al llorar, y Kitty se preguntó por qué se había permitido guardar tantos años de dolor encerrados en su corazón magullado y roto.

Cuando Kitty bajó del autobús con su pequeña maleta a la acera de la estación de autobuses de Baton Rouge, sintió su cuerpo inervado por la emoción y el entusiasmo de empezar una nueva vida en un en un entorno desconocido. Vio un teléfono público en la pared exterior de la estación de tren, abrió su bolso de mano, bastante anticuado y cogió el colorido papel en el que la tía Dee había garabateado el número de teléfono y la dirección de Dorothy Dobson. Se acercó al teléfono y marcó el número con un poco de temor, insegura de la mujer que esperaba que respondiera a su llamada. Mientras esperaba a que alguien cogiera el teléfono, utilizó el pie derecho para deslizar sus dos bolsas más cerca de donde estaba., al fin y al cabo, contenían sus únicas posesiones terrenales. No estaba tan preocupada por la ropa de la bolsa de lona más grande como por el pequeño que la tía Dee le había dado como regalo de despedida. Lo había llenado con todas las necesidades femeninas, desde algodones hasta rulos.

Kitty oyó un clic en la línea, seguido de una voz dulce, "The French Twist, soy Dottie. ¿En qué puedo ayudarle?"

Kitty sonrió al oír el nombre del salón de belleza. Le gustó. Tuvo una imagen momentánea del letrero de madera de la tía Dee, colgado de un poste, pintado a mano en rojo, blanco y azul por su marido, Darryl, "Salón de belleza D & D," Donna y Dee, por supuesto. Pero Dee nunca cambió el nombre después de que "ella" desapareciera.

"Hola. ¿Hay alguien ahí?" La voz inquisitiva de Dottie subió de volumen como si quisiera despertar a su interlocutor.

"Oh. Sí, lo siento. Um, mi nombre es Kitty. Kitty Pierce de River Bend, Mississippi. Mi tía Dee contactó con usted hace un par de días."

"Sí, sí, lo hizo. ¿Estás en la ciudad, Kitty?"

"Sí, señora. Ahora mismo estoy en la estación de autobuses. Quería llamar primero antes de ir a su tienda para asegurarme de que tenía tiempo para verme. No quiero causarle molestias."

"No, no, en absoluto. Coge un taxi y ven aquí. Tienes mi dirección, ¿verdad?"

"Sí, señora. Pero me preguntaba si su tienda podría estar a distancia para ir a pie desde aquí, ya que para ser honesta, nunca me he montado en un taxi antes, así que no tengo idea de cuánto costaría."

"No te preocupes por eso, cariño. Yo me encargo de todo. De hecho, uno de mis clientes es taxista. Su nombre es Rusty Lee. Voy a llamarlo ahora mismo. Ahora quédate sentada allí y espera a Rusty. Estará allí muy pronto."

"Eres muy amable. Realmente lo aprecio. Tengo que admitir que no tenía ganas de llevar mis maletas por la carretera después de ese largo viaje en autobús."

"Ni lo mencione. ¿Qué hora es? Déjame ver. OK, son las dos. Ven aquí. Te daré algo de comer, y si estás lista ¡puedo ponerte a trabajar hoy!"

"¡Genial! Estoy preparada. Definitivamente estoy lista." Algunas cordialidades más pasaron de un lado a otro, y la conversación terminó. Kitty recogió sus dos maletas y encontró asiento en un banco vacío cerca de la entrada del vestíbulo de la estación. Su estómago gruñía, y Kitty se alegró de que Dottie hubiera mencionado darle de comer. La tía Dee también habría pensado en la comida. Se rió pensando en la esteticista ruidosa y un poco rotunda en River Bend. Se preguntó si Dottie sería como Dee. Lo dudaba, pero esta consideración le dio que pensar mientras esperaba a que llegara el taxi de Rusty Lee.

Dee era la chica sencilla y hogareña cuya emoción en la vida provenía de ser la compañera de la reina de la belleza de un pueblo pequeño, la verdadera y leal amiga de una chica que daba más importancia a combinar su pintalabios con el color de sus uñas que en devolver la amistad.

Dee entrenó a Donna en las pruebas de animadora y rezó para que la eligieran reina del baile, aunque Dee ni siquiera tenía una cita para el baile. Y la noche en que Donna fue coronada Miss Cotton Blossom de River Bend, Mississippi, Dee lloró de alegría, como si como si ella misma hubiera ganado el honor.

Dee estaba segura de que Donna se dirigía hacia algo grande. Sabía que su mejor amiga en el mundo sería famosa algún día. Eso es lo que le dijo a Kitty. Le dijo a Kitty que estaba muy sorprendida cuando Donna le dijo, unos días después de la graduación, que había decidido casarse con Freddie Pierce. Estaba muy decepcionada, le dijo a Kitty, a pesar de que Freddie era el mejor de su promoción en la RHS. La actitud de Dee cambió rápidamente, sin embargo, cuando Donna le pidió que fuera dama de honor, y empezaron a planear lo que llamaban como la boda del siglo en River Bend. Por fin era una oportunidad para Dee de poder brillar, al lado de la estrella local. Las fiestas, la ropa, todo era muy elaborado, incluso en términos de Jackson.

"Pero después de la boda, las cosas cambiaron." le dijo Dee a Kitty. "Oh, ella amaba a tu padre, y Dios sabe que él la amaba, aún la ama. Pero Donna necesitaba brillar, como todos necesitamos respirar. Las dos fuimos a la escuela de belleza, y para mí nada podría haber sido mejor que abrir el salón de belleza con tu mamá. Pero no fue suficiente para ella. Siempre supe que se iría volando. Demasiado enjaulada en este pequeño pueblo. Algún día volarás, cariño. Y está bien. Vas a romper el corazón de Dee otra vez, como hizo tu madre, pero no pasa nada. Mientras te acuerdes de mí y me escribas de vez en cuando, eso es lo que más me rompe el corazón sobre tu madre, es como si me hubiera olvidado. Como si yo nunca hubiera formado parte de su vida."

Kitty recordaba bien el día en que la tía Dee le dijo esas palabras, Kitty recordaba lo mal que se sintió Dee cuando se dio cuenta de que ella tampoco tenía noticias de su madre, y Dee no podía imaginar lo mucho peor que debe ser para una niña sentirse olvidada. "Lo siento, cariño. La tía Dee no para de hablar, ¿verdad?". Y entonces tiró de Kitty en su regazo, que parecía hacerse cada vez más pequeño a medida que el resto de su cuerpo se hacía más redondo cada año. "Apuesto a que tu mamá está pensando en nosotros dos ahora mismo. Probablemente esté actuando en alguna obra o algo en Nueva York o tal vez incluso en Hollywood, y ella está pensando en nosotros dos aquí. Un día, tal vez vamos a estar sentados en primera fila de algún teatro de lujo viendo a tu hermosa mamá protagonizando en una romántica historia de amor. ¿No será emocionante? Sólo tenemos que darle a tu mamá un poco más de tiempo para instalarse y hacerse famosa, eso es todo." Y le dio a Kitty uno de sus grandes apretones y besó la frente de la niña. Pero ninguna de las palabras, abrazos y besos podría borrar esa agonizante sensación de haber sido olvidada.

Bueno, esos días se acabaron, suspiró Kitty, mientras sus pensamientos volvían a su entorno actual en la estación de autobuses de Baton Rouge. Un taxi blanco, recién encerado, se acercó a toda velocidad a la acera y casi se detuvo cuando el conductor vio a Kitty, sentada sola con sus maletas, y esa mirada cohibida de recién llegada. El taxista veía esa mirada todo el tiempo en su trabajo, sobre todo en la estación de autobuses y en las mujeres que viajaban solas. Miran a su alrededor en un entorno desconocido, que no les resulta familiar, pensó él, haciendo todo lo posible por no parecer perdidas e incómodas con tantos extraños alrededor. Kitty se sobresaltó un poco por la repentina aproximación del coche, y el brusco, pero cortés saludo del conductor.

"Hola, señora. ¿Es usted la señora que se dirige a casa de Miz Dottie?" preguntó cortésmente, mientras procedía a recoger sus maletas y colocarlas en el maletero de su coche, antes de que ella pudiera responder afirmativamente.

"Sí, así es. Gracias por venir tan pronto. Estaba preparada para una larga espera." Mientras hablaba, miró por la puerta del taxi, lo que parecía ser un capitolio azul, rodeado por un círculo de estrellas rojas, y justo debajo, el nombre "Russell E. Lee."

Él cerró el maletero. "Nunca dejo que los clientes de Miz Dottie esperen," dijo, caminando de regreso y le extendió la mano derecha: "Rusty Lee, a su servicio, señora."

Kitty estrechó su gran mano y se sintió negligente al no decir su nombre a cambio, quedándose temporalmente muda en su presencia. "Encantada de conocerle," fue todo lo que pudo decir antes de subir al asiento trasero del coche de Lee.

En un instante, Kitty quedó sorprendida por el interior del taxi de Rusty Lee. Se sintió como si estuviera sentada en un coche confederado ambulante Ambos asientos estaban cubiertos con banderas confederadas. El salpicadero estaba adornado con una colección de figuras en miniatura, aparentemente soldados confederados, mantenidos en su lugar por sus bases magnéticas. Colgando del espejo retrovisor había un pequeño retrato en blanco y negro de un hombre con atuendo militar.

Aunque en realidad no tenía intención de entablar conversación con ese hombre al que suponía que sólo vería en ese breve episodio de su vida, no pudo reprimir la curiosidad y le preguntó: "¿Es usted aficionado a la Guerra Civil?"

"Supongo que se podría decir eso. El hecho es que estás viendo a un descendiente directo del más famoso y honorable General Robert E. Lee. Por lo tanto, lo veo como mi deber familiar, mantener el espíritu confederado vivo." Tal vez era la forma en que hablaba con tanto orgullo y sinceridad, o tal vez fue sólo estar con alguien que estaba orgulloso de su ascendencia y educación que despertó su interés en este personaje inusual, que por el momento parecía muy entretenido. Así que decidió, la verdad un poco, si no mentir descaradamente para mantener la conversación.

"Siempre me ha interesado la Guerra Civil, siendo del Sur y todo eso."

"¿Es eso cierto?" Lee preguntó con escepticismo, mirando por el espejo retrovisor para ver si la expresión facial de la bella dama podía ayudar a determinar su sinceridad. "¿De qué parte eres?"

"De Jackson. En realidad, de un pueblecito a las afueras de Jackson."

"Jackson, ¿eh? Por qué usted debe saber todo acerca de mi otro antepasado, Stephen Dill Lee, que se estableció cerca del cuello de los bosques después de la guerra."

De repente se sintió incómoda en la pequeña telaraña que estaba tejiendo, pero continuó la conversación. "Bueno, he oído el nombre antes, pero no puedo decir que sepa mucho sobre él."

Se apresuró a responder en su defensa. "La mayoría de la gente no lo ha hecho. Pero deberían, porque él fue el hombre que inició el tiroteo en Fort Sumter, que a su vez comenzó toda la guerra."

Podía ver desde su punto de vista que esta dama de Mississippi no tenía ni idea de lo que estaba hablando. "Por supuesto, no esperaba que las damas supieran mucho sobre la guerra, de todos modos, todo lo que saben ahora es sobre Scarlett O'Hara y Rhett Butler." Se rió con confianza de manera autoritaria. "Pero el viejo Stephen Dill era un hombre importante."

Kitty no sabía por qué, pero no podía apartar los ojos de aquel hombre. Debería haber mirado a su alrededor mientras él la conducía por las calles de su nueva ciudad natal, pero estaba sorprendentemente cautivada por su voluntad de compartir la riqueza de sus conocimientos. De hecho, lamentó ver que el breve paseo llegaba a su fin cuando él se detuvo ante la puerta de "Miz Dottie's place."

Russell E. Lee saltó y abrió la puerta a su atenta pasajera y, a continuación, sacó rápidamente sus maletas del maletero de su Museo Confederado rodante. Kitty estaba completamente hipnotizada, no tanto por el carácter excéntrico de este hombre, sino más por su propia comodidad consigo mismo. Era un taxista de Baton Rouge, Luisiana, que se ganaba la vida trasladando a la gente de un lugar a otro, como un noble y aristocrático sureño, responsable en su deber de preservar la memoria y el respeto por sus antepasados confederados. Él también era guapo, pensó Kitty, y se imaginó a aquel hombre vestido con el uniforme gris de aquellos valientes, pero malogrados del Sur.

Russell abrió la puerta del salón de belleza y enseguida anunció la llegada de la "guapa jacksoniana." Y aunque Kitty normalmente habría despreciado a un hablador tan indulgente y dulce, le gustó que se fijara en ella. Dottie fue la primera en acercarse para saludar a su nueva empleada y, en segundo lugar, para pagarle a Russell E. Lee por llevarla hasta allí. Hubo muchos "heys" y "gusto en conocerte" intercambiados en los primeros cinco minutos de la llegada de Kitty, pero nada caló realmente hasta que el excéntrico taxista salió de la tienda. Al salir, miró en su dirección, señaló con un dedo índice, guiñó un ojo, y dijo, "Ahora me llamas si alguna vez necesitas un paseo, ¿me oyes?" Luego, le dio una tarjeta en la mano y se fue, tirando de la puerta y haciendo tintinear la campanilla de la parte superior. A Kitty le caía bien. No sabía por qué, pero le gustaba. No quería, pero le gustaba. Metió la tarjeta en el bolsillo lateral de su bolso, con la intención de prestarle toda su atención más tarde esa noche.

El olor a esmalte de uñas y laca despertó sus sentidos, y se dio cuenta de que había estado de pie, mirando la puerta en silencio demasiado tiempo, cuando la voz de Dottie, fuerte y gangosa, le preguntó, "¿Tienes dudas sobre quedarte, corazón›?"

"Oh, no. En absoluto. Sólo estoy un poco cansada, supongo. Y realmente desearía que me hubieras dejado pagar el taxi. No esperaba que pagaras. Al fin y al cabo, sólo estoy agradecida por la oportunidad de trabajar aquí."

"Aw, ahora, no te endeudes demasiado en tu primer día, cariño. Puede que estés deseando haberte quedado en River Bend con Dee la semana que viene." La mirada desconcertada de Kitty fue su única respuesta y provocó la reconfortante respuesta de Dottie, "Sólo una pequeña broma, cariño. Te va a encantar estar aquí. ¿Verdad, chicas? Somos como una familia. Si una de nosotras tiene un problema, todas lo tenemos. Uno de nosotros tiene una razón para celebrar, todos celebramos. Así que ve al cuarto de atrás, pon tus cosas allí, toma una Coca Cola fría y un poco de pollo frito de la nevera, y luego cuando vuelvas a salir yo te presentaré a todo el mundo y empezaremos aquí mismo en la estación de manicura. Y, por cierto," Dottie añadió, como Kitty obedientemente procedió a seguir su primera orden, "relájate. Aquí bromeamos mucho. Sólo por diversión. Nada hiriente."

"Vale," sonrió Kitty. "Creo que puedo hacerlo". Pero tenía que preguntarse si alguna vez podría relajarse, porque había estado tensa como un resorte desde el día en que su madre los abandonó a ella y a Freddie.

Había otras tres "chicas" trabajando para Dottie, todas con la misma personalidad burbujeante y vivaz. "Honeys" y "sugas" salían de sus bocas cada dos segundos. "La tía Dee encajaría perfectamente aquí", pensó Kitty. De hecho, Judy Ann se parecía a Dee. Más o menos la misma, edad, redonda, cara rosada, pelo rubio, uñas rosadas, labios rosados, hablar, hablar, hablar. Lorraine era justo lo contrario en apariencia y mayor, también, probablemente rondaría los sesenta, supuso Kitty. Era delgada como un riel, la ropa le caía tan suelta que uno se preguntaba qué la sostenía. Mientras trabajaba, fumaba un cigarrillo tras otro y siempre tenía una Coca - Cola a mano, se detenía en mitad del corte o del peinado, daba una larga y profunda jalada de su cigarrillo, tomaba un sorbo de Coca-Cola y seguía trabajando, y aun así, continuaba con la animada conversación que nunca terminaba mientras hubiera un cuerpo caliente en su puesto.

Faye era la tercera empleada de The French Twist. Había sido contratada un año antes que Kitty y tenía más o menos la misma edad que la recién llegada. A diferencia de las otras, Faye era soltera y vivía sola en un pequeño apartamento encima de la joyería de Justin, a sólo dos cuadras del salón de belleza. Dottie había arreglado sabiamente que Kitty se quedara con Faye hasta que pudiera permitirse una casa propia. Kitty sospechaba que Dot le estaba dando a Faye un poco de dinero extra por el favor, pero Faye nunca lo dijo. Lo único que le pedía a Kitty era que se repartieran las facturas. Todo parecía estar listo para el comienzo de la nueva vida de Kitty.

Dottie tenía un negocio en auge, con una clientela muy acomodada, la tienda estaba estratégicamente situada cerca del capitolio, y Dottie tenía una maravillosa reputación entre las secretarias, esposas, y, por supuesto, las amantes de los astutos estadistas de Luisiana. Por lo tanto, Dottie tenía una regla estricta sobre la confidencialidad de los secretos del capitolio. "Vienen aquí tanto porque somos dignos de confianza como por nuestros servicios, cariño," decía.

Ella era impecable cuando se trataba de la programación y nadie más que Dottie podía programar citas. Después de todo sería absolutamente desastroso tener una esposa y una amante en la tienda al mismo tiempo. Casi todos los clientes, como ella se refería a sus clientes, tenían un día y una hora designados cada semana para venir a hacerse el peinado y manicuras. Los fines de semana se reservaban para emergencias como uñas rotas y problemas capilares inesperados, que serían una crisis absoluta si no se trataba. Porque aunque los políticos que vivían en Baton Rouge durante las sesiones legislativas, encontraban motivos para congregarse en los mejores restaurantes de Baton Rouge todas las noches de la semana, los fines de semana estaban reservados para las mayores y mejores fiestas. Y Dios no permitiera que ninguno de los clientes de Dottie 's tuviera que asistir a una de esas veladas con una uña rota o un pelo fuera de lugar. Sí, Dottie sabía cómo manejar a estas mujeres de una manera que nunca se dieron cuenta de que estaban siendo "manejadas." Las esposas entraban con sus aires altivos, y cada una de las empleadas de Dottie las mimaba y las consentía, admirando el nuevo diamante o zafiro que llevaban, sabiendo al mismo tiempo que la amante había estado el día anterior, luciendo un diamante o zafiro más grande. Eso era parte de un día de trabajo en The French Twist.

No era muy difícil para Kitty vivir según las reglas de confidencialidad de Dottie, porque pasaba la mayor parte del tiempo escuchando y no hablando, sonriendo y siendo amable, pero sin participar en las conversaciones picantes que formaban parte de su trabajo. Esto se debía en parte a que, para poder empezar su vida, tenía que dejar atrás su pasado. Por lo tanto, realmente no tenía ninguna base de la que extraer opiniones basadas en la experiencia.

Pero escuchó, observó y aprendió. Kitty había esperado unos días antes de preguntarle a Dottie si era una buena amiga de Russell E. Lee. "Oh, sí, suga'," respondió Dottie. "Rusty y yo nos conocemos desde hace mucho tiempo," Y entonces su habitual voz fuerte y apasionada bajó a un tono compasivo. "Pobrecito. Él como que perdió cuando fue al ejército durante la Segunda Guerra Mundial. Yo solía salir con Rusty en el instituto, sólo ocasionalmente, por supuesto. Era bastante guapo, déjame decirte. Aún lo es, en mi opinión," Y luego dirigió dos ojos sospechosos a Kitty, "¿Por qué quieres saber sobre Rusty?"

"Oh, sólo estaba interesada, eso es todo. Parecía tan inteligente, contándome todo sobre la Guerra Civil, y todo eso. Me preguntaba qué hace conduciendo un taxi. Parece que debería estar enseñando o algo así. ¿Está casado?"

"¡Diablos, no! Probablemente nunca lo estará, porque todo el mundo por aquí sabe que no está bien."

"El otro día no me pareció que estuviera loco."

"Oh, yo no digo que esté loco, sólo que no está bien, cariño." Kitty no entendía la diferencia entre estar loco y no estar bien, y Dottie pudo ver la expresión de confusión en su rostro. "Deja que te lo explique, verás, Rusty Lemoine - ese es su verdadero nombre, ya sabes - nació y se crió aquí en Baton Rouge. Fue adoptado, sin embargo, por su tía y tío, porque sus propios padres simplemente no podían permitirse un décimo hijo. La tía y el tío no podían tener hijos propios, por lo que parecía una buena cosa que hacer. Todos contentos, ¿no? Eso es lo que todos pensamos porque Rusty estaba mejor que cualquiera de sus hermanos y hermanas, y nunca pareció importarle. Los tíos tenían grandes planes para Rusty. Lo enviarían a LSU para que pudiera sacar un diploma y Rusty estaba de acuerdo. Pero la guerra duró más de lo que pensaba. Se estaba graduando de la escuela secundaria al final de la misma, y quería ir. Quería hacer su parte, por lo tanto, fue en contra de los deseos de la tía y el tío.

Estaba bien cuando se fue. Luego, seis meses más tarde, todos nos enteramos de que estaba en un gran hospital del ejército. Todos pensamos que tenía algún tipo de herida de guerra, pero descubrimos que estaba en un hospital psiquiátrico. Parece que el viejo Rusty nunca estuvo en combate, pasó su tiempo en los Estados Unidos. Parece que hizo un montón de leyendo sobre guerras y de alguna manera se quedó atascado en la Guerra Civil. Estaba tan involucrado con el asunto, que empezó a decirle a todo el mundo que su nombre era Russell E. Lee, y que era tataranieto del famoso general."

"Bueno, tal vez lo sea. Tal vez él hizo algunas investigaciones de su familia, algunas personas hacen eso..."

"Cariño, Rusty no es más el tataranieto de Robert E. Lee como yo no soy la verdadera Lana Turner." Kitty y Dottie se rieron ante ese pensamiento. "No. Los Lemoine son cajún. No hay virginianos en esa estirpe."

"Entonces, ¿por qué lo dejaron salir del hospital, si obviamente no estaba curado de sus delirios?"

"Supongo que los médicos pensaron que era inofensivo, y el gobierno tenía tantos otros problemas médicos más graves que tratar, que le dejaron volver a casa. Su tía y su tío seguramente no podían permitirse el tipo de tratamiento que necesitaba, así que todos le dejamos creer que es un Lee. ¿Qué vas a hacer? Es un hombre bueno y amable. No le hace daño a nadie. Es feliz. Y sigue siendo guapo, en mi opinión. Le doy un montón de negocios aquí, ya que muchos de mis clientes no conducen."

"¿Alguna vez sale con alguien?"

"¿En qué estás pensando, Kitty? No me digas que estás interesada en Rusty Lemoine."

"Oh, no. Sólo estoy interesada en su historia, eso es todo. "Pero eso no era todo, ahora estaba aún más intrigada con este hombre que se hacía llamar Russell E. Lee. Este hombre decidió cambiar su identidad, cambiar su pasado, con el fin de crear una nueva vida, incluso cuando pensaban que "no estaba en lo correcto," se aferró a su historia. Russell E. Lee no estaba loco, simplemente no le gustaba la vida de Rusty Lemoine, así que creó otra. Una que le gustaba y admiraba. Una de la que pudiera estar orgulloso. Toda la idea la excitaba. Después de todo, ¿no estaba intentando empezar una nueva vida? Y la parte más difícil de empezar una nueva vida era arrastrar su pasado con ella.

Esa tarde, cuando la tienda cerró, Kitty le dijo a Faye que tenía que comprar algunas cosas en la farmacia, y que no volvería a casa hasta dentro de un rato. De hecho, fue a la farmacia Peltier, pidió un café y buscó en el bolsillo de su bolso la tarjetita que Russell le había dado en casa de Dot. Aún estaba allí. Era una tarjeta de visita. "Imagínate," pensó. "¿Cuántos taxistas tienen su propia tarjeta de visita?". Era una tarjeta blanca con su nombre, escrito en rojo, rodeado de estrellas azules. Igual que la puerta del taxi, recordó. Sólo que la tarjeta no tenía Capitol Cab en ella, sólo su nombre y su número de teléfono.

Kitty usó el teléfono público que había justo a la entrada de la farmacia y marcó el número. Cuando su voz familiar contestó, se dio cuenta de que había llamado a su casa y no a una estación de taxis. El Respondió, "Hola," en lugar de "Capitol Cabs." Esto perturbó sus pensamientos durante unos segundos, y él dijo "hola" por segunda vez. "Hola," dijo ella, "¿habla Russell E. Lee de Capitol Cabs?" Ella sabía que lo era.

"Al habla", respondió él.

Kitty continuó rápidamente, temiendo perder los nervios y colgar. "Hola, Sr. Lee. Soy Kitty Pierce. Usted me llevó desde la estación de autobuses a The French Twist hace un tiempo." Por unos segundos, ella pensó que no se acordaba de ella y se sintió aliviada cuando oyó su voz.

"¡Bueno, ya voy! No me digas que Dottie ha sido tan dura contigo que necesitas que te lleve a la estación de autobuses, ¿ahora?" Se rió mientras las palabras fluían tan casualmente a través de los cables.

"No, no. No es nada de eso. La señorita Dottie ha sido maravillosa, de hecho, todos lo han sido. Me preguntaba si podría pasar por la farmacia de Peltier y llevarme a un restaurante cercano."

"Claro, cariño. Iré en unos minutos. ¿a qué restaurante te refieres?"

"Oh, realmente no estoy segura. Pensé que podrías tener algunas sugerencias." Por extraño que parezca, así es como la relación de Kitty con Russell E. Lee, comenzó y para estar seguros, la relación procedió y terminó de forma bastante extraña.

Kitty no podía llamarla una relación clandestina, porque eso podría llevar a imaginar una relación mucho más excitante, amorosa, incluso erótica, y eso no podía estar más lejos de la realidad. Era, sin embargo, una amistad secreta en el sentido de que Kitty no se lo contaba a nadie, pero podría haberlo hecho, si alguien hubiera preguntado. La verdad es que nadie lo hizo. Ella y Russell eran dos solitarios, que deliberadamente se mantenían a sí mismos y evitaban a propósito cualquier contacto o conversación con alguien que pudiera llegar a la verdad sobre sus vidas, sus pasados. Kitty sabía que Russell pasaría el resto de su vida como un solitario, porque sabía que la mayoría de la gente de su pueblo sabía demasiado sobre su vida real y pensaban que "no estaba bien."

Y Kitty sabía que ese lugar y ese momento en particular no eran más que una parada temporal en su vida. No sentía ninguna necesidad de entablar amistades o relaciones comerciales a largo plazo, y especialmente ella no sentía la necesidad de establecerse con un hombre. Lo que necesitaba era tiempo para averiguar lo que quería hacer con su vida, a dónde quería ir, cómo lo haría, había mucho que pensar.

Necesitaría tiempo y espacio. Y lo último que necesitaba era un compromiso de ningún tipo. Todo el tiempo que estuvo con Dottie y las otras en el trabajo, ellas hablaban sin parar de hombres. Se jactaban de ellos, se quejaban de ellos, deseaban estar con ellos, y no veían la hora de dejarlos, todo el día, todos los días, hablaban de hombres. Sus hombres, hombres disponibles, los hombres de otras mujeres, y los hombres famosos fotografiados en su Hollywood "Ooooh, las cosas que podría hacer por él," decía Dottie..,mientras hojeaba la foto de un actor guapo en una de las revistas de la tienda.

"¿Y Jimbo? ¿Qué harías con ese hombre tuyo? preguntaba burlonamente una de las otras.

Y Dottie respondía, "Cher, te lo regalaría. Eso te gustaría, ¿eh?"

La respuesta sería, "De ninguna manera, Dottie. No quiero a tu hombre. Es demasiado exigente, quiere todo cuando y como quiere. No es para mí."

Y entonces Dottie defendía a su Jimbo. "Bueno, nena, sólo es exigente si no te gustan las cosas como a él le gustan." Entonces oirías todas las risitas de todos en la tienda, excepto tal vez Faye, que no captó las connotaciones sexuales del último comentario de Dottie. Demasiado personal para el gusto de Kitty. No estaba preparada ni dispuesta a participar en ese tipo de conversaciones. De hecho, no tenía nada que añadir a esas conversaciones. Así que se limitó a escuchar y sonreír, en los momentos apropiados. Cuando oía el coro "ooooh," sabía que una sonrisa sería aplicable.

Kitty disfrutaba y esperaba con impaciencia sus paseos nocturnos con Russell. E. Lee. De hecho, en eso consistía su relación: en paseos nocturnos. Conducían por las calles de Baton Rouge entre las seis y las siete de la tarde. Faye pensaba que Kitty asistía a una clase bíblica en alguna parte y nunca jamás la interrogó al respecto, porque Faye era una católica devota y no quería tener nada que ver con una "religión protestante abstemia."

Russell siempre se proponía dejar de trabajar a las seis en punto cada día, sin tomar ningún pasaje mientras pasaba su hora con Kitty. Simplemente hablaban y hablaban, hasta las siete o así, cuando la dejaba en cualquiera de los pequeños comedores situados en los alrededores del apartamento. Ella cenaba sola, volvía a casa de Faye, se daba un baño caliente y se acostaba. En una ocasión, Kitty le preguntó a Russell porque sólo podía estar con ella hasta las siete, y él simplemente le explicó que tenía cosas que hacer. Le dijo que era un hombre de costumbres y que no le gustaba salir de su rutina normal. "Supongo que es el soldado en tu sangre," respondió ella, seriamente como si Dottie nunca le hubiera contado la historia de Rusty Lemoine. "Sí, supongo que sí. Todos los Lees somos iguales". Kitty estaba hipnotizada por aquel hombre, que nunca, por mucho que lo engatuzaran, se salía del papel que había elegido. ¿Podría hacerlo tan bien? ¿Y si una persona tenía que "no estar bien" para ser tan segura y convincente como un personaje totalmente distinto en la vida.?

Kitty no dejaba de asombrarse de la formación autodidacta de Russell en historia, se lo imaginaba volviendo a casa después de dejarla y leyendo toda la noche antes de empezar su turno de día para Capitol Cab. "Y probablemente lee entre tarifa y tarifa. Tendría que hacerlo," pensó, "para estar tan informado." A veces, sin embargo, se daba cuenta de que él podría estar inventando sus hechos, creando su propia historia de la Guerra Civil, y ella nunca notaría la diferencia. Apenas recordaba haber estudiado esa guerra en la escuela, pero no era exactamente una guerra a la que los profesores nativos de Mississippi querían dedicarle mucho tiempo. No fue hasta que tenía unos once años que se dio cuenta de que el Sur había perdido la guerra, y eso fue sólo a causa de un profesor estudiante, que era de Ohio. Raymond Peabody, el chico más listo de su clase de quinto curso, pensaba que impresionaría a la joven educadora con información que había obtenido del libro de la biblioteca que acababa de terminar. Afirmó que estaba orgulloso de vivir en un país que nunca había perdido una guerra. La mitad de la clase se rió y la otra mitad se quejó, pero el nuevo profesor de Ohio se quedó de pie, con cara de piedra ante la clase y respondió robóticamente, "Bueno, eso no es exactamente correcto, Sr. Peabody, porque técnicamente, como Mississippi, su país perdió la Guerra entre los Estados." Con esa respuesta, Raymond se ajustó las gafas, se subió los pantalones tirando del cinturón y volvió a sentarse. Kitty recordaba que su reacción, al oír esta sorprendente información, fue desestimar cualquier palabra que escapara de la boca de aquel charlatán. Aquel día fue quizas la ultima vez que pensó seriamente en el destino de los Estados Confederados de América.

Pero Russell E. Lee cautivó su interés con su sencillo encanto campestre, tenía el tipo de rostro que nunca envejecería. Ella podía percibir que el parecería un niño grande por el resto de su vida. A ella le gustaba eso. Su papá parecía haber envejecido de la noche a la mañana. Por lo tanto, era refrescante estar en presencia de este joven hombre de mediana edad. Russell apreciaba su audiencia unipersonal, también. Todos los demás en la ciudad parecían interesados, al principio, pero luego hacian alguna broma sobre él a sus espaldas. Pero esta señora de Jackson era diferente. No estaba seguro de por qué. Realmente no podía entenderla, pero no importaba, porque, por alguna razón, ella era la única persona en Baton Rouge que lo tomaba en serio. Ella le hacía sentir importante. Por lo tanto, estaba decidido a devolver el favor para esta mujer solitaria. Iba a hacer todo lo posible para hacerla sentir importante, también.

Kitty llevaba unos seis meses en Baton Rouge, la mayoría de sus días de la misma manera, yendo a trabajar de ocho a cinco, iba a la farmacia Peltier a tomar un café, cabalgaba con Russell hasta las siete, cenaba y volvía a casa por la noche. Empezaba a impacientarse un poco consigo misma, pues no estaba ni cerca de tomar ninguna decisión sobre su futuro, lo que significaba que su pasado aún se cernía a su alrededor como una espesa niebla sobre el río. Entonces, una noche, mientras Russell caminaba por la parte trasera del coche para abrirle la puerta, se detuvo para sacar un par de paquetes del maletero. Se los entregó cuando ella subió a la acera frente a Capt. Mike 's Seafood, el restaurante que Russell había elegido para ella esa noche. "¿Qué es esto, Russell?", preguntó ella, sosteniendo las bolsas de D. H. Holmes en la mano.

"Es sólo una cosita para que te pongas mañana por la noche. Vamos a hacer las cosas un poco diferentes, ¿de acuerdo?"

"¿Diferentes?" Oh Señor, pensó, me está invitando a salir. Ella estaba castigándose en silencio por permitir que esta relación aparentemente platónica llegara a este punto. Debería haberse dado cuenta de que pasaría."¿Cómo las cosas van a ser diferentes, Russell?" Se sorprendió al oír su propia voz, sonando tan emocionada, ansiosa por escuchar los planes. Y no estaba fingiendo.

"Bueno, digamos que mañana por la noche será una noche que nunca olvidarás, Srta. Kitty de Jackson, Mississippi. Te recogeré en el lugar habitual a las ocho en punto."

"¿A las ocho? ¿No es un poco tarde para tu horario?"

"Estate lista, ¿vale?"

"¿No me dirás al menos adónde vamos?"

"Usted, mi dulce dama, va a Nueva Orleans."

Abrió la boca para hablar, pero no le salió nada. Caminó hacia el coche, observándola y sonriéndole con una mirada diabólica en su cara de niño. Y, por primera vez en su vida, ella sintió su corazón acelerado. Le guiñó un ojo antes de subirse a su reluciente Capitolio y se dirigió al secreto mundo de Russell E. Lee. Kitty se quedó en la acera, viendo alejarse el coche, todavía conmocionada por el repentino paso del conductor hacia una relación más intensa. Sus sentimientos de aprensión, momentos antes, se transformaron en sentimientos de excitación. Se dirigió hacia la puerta principal del restaurante y luego miró las bolsas llenas de cajas que Lee acababa de darle y decidió que su hambre no era tan grande como su curiosidad. Así que se dirigió al apartamento de Faye como una niña corriendo a casa de regreso del colegio para abrir los regalos de cumpleaños.

Kitty no podía recordar la última vez que había sido agraciada con los regalos sorpresa, como con los que tenía en la mano. El tipo de regalos que llegan sin otra razón que el hecho de que alguien considere a otra persona "especial." La tía Dee le daba pequeñas golosinas de vez en cuando, siempre tratando de llenar al menos una pequeña parte del vacío en su corazón, dejado cuando su madre se marchó. Recordaba, en particular, las pequeñas bolsas de muestras de pintalabios que la tía Dee le regalaba cada ciertos meses. Además de su negocio de peluquería, la tía Dee vendía cosméticos en su tienda y cada vez que la empresa de cosméticos le enviaba muestras de los nuevos tonos de pintalabios de temporada, le daba los viejos a Kitty. Los pequeños tubos blancos de hermosos tonos brillantes de rosa, naranja y rojo eran puntos brillantes en su aburrida y anodina infancia que aparecía ante ella en tonos negros, marrones y grises.

Llevaba su bolsita de pintalabios a su dormitorio y los ordenaba por tonos. Le encantaban los nombres exóticos, como "Romance and Roses," "Moonlight Melon," "Passion Pink," "Rosa pasión," "Melodía malva". Con una caja de pañuelos a mano, Kitty se sentaba frente al espejo y aplicaba cada exótico color a sus labios perfectamente contorneados. A veces se recogía el pelo y, con un bolígrafo negro, se dibujaba una marca de belleza en la mejilla, miraba su imagen en el espejo, fruncía los labios gruesos y levantaba la ceja derecha, como hacía su madre cuando estaba enfadada o coqueta. Ése era el único rasgo que su madre le había transmitido, poder levantar la ceja. Tía Dee le dijo que un gesto como ese era sexy y efectivo cuando se trataba de hacer entender a una dama. Así que practicaba levantar la ceja con regularidad, sobre todo cuando se probaba sus nuevos pintalabios, y aprendió a controlar el movimiento de la ceja por completo.

Sin embargo, no importaba el tono de pintalabios que se probara, la cara del espejo nunca era tan bella como la de su madre. Y cada vez que llegaba a esta conclusión, su cambio de imagen terminaba. Con la ayuda de su Cold Cream de Pond's y pañuelos de papel, borraba toda evidencia de su sesión de maquillaje, porque su padre le prohibía maquillarse. "No más reinas de la belleza en su casa," decía. Y siempre añadía: "Eres bonita sin esas cosas."

Con sus grandes bolsas de D.H. Holmes en la mano, Kitty subió corriendo los escalones detrás de la joyería, que conducían al apartamento. Faye no estaba en casa. Iba religiosamente a casa de sus padres todos los jueves para cenar y no volvía a casa hasta después de ver Johnny Carson con su madre. Nunca se perdía un jueves, por muy cansada que estuviera, aunque la invitaran a una velada más grandiosa y emocionante. Los domingos por la mañana, Faye siempre volvía a casa de sus padres a las nueve y media para que toda la familia Jeansonne pudiera asistir junta a la misa de las diez y media, luego volvían todos a la casa familiar para cenar a las doce en punto. Y todos los domingos, comían pollo y andouille, gumbo, pollo asado, puré de patatas, guisantes, pan casero, y budín de pan con salsa de whisky.

Kitty había pasado su primer domingo en Baton Rouge con Faye y su familia, estaban los cuatro hermanos de Faye, cada uno con su cónyuge o pareja. Dos de ellos tenían bebés, que se pasaban de brazo en brazo, y en medio de toda esta gente había dos chihuahuas que ladraban incesantemente. Al principio, a Kitty le divertía. La familia de Faye era muy unida y cariñosa, se reían mucho, hablaban sin parar, se abrazaban y besaban como si no hubieran estado juntos en años. Se reunían en la cocina, hablando en voz alta, en un estado de movimiento constante, para preparar la comida, poner la mesa, lavar, secar y "guardar" los platos, luego postre y café, volver a fregar los platos, pasar de una etapa de la visita a la siguiente. Cada uno sabía cuál era su papel, tenían años de experiencia, porque nadie se perdía ir a casa de papá y mamá el domingo, salvo nacimiento o muerte en la familia. Entonces se reunían, en cambio, en el hospital o en la funeraria. Kitty disfrutaba del día en casa de los Jeansonnes y odiaba que llegara a su fin. Pero Faye nunca dejaba de invitarla. Era una familia increíble y amorosa y era la antítesis de su propia familia y estar con ellos sólo hacía que su propia vida familiar pareciera más sombría, si eso era posible.

Kitty siempre se preguntó cómo sería tener una familia como la de los Jeansonne. Lo diferente que habría sido su vida. Y lo más importante, lo diferente que habría sido ella. Oh, había amor en su hogar, entre ella y Freddie, pero no había verdadera felicidad. No por mucho que lo intentara, nunca podría encender esa magia familiar que había leído y visto en las películas. Y luego ver a los Jeansonnes juntos, con esa magia fluyendo tan fácilmente, tan naturalmente en su pequeño hogar sin pretensiones, era más de lo que podía soportar. La deprimía y le hacía sentir que se había perdido una parte de la vida que todo ser humano merecía. Se sentía sola, huérfana. Tuvo que hablar con Russell E. Lee sobre esos sentimientos, porque recordaba que Dottie le había dicho que él era algo así como un huérfano. Sin embargo, había tenido cuidado, de no hacerle saber que conocía su verdadero pasado. Él la dejó hablar sin parar y luego habló. Le dijo que conocía a muchas chicas como Faye. "El cordón umbilical nunca se corta." Él dijo que era común que las chicas de Louisiana fueran así. "Nunca crecen," dijo. Y luego agregó, "Eso es lo que me gusta de ti, tú puedes ponerte en primer lugar, hacer lo que quieras. Todas esas mujeres ponen a sus mamás y a sus padres primero. Nunca se separan. Nunca exploran otras posibilidades en sus vidas. Una cosa es segura: nunca se mudarían a otra ciudad para hacer una vida como la tuya. ¡Diablos, no! Disculpa mi francés, suga'." La forma sencilla y profunda de pensar y hablar de Russell E. Lee la hizo sentirse mejor consigo misma, mientras asimilaba otro capítulo más de la filosofía de vida del taxista. Y desde entonces, vio las visitas rutinarias de Faye con su familia como un malsano deseo de prolongar su infancia. Nunca volvió a casa de los Jeansonne, sin embargo, mientras luchaba por abrir la puerta ese jueves por la noche se alegró de que Faye no estuviera.

Kitty dormía en el sofá y no tenía dormitorio propio, y ella no quería que Faye viera sus cosas nuevas, porque se suponía que estaba en un estudio bíblico. Y así podría posar ante el espejo de cualquier manera o forma sin miedo a ser vista, como en los días en que le regalaban una bolsa de pintalabios. Faye no llegaría a casa hasta dentro de tres horas y media. Kitty se preparó una copa con la reserva que escondía bajo el sofá pensaba que era una bautista adicta al té. Luego sacó los paquetes de las bolsas, los puso sobre la cama de Faye y arrancó las tapas de las cajas.

"Oh, cielos," exclamó, cuando quitó el pañuelo cuidadosamente para descubrir el satén rojo más impresionante que había visto en su vida. Levantó el corpiño del vestido por los hombros y dejó caer la falda, apretando el vestido contra su cuerpo para hacerse una mejor idea de cómo le quedaba y solo para experimentar la fabulosa tela y el radiante color contra su cuerpo. El espejo de la habitación de Faye, sólo le permitía verse de la cintura para arriba, así que, descalza, saltó a la cama y se puso el vestido, se subió la cremallera, y se balanceó de un lado a otro para ver cómo la falda fluía graciosamente con cada paso. Hablaba consigo misma todo el tiempo, comentarios de chica, como los que llenaban el aire en The French Twist, tales como, "oh chica," y "mírate, chica." Nunca había vivido un momento así y su excitación era embriagadora.

Kitty se bajó cuidadosamente de la cama, con cuidado de no rasgar el dobladillo y se miró, de cintura para arriba, en el espejo. Se recogió el pelo castaño, se lo recogió de los hombros y se quedó de pie, asombrada. Por primera vez en su vida, vio la cara de su madre mirándola. Por primera vez en su vida, se sintió guapa, incluso sexy. Y por primera vez en su vida, no sólo quería parecerse a su madre, quería ser como su madre. Estaba cansada de mirarse al espejo y ver una imagen que reflejaba a una niña encerrada en una casa en ruinas, una casa destartalada, cuidando de un padre alcohólico, que había renunciado a su vida. Su padre ya no estaba. Y querer parecerse a su madre ya no se consideraba desleal a la lastimosa y patética víctima de los caprichos egoístas de su madre.

Kitty abrió con impaciencia la caja más pequeña, que supuso que contenía joyas. Estaba en lo cierto. El resplandeciente collar de brillantes, que caía justo por encima del escote del vestido, llamaba la atención sobre la suave y sensual curvatura de su cuello y hombros desnudos. Y con los pendientes a juego, sólo una corona podría haberla hecho sentir más como una reina.

Las dos últimas cajas contenían los toques finales: una envoltura de satén rojo y las sandalias de lentejuelas negras más sexys y ceñidas que Kitty había visto jamás. Echó un rápido vistazo al reloj y calculó que su sesión de prueba sólo le había llevado una hora de su tiempo libre. Le hubiera gustado tener el resto de la noche para ella sola, pero tendría que conformarse con otras dos horas y media. Kitty encendió la radio, subió el volumen y se preparó otra copa, esta vez un poco más grande y un poco más fuerte. Y cuando se acabó, se preparó otra y otra.

Con los ojos cerrados y el brazo libre alrededor de la cintura, Kitty se movió por la pequeña sala de estar, su cuerpo absorbiendo el ritmo del rhythm-and-blues, que finalmente puso a todo volumen. El bourbon se le subió a la cabeza y la música a las caderas, juntos crearon una armonía que Kitty nunca había experimentado. Era como si otra persona hubiera entrado en su cuerpo, moviendo su carne y huesos y su vestido de satén rojo de un lado a otro por el suelo. Y aunque Kitty había cedido en ocasiones a la tentación de sus deseos sexuales en River Bend, Mississippi, nunca antes se había sentido tan sexy y erótica como aquella noche, ni tan hermosa. Pero había algo más que nunca antes había sentido. Algo más que empoderaba a una extraña en su interior, algo más que impulsaba esas emociones desconocidas a la superficie. Era su desatada sensación de libertad.

Por primera vez en su vida, Kitty se sentía libre, de hacer lo que quisiera, libre para ir adonde quisiera, libre para ser quien quisiera ser. Su deseo de empezar de nuevo como una nueva persona, recreando su pasado para avanzar hacia un futuro emocionante. Ya no había nada que la retuviera, nada de lo que avergonzarse, nada de lo que sentirse culpable. Ahora estaba sola y las posibilidades eran ilimitadas. ¿Quién podía interponerse en su camino sino la vieja Kitty? Y ella estaba enterrada, con su pasado. Se encontró pensando en Russell E. Lee. Era un "galán," tal como dijo Dottie. Y definitivamente tenía buen gusto. En cuanto a las finanzas, bueno, lo hizo bastante bien para permitirse el nuevo traje que ella llevaba. Ya que, de todas formas, apenas pensaba en sentar la cabeza, Russell E. Lee sería un buen hombre para empezar.

Kitty perdió la cuenta del número de copas que había bebido, la pista de la canción que había estado cantando mientras celebraba su nuevo comienzo, y definitivamente había perdido la noción del tiempo, porque justo cuando una melodía lenta y sensual la llevó al sofá para descansar un poco, oyó el ruido de las llaves en la puerta. Rápidamente dejó el vaso en la mesita que estaba a su alcance y cerró los ojos, haciéndose la dormida. Enfadada consigo misma por no mirar la hora y demasiado mareada para pensar en una explicación, se dejó caer en un sueño muy tranquilo. Apenas oyó la voz de Faye que le hablaba, y no oyó a su compañera de piso acercarse sigilosamente al sofá para apagar la música y limpiar la mesa del vaso medio lleno y la botella casi vacía de bourbon.

Por la mañana, sin embargo, Kitty lo oyó todo como si todos los sonidos del apartamento estuvieran a todo volumen, como había estado la música de la noche anterior. Los ruidos reverberaban en su cabeza y hubiera jurado que, aunque mantuviera la cabeza completamente su cerebro seguía vibrando. Abrió los ojos ante el cielo raso que ligeramente giraba y recordó la noche anterior, y entonces sonrió, porque a pesar de una terrible resaca, estaba dispuesta a todo lo que el día y, sobre todo, la noche le ofrecieran, especialmente para esta noche.

Y entonces se dio cuenta de que estaba tumbada en el sofá con su nuevo vestido, chal, zapatos nuevos y joyas. ¿Qué le diría a Faye? Kitty no tuvo mucho tiempo para pensar en su dilema, porque, en lo que parecieron dos segundos después, Faye estaba a su lado con un vaso de zumo y dos aspirinas. "Despierta, Kitty. Vamos, cielo. He pensado que te vendría bien esto, si vas a trabajar hoy." Kitty se sentó lentamente, sintiendo cada milímetro de su movimiento como un terremoto.

"Gracias, Faye. Te lo agradezco de verdad." Sorbió el zumo y tragó las pastillas, dándose cuenta de que Faye no se había movido, y la miraba fijamente, esperando pacientemente los detalles de la pequeña velada que aparentemente había tenido lugar en su ausencia. No es que sintiera que le debiera una explicación; simplemente sentía curiosidad.

"Supongo que te preguntarás por qué voy vestida así, ¿no?."

"Bueno, sí. Pero tengo que decir que estás guapísima. ¿A qué viene todo este atuendo? ¿Vino un hombre anoche? No me importaría, ya sabes. Nunca te lo mencioné, sólo porque nunca pareciste interesada. Pero cariño, de una cosa estoy segura: Anoche no fuiste a ningún estudio bíblico."

Kitty pensó rápido. "Bueno, en realidad, fui a mi estudio de la Biblia anoche, Faye. Y para responder a tu pregunta, no, no tuve a un hombre aquí. Te lo prometo; no habría asumido tu aprobación de tal cosa sin preguntar primero."

"Entonces, ¿qué está pasando?" preguntó Faye, con la curiosidad a flor de piel.

Kitty abrió la boca para empezar a hablar y esperó que le salieran las palabras adecuadas y, por suerte, lo hicieron. "Faye, yo no te había dicho nada, porque no quería que tuvieras la sensación de que no me gustaba estar aquí en Baton Rouge, todo el mundo ha sido tan bueno conmigo y todo eso. Dottie y las chicas de la tienda han sido como una familia para mí, y luego me dejas quedarme aquí, bueno, ¿qué más podría una una chica pedir de una amiga? Pero, aún así, de vez en cuando me entra una nostalgia terrible, y se me ocurrió mencionarlo en una carta a una de mis tías en Jackson. Bueno, no sabes, que ella y un montón de mis parientes se juntaron para enviarme estas hermosas cosas para animarme. Yo estaba tan conmovida. Tenía que probarlo todo. Pero antes de hacerlo, corrí a la esquina y compré un poco de alcohol, pensando que me ayudaría a pensar que estaba de vuelta en casa con mis viejos amigos en el Jubilee Jazz Room.

Allí íbamos todos a escuchar música los fines de semana. En fin, hacía tanto tiempo que no bebía, que lo único que hizo fue noquearme. Lo siento mucho si hice un lío o algo así, Faye." La última línea salió en una voz tan quejumbrosa que Kitty se sintió inclinada a creer las mentiras que acababan de salir de su boca. Y sus mentiras habían cumplido su propósito, porque Faye extendió la mano y abrazó a Kitty, como una buena Jeansonne en un caso así.

"Oh, Kitty, cariño, siento mucho haber sido demasiado egoísta para darme cuenta lo triste que debías de estar. ¿Podrás perdonarme alguna vez, cariño?"

"No seas tonta, Faye, que estés aquí ahora y escuches mis lloriqueos significan mucho para mí. Sólo no le menciones esto a Dottie y a las niñas, ¿de acuerdo? No quiero que piensen que soy una desagradecida o algo así."

"Mis labios están sellados. Ahora tienes que prometerme que a partir de ahora en adelante, tienes que hablar conmigo cuando te sientas mal, ¿de acuerdo?"

"Lo prometo," dijo Kitty, abrazando a Faye, preguntándose a sí misma, "¿Es tan crédula, o soy yo tan convincente"? Puso los ojos en blanco aliviada y esperó que fuera lo segundo.

Entonces Faye tocó con simpatía la mejilla de su compañera de habitación y añadió: Ahora tómate tu tiempo y recomponte. Le diré a Dottie que estás un poco indispuesta. Ella es bastante buena en eso siempre que no lo intentes demasiado a menudo. Toma un largo baño caliente, bebe algo de café, toma un buen desayuno..." Luego, mirando por la pequeña ventana sobre el fregadero de la cocina, cambió de tema. "Dios mío, parece que se avecina una tormenta terrible. Será mejor que coja mi paraguas y me ponga en marcha para evitar la lluvia." Otro rápido abrazo y se fue, dejando a una muy presumida Kitty, tumbada en el sofá con su vestido de satén rojo.

"Uf," suspiró. "Si hubiera tenido que escuchar esa voz maternal y quejumbrosa un minuto más, habría gritado." Entonces, dándose cuenta de que Faye le había proporcionado un día libre, se quitó la ropa y se tumbó desnuda en el sofá, con los ojos cerrados, pensando en cómo pasaría el resto del día, preparándose para su velada con el misterioso Russell E. Lee. Las oscuras nubes empezaron a soltar su constante de gotas de lluvia, y la silenciosa habitación se oscureció como cuando el telón caía en una representación teatral, y todos los actores en escena esperaban a que se levantara de nuevo para volver a la vida.

Kitty recordaba cómo llovía el día que viajó en autobús desde River Bend a Baton Rouge. "Es apropiado," conjeturó. "Lavar lo viejo y empezar de nuevo." Aunque no era muy espiritual o filosófica y no le gustaba estar en compañía de los que lo eran, ella, por el resto de su vida, vería los días de lluvia como momentos para hacer cambios en su vida, sin importar cuán sutiles o monumentales fueran.

Si no hubiera sido por los relámpagos que causaban estática en la radio, Kitty probablemente habría dormido durante horas. Pero su cabeza no permitiría ni un minuto más de ese ruido irritante y áspero que se oía en la pequeña habitación. Se levantó de mala gana, apagó la radio y se dirigió a la cocina para preparar una taza de café. Ya estaba frío, pero no le apetecía hacer una cafetera nueva, así que buscó en el armario la cafetera adecuada para calentar la leche con el café. De pie frente a la estufa se dio cuenta de que era la primera vez en su vida que estaba en una cocina completamente desnuda. Le gustaba cómo la hacía sentir: totalmente libre. Era una sensación increíble. Se preguntó si Russell E. Lee alguna vez pensó en su cuerpo. ¿Se preguntaba qué aspecto tendría desnuda delante de la estufa? Soltó una risita, no la risita juguetona de una niña inocente, sino más bien la risita diabólica y traviesa de una mujer capaz de imaginar el resultado exitoso de su encanto y encantamiento. Le gustaba estar desnuda y pensar en Russell E. Lee.

Kitty sirvió el café con leche hirviendo a fuego lento en una taza y partió un trozo de pan francés rancio de la bolsa de papel que había sobre la encimera y regresó al sofá, donde volvió a acurrucarse en paz y tranquilidad. Tenía que pensar en un plan. ¿Cómo saldría del apartamento a las ocho de la noche, ataviada para una noche en Nueva Orleans, sin despertar las sospechas de Faye? Desde que Faye rompió con su último pretendiente, a como se refería a sus novios, nunca salía del apartamento los viernes por la noche.

Mientras Kitty sorbía su última gota de café escaldado, cayó un rayo, y el fuerte, rugiente, trueno que siguió le aseguró que el rayo de electricidad había encontrado su objetivo cerca. Las luces del apartamento parpadeaban hasta que se apagaban del todo. Estaba tan oscuro que parecía que era de noche y no de madrugada. Recordó que su cuando era pequeña que el lugar más seguro durante una tormenta durante una tormenta eléctrica era en la cama. No conocía ningún dato científico que apoyara la teoría de su madre, pero estaba segura de que se sentiría más cómoda bajo las sábanas que en cualquier otro lugar del el pequeño apartamento. Así que entró en el dormitorio de Faye, que era más fresco y más oscuro que las otras habitaciones, dándole la sensación de refugiarse en una cueva.

Justo antes de meterse bajo las mantas, Kitty se fijó en una pequeña pila de revistas que no había visto la noche anterior. Dottie siempre Dottie siempre daba a "sus chicas" los números anteriores de las revistas que tienda, pero éstas parecían nuevas y despertaron su interés. Había una había una revista sobre costura y dos revistas de patrones que la última moda disponible para la "costurera ahorradora." Kitty se rió mientras pensaba en su nuevo vestido de satén rojo, y mirando a la mujer en la portada, se prometió a sí misma, "¡Nada de ropa casera para esta chica!" Y mientras tiraba las revistas en la silla, una hoja de papel amarillo brillante cayó al suelo amarillo brillante cayó al suelo. La recogió y, en la penumbra, leyó la en negrita que anunciaba, "BINGO en la iglesia de Santa Rita... Rita, patrocinado por los Caballeros de Colón. Huracán Agnes en Lafourche Parish". El padre de Faye estaba a cargo de los Caballeros de Colón, así que Faye se sentiría obligada a asistir. "¡Bingo!" Gritó Kitty. "¡Gracias, Jesús!" La tormenta estalló poco después, y el sol brilló a través de las ventanas tan intensamente que era como si estuviera diciendo que no dejaría que volviera a haber tormenta. "No habrá más tormentas," sintió Kitty. Al menos, así le pareció por el momento y durante el resto del día el resto del día.

Todo iba según lo previsto, incluso mejor de lo previsto, porque Faye volvió a casa aquella tarde sólo el tiempo que tardó en entrar en su habitación, coger su ropa de bingo y su neceser, y y salir por la puerta hacia casa de sus padres. Allí "cenaba" allí y también se arreglaría en su casa. "De hecho," dijo, "No te sorprendas si no vuelvo esta noche, porque puede que sólo duerma en casa de mi madre. ¿Seguro que no quieres venir? Podría ser justo lo que que necesitas para salir de esa depresión en la que estás."

"No, no, Faye. Gracias de todos modos. No me gustaría que mi estado de ánimo se traiga abajo el de los demás."

"Bueno, estoy segura de que eso no pasaría, pero entiendo cómo te sientes."

"Saluda a la familia de mi parte."

"Seguro que lo haré, cariño." Faye le dio a Kitty uno de esos abrazos besucones que fluyen por el clan Jeansonne a las llegadas y salidas de los domingos y Kitty se sacudió rápidamente el primer rastro de sentimiento que intentaba asentarse en ese espacio vacío de su corazón, el espacio que una vez había estado reservado para los vínculos afectivos. Si alguna vez había puesto vallas alrededor de ese espacio vacío, su transformación de la noche anterior había cerrado la verja y tirado la llave. Convenció amablemente a Faye por la puerta, ansiosa por entrar en su nuevo vestido, sus nuevos zapatos, y su nueva vida.

Esperaba que Russell E. Lee estuviera igual de entusiasmado con la velada, mientras se vestía, pensó en lo extraño que era poder ir a Nueva Orleans con un hombre que ni siquiera sabía dónde vivía. Luego, pensó en llamar a un taxi para que la recogiera en casa de Faye y la llevara a Peltier a las ocho. De ese modo no levantaría sospechas caminando por la calle, sola, toda arreglada con un vestido de satén rojo y tacones de diez centímetros. La gente podría tener la idea equivocada, pensó. Y sería horrible si el perro de alguien la persiguiera o si volviera a llover, se le vinieron todo tipo de situaciones hipotéticas para apoyar su decisión de contratar a un taxista que la llevara a otro.

Todo fue como la seda, y a las 8:05 el coche que había alquilado se detuvo delante de Peltier's, justo detrás del Cadillac negro más grande que jamás había visto. No le hizo mucha gracia que el otro coche estuviera allí, porque no había sitio para que Russell E. Lee se detuviera en la acera y quería sentarse en su coche hasta que él llegara. Las ventanillas del coche grande estaban tintadas, así que no podía ver si había gente dentro. Al cabo de unos momentos, la puerta del conductor se abrió, y el familiar paso rápido y sonrisa de niño pequeño de Russell E. Lee pronto llamó su atención mientras se dirigía hacia su coche. Una mandíbula caída y la frente arrugada saludaron a Russell cuando abrió la puerta, y ella se quedó sin habla. Llevaba una camisa de manga corta a cuadros, vaqueros y botas de vaquero. "Hola chica," dijo sonriendo y mirándola desde el taxi. "¿Vas a bajarte y dejar que te eche un vistazo?". Le cogió la mano para ayudarla y se inclinó para pagar al conductor, que resultó ser uno de sus buenos amigos. "Hombre, hombre, hombre," exclamó, mientras su amigo se alejaba "Eres más guapa de lo que esperaba."

"Vaya, gracias, Russell," dijo finalmente, recuperando la compostura, después del shock inicial. "¿Es este tu coche?"

"Sí, lo es," respondió él, con naturalidad, como si no se esperara esa información la sorprendiera.

Ella se paró, vacilante, en la acera, sin aventurarse hacia el Cadillac. La idea de ir a Nueva Orleans en este coche debería haberla excitado, pero algo no estaba bien. Miró la forma en que su cita se había vestido para la noche. Muy informal. Agradable, pero muy casual. "Russell, me siento un poco demasiado vestida a tu lado. Quiero decir, te ves muy bien y todo, pero estoy tan... tan..."

"Hermosa. Eso es lo que eres. Y una bella dama como tú se merece una noche realmente especial, con un hombre realmente especial. No alguien como yo, suga.' No estás hecha para un taxista."

La sonrisa tentativa dejó la cara de Kitty, y ella volvió su atención al Cadillac negro y luego de nuevo a los sonrientes ojos verdes de Russell. Ella sintió un ardor en las mejillas, como si le ardiera la cara. "¿De qué demonios estás hablando? ¿Qué estás sugiriendo?" Y aunque ella hizo las preguntas directamente, no le dio tiempo a responder. "¿Hay otro hombre en ese coche? ¿Diriges algún tipo de servicio de acompañantes? ¿Eres una especie de proxeneta?

Russell estaba tratando de poner sus manos sobre sus hombros temblorosos para calmarla. Él también intentaba hablar con ella, pero sus airadas preguntas seguían llegando. "¿Crees que soy una prostituta, una puta que puedes prestarle a una amigo? ¿Es eso lo que piensas? ¡Cabrón! Tú bastardo insultante y conspirador." Se dio la vuelta para alejarse, pero se dio cuenta de que no tenía adónde ir. El coche no estaba. Y no quería volver al apartamento de Faye de todos modos. No después de los planes, la emoción, la anticipación. Ese apartamento era otro mundo, otra vida. Estaba tan enfadada que ni siquiera podía llorar. Pero las lágrimas estaban allí, podía sentir sus ojos hinchados, esperando el momento adecuado, esperando a que su tenso cuerpo se relajara para abrir las compuertas. Le dolía el estómago. Tenía ganas de vomitar. La mirada estupefacta de Russell la exasperó aún más y cuando él trató de consolarla de nuevo, ella le replicó. "¡Cállate! ¡Cállate! ¡Cállate de una vez! No quiero volver a hablar contigo. Ahora, vete. Sólo vete. Lleva a tu amigo a Nueva Orleans sin mí y encuentra alguna otra mujer de alquiler. ¿No está el Barrio Francés lleno de ellas?"

"Sí. De hecho, lo está. Pero ese es justo mi punto. El senador no está buscando compartir su noche con una de esas amables mujeres, Él está buscando una compañera respetable, agradable para compartir una buena noche en la ciudad. ¿Es mucho pedir? Estos pobres hombres pasan toda la semana en reunión tras reunión, sesión tras sesión, a todas horas de la noche. El hombre está buscando un poco de comida relajante en un buen restaurante y tal vez un poco de buen jazz en un par de clubes."

"¡Como si no pudiera encontrar a sus propias mujeres!"

"Kitty, estos hombres no pueden tomar cualquier mujer que conocen en una noche en la ciudad. Atraería toda clase de atención. Así que le dije al senador que conocía una dama perfectamente encantadora para que se la llevara a Nueva Orleans. Te prometo que no pensé que te lo tomarías tan mal. Supongo que debería haberme dado cuenta de que no estás acostumbrada a este tipo de situaciones, siendo que no estás muy familiarizada con vivir en una ciudad como Baton Rouge y todo eso."

Su voz fría y tranquila la estaba calmando y refrescando un poco, pero ella no estaba lista para morder. "¿Quién es este senador?" preguntó. "¿De dónde es?"

"Senador Lamar Delacroix. Él es de la Moss Point-Bayou Chouteau."

"Bueno, eso no significa nada para mí. Supongo que no está casado. Yo no hago ese tipo de cosas."

"Está separado, creo. No creo que el divorcio esté arreglado. Tu sabes que estas cosas llevan algún tiempo en Louisiana. Tenemos ese código Napoleónico por aquí. Esa es otra razón por la que Lamar no puede ir saltando por la ciudad con cualquier "Jane local." ¿Entiendes lo que digo? Estas cosas pueden ser complicadas, suga.' Y mira, yo te manejare toda la noche, ¿crees que dejaría que te pasara algo?"

Ella lo miró y una vez más vio una cara de niño con ojos amables y recordó cómo había pensado en estar con él, románticamente, menos de una hora antes. Y confesó mientras señalaba las joyas y el vestido, "Pensé que todo esto era porque te sentías atraído por mí."

"Diablos, Kitty, sabes que me atraes. Pero no soy estúpido y no soy egoísta. Nunca encontrarás la felicidad en mi forma de vida o incluso en la de Dottie. Necesitas poner tus miras más altas. Y esta noche es tu primer paso hacia arriba. Tienes que saberlo, en el fondo."

Se preguntó si Freddie alguna vez había sentido eso por Donna, pero siguió adelante y se casó con ella de todos modos. Maldito Freddie. Podría haberle ahorrado a ella tiempo si hubiera obligado a su madre a poner sus miras más altas, desde el principio. Y maldita Donna. Debería haber sido lo suficientemente fuerte como para dar pasos hacia sus metas más altas antes de tener un hijo que dejar atrás. "Vamos," le dijo a Russell E. Lee. "Tengo un senador que conocer."

"Esa es mi chica."

El senador no salió del coche para saludar a Kitty, lo que no le pareció muy apropiado pero Russell E. Lee le explicó que las habladurías corrían como la pólvora por la capital, y que un hombre como el senador Delacroix podía perder su carrera política si la lengua mal hablada conseguía la más mínima información de la que hablar. Ella quedó bastante satisfecha con su explicación. El buen senador era bastante guapo, pensó Kitty, alto. Eso era bueno, porque ella misma medía un metro setenta y cinco y con esos tacones de tres pulgadas, necesitaba un hombre de al menos 1,80 m de altura. Sintió que sus ojos castaños oscuros también estaban satisfechos con lo que veían en ella. Al principio, pensó que llevaba esmoquin, pero al mirarlo más de cerca uno de esos trajes hechos a medida, porque aunque él no estaba de pie, ella podía ver que estaba hecho a su medida, podía ver que estaba hecho para su cuerpo, su cuerpo alto y bien construido. Ella podía ver que estaba en forma por la manera en que los tirantes acentuaban sus músculos pectorales, que subían y bajaban ligeramente con cada respiración que tomaba. "Sí," pensó, "este es un hombre con el que te gustaría ver la ciudad." ¿Era magnetismo o carisma, o quizá simplemente astucia política? Fuera lo que fuera, ella estaba contenta de estar sentada a su lado en ese gran Cadillac negro que iba a la ciudad olvidada.

Kitty siempre recordaría aquella noche como la más mágica de su vida, y tantas veces deseó que nunca hubiera terminado. Cena en Antoine 's, baile en el Blue Room, copas en el Sazerac, y una suite digna de una princesa en el Hotel Roosevelt. Y cuando el senador la miraba, la miraba con sus dulces ojos marrones, mientras sus cuerpos yacían entre aquellas frescas sábanas de hotel y le dijo, "Es usted una mujer preciosa, Srta. Kitty Pierce," supo que seguiría a ese hombre a donde la llevara. Y así lo hizo.

Kitty nunca volvió a ver a Russell E. Lee. Nunca volvió a Baton Rouge esa noche ni ninguna otra. Se quedó en la suite del hotel dos semanas, mientras Delacroix hacía los arreglos para que ella viviera en un bonito, pintoresco, bastante aislado apartamento en el barrio francés, que propiedad de Delilah Charleville, una constituyente suya de Bayou Chouteau. Para deleite de ella, le consiguió un trabajo en el salón más chic del Vieux Carre. Las cosas iban viento en popa para la estilista de River Bend, Mississippi. Por primera vez en mucho tiempo, Kitty no tenía que pensar o preocuparse por su futuro. No tenía que planificar. Otra persona se ocupaba de ella y a ella le encantaba. Se pasaba la semana trabajando, comprando y preparándose para el fin de semana y sólo el buen Dios sabía adónde la llevarían esos fines de semana. A veces iban a la Costa del Golfo, un par de veces a Las Vegas, y a veces se quedaban en su casa del barrio.

Hubo muchos pequeños viajes a la casa de fin de semana de Lamar en Grand Isle. A él le gustaba llamarla su campamento. Pero Kitty nunca había estado en una casa tan espaciosa y lujosa en su vida. A veces invitaba a algunos caballeros amigos a pasar unos días, lo que siempre decepcionaba a Kitty. En esas ocasiones, el senador se dedicaba a pescar durante el día y jugar al póquer por la noche, mientras consumía cantidades de cerveza cuando el sol brillaba y Chivas Regal a la luz de la luna. Los invitados masculinos rara vez traían mujeres y nunca a sus esposas.

A Kitty no le importaban la mayoría de los amigos de Lamar. Excepto uno, Billy Charleville. Billy era la única alma viviente que conocía que era realmente del pueblo natal del senador, Bayou Chouteau. Él y Lamar eran amigos de la infancia. Habían ido juntos a la escuela, a la misma iglesia y habían jugado juntos al fútbol en el instituto. De hecho, cada vez que alguien nuevo adornaba su presencia, los dos hombres inevitablemente. "Sí, tenía que contar con los dedos resbaladizos de Lamar para atrapar mis pases," A lo que el senador añadiría, "Así es Billy Boy, y yo también." Y entonces, Billy bromeaba con, "No todos mis pases, Lamar. Solías mirar demasiado a las animadoras." Y entonces los dos hombres se reían y se guiñaban el ojo como si fuera la primera vez que sacaban el tema. Kitty se sentaba, sabiendo palabra por palabra lo que saldría de sus bocas. Pero disfrutaba oyendo las historias, incluso cuentos chinos, sobre el pasado de Lamar, en sus conversaciones privadas.

Lamar le había hablado a Kitty de su amigo de casa, Billy Charleville, que era el "semental" de la clase y que todos los chicos de la escuela envidiaban y admiraban a Billy, incluido él mismo. A menudo decía que si tuviera que elegir un hombre en el mundo al que confiar su vida, seria a "Billy C." A Kitty también le gustaba. Tenía ojos confiados, amables y se daba cuenta de que le gustaba reír y pasarlo bien, de hecho, pasarlo bien era su prioridad en la vida. Él lo había dicho.

Gracias a Billy Charleville, Kitty se enteró de que el senador y su mujer, Felicia, no estaban separados como le había dicho Russell E. Lee. Esto ocurrió el fin de semana después de Acción de Gracias, cuando Kitty vio a Billy en una excursión de caza en Lake Charles. Lamar se había quedado dormido justo después del almuerzo, y con todo el brandy que había estado bebiendo para mantenerse caliente en el escondite de los patos, la siesta iba a ser larga y dura. Kitty estaba sentada en el porche delantero del campamento de caza, hojeando el último número de una revista de peinados, cuando Billy salió y se sentó en la silla Adirondack junto a la suya y empezó a hablar como si ella le hubiera insistido que se sentara con ella.

"¿Qué tal las vacaciones, Kitty? ¿Lo pasaste con tu familia?"

"No. Fueron tranquilas. Me quedé en casa y disfruté de un poco de tiempo libre. No me gustan mucho las fiestas. ¿Y tú?"

"Estuve con mi mamá, mi hermano y su familia. Mi mamá nunca me perdonaría si alguna vez me perdiera una comida de vacaciones con ellos. Pero estuvo bien. Siempre lo es. Buena comida. Buena gente." Ella estaba empezando a sentir que estaba hablando con Faye y estaba a punto de inventar una excusa para volver dentro, cuando él dijo algo que despertó su atención "Después de la cena, sin embargo, me acerqué al club para reunirme con algunos de los chicos para tomar una copa y un poco de juerga. Mientras estaba allí, vi a Lamar y Felicia. No pude evitar preguntarme cómo estaban pasando tus vacaciones. Sólo quiero que sepas que no tienes que estar sola, ya sabes. Quiero decir, conozco la situación y todo. Pero me gustas, Kitty. Me gustas mucho. Así que la próxima vez, digamos para Navidad, podría llevarte a casa conmigo.

Puede que no sea lo que realmente quieres, pero, diablos, sería mejor que estar sola. Lamar dijo que no le importaría."

Kitty había esperado el Día de Acción de Gracias, toda la mañana, toda la tarde, hasta que se durmió esperando esa noche. Esperando la llamada de Lamar, diciéndole que estaba en camino para recogerla pero el teléfono no sonó ni una sola vez aquel día. Le había dicho que tenía gripe. Le dijo que estaba en cama, medicado, durmiendo por su enfermedad. Y que los pendientes de diamantes de un quilate compensarían su decepción? "Por supuesto", le aseguró ella, mientras admiraba las preciosas y brillantes gemas y pensó en lo afortunada que era por haber encontrado a un hombre así. Y no podía dejar de preguntarle, "¿Te encuentras mejor cariño? Siento mucho haber tenido tan malos pensamientos sobre ti mientras estabas enfermo."

Mientras Billy Charleville hablaba, Kitty tiró de uno de los pendientes de diamantes de un quilate y se preguntó cuántas mentiras más le habrían contado durante su relación amorosa con el senador Delacroix. Su mirada se desplazó del suelo a los inquisitivos ojos de Billy y volvió a su interesante conversación, "¿Navidad? Oh, Billy, es una oferta tan dulce, pero tengo planes para Navidad. Lo más probable es que vuelva a Jackson por Navidad, para estar con mi tía."

Pero Kitty no iba a volver a Jackson en absoluto. Kitty estaba haciendo otros planes para las fiestas. Planes que empezaron a desarrollarse esa misma tarde cuando el senador se despertó y encontró su cuerpo encantador y dispuesto junto al suyo. Para Navidad, Kitty sabía, sin el diagnóstico oficial de su médico, que estaba embarazada del senador. Vio muy poco a Lamar durante el mes de diciembre. Le dijo que estaba ocupado en Baton Rouge antes de las vacaciones. Pero ella sabía que en realidad estaba ocupado yendo a fiestas con Felicia, porque ella había aceptado la oferta de Billy de compañía durante sus horas de soledad. Billy tenía la impresión de que estaba haciendo un favor a Lamar mientras disfrutaba de la compañía de la dama de su buen amigo. Durante las visitas de Billy a Kitty pudo hacer preguntas que siempre dudaba preguntar a Lamar.

Billy le contó a Kitty todo sobre Felicia Gálvez, la mujer con la que Lamar se había casado justo después de licenciarse en Derecho. Ella pertenecía a una familia aristocrática de Baton Rouge, con raíces que se remontaban a la época en que Luisiana era una colonia española. Era una mujer muy orgullosa, que nunca se avergonzó de informar a nadie de su membresía de las Hijas de la Revolución Americana, las Hijas de la Confederación, la Junior League, etc. Se quejaba a Lamar constantemente acerca de vivir en Bayou Chouteau, a pesar de que amaba su posición social entre las damas del bayou. No le gustaba viajar, al menos no demasiado lejos de casa, porque en casa era importante. Todo el mundo se fijaba en ella, la reconocía y la respetaba. Pero fuera de la ciudad, no era nadie. Y si ella sentía que era importante en Baton Rouge, podía sentir que tenía una importancia monumental en Bayou Chouteau y Moss Point. Billy sabía por su estrecha amistad con Lamar que la mayor angustia de Felicia era no haber podido, hasta ahora en su matrimonio, tener un hijo. Ella sabía lo mucho que Lamar quería un hijo. Kitty escuchó estas palabras, enmascarando su júbilo secreto con un poco de preocupación empática por la otra mujer de la vida de Lamar. Y todo el tiempo su corazón se llenaba de anticipación por el día en que pudiera dar la noticia al senador.

Ese día por fin llegó, dos días después de las Navidades más solitarias que Kitty había pasado en su vida. Lamar llegó con regalos, por supuesto, un colgante y una pulsera de diamantes a juego con sus pendientes de Acción de Gracias y vino con excusas de por qué no le había visto ni había tenido noticias suyas el día de Navidad.

"Déjame adivinar," dijo sarcásticamente. "Tenías neumonía y estabas demasiado débil para coger el teléfono y marcar mi número."

Su comentario le pilló por sorpresa, pero su expectativa inmediata de una fea y airada discusión fue pronto aliviada por las manos masajeadoras de ella en los hombros y la nuca. Cerró los ojos y permaneció en perfecto silencio durante unos instantes, hasta que los dedos en sus hombros bajaron suavemente por sus brazos, provocando un cosquilleo tentador por su espina dorsal. "Kit, sabes cómo hacer que me relaje. Creo que éste es el único lugar del mundo donde no siento presión, sólo placer."

"¿Es eso cierto, Senador?", le preguntó coquetamente.

"Mmm hmmm", contestó él, como si lo estuvieran adormeciendo, pero en lugar de eso, le tendió la mano, la cogió y acercó su cuerpo al suyo. Mientras él empezaba a bajarle la cremallera del vestido de terciopelo negro, ella dijo con la voz de una niña suplicando a su papi: "¿No me vas a dejar que te de tu regalo ahora?"

"Claro, cariño, si eso es lo que quieres hacer. Es que no vi un regalo en ninguna parte, y, diablos, no tienes que comprarme nada. Quiero que gastes tu dinero en ti misma. Cuanto más te mimes, más guapa estarás para mí". Ambos soltaron una risita, sus manos ansiosas queriendo volver a trabajar en esa cremallera.

"Bueno, no tienes que preocuparte de que gaste demasiado dinero en ti, porque esto es lo que podríamos llamar un regalo casero."

"¿Es eso cierto? Supongo que nunca pensé en ti como una de esas de los que hacen manualidades."

"No lo soy. Soy todo pulgares con ese tipo de cosas. Pero supongo que podría decir que tuve un poco de ayuda en este proyecto."

"¿Es eso cierto? Bueno, ahora tienes mis sospechas en aumento, así que tráelo ya, a cabo, suga."

"OK, OK. Ahora, cierra los ojos." Ella pasó sus dedos sobre sus ojos. "Ciérralos bien, ahora."

"Ah vale, ah vale, venga ya."

Terminó de desabrocharse el vestido y dejó que el terciopelo negro cayera al alrededor de los tobillos. "Mantén los ojos cerrados ahora."

"Kitty, qué demonios..." Ella tomó sus suaves y blancas manos con sus dedos perfectamente cuidados y los colocó en su estómago justo debajo de su cintura. Abrió los ojos al contacto con su piel suave y sedosa y la vio ante él, en sujetador y bikini, con los ojos llenos de lágrimas.Esperó a que ella hablara, a que le diera alguna otra pista de lo que debía decir o hacer.

"Mi regalo para ti, Lamar, es tu hijo. Voy a tener un hijo tuyo." Quitó las manos de su cuerpo de inmediato, mirándose las palmas como si esperara ver la huella del bebé. Ella pudo ver que estaba aturdido, pero ella esperaba esa reacción inicialmente, y le dio unos minutos para asimilar la noticia. Se sentó en el sofá, inclinado hacia delante, con los codos sobre las rodillas y la cara entre las manos, ella se sentó a su lado y le rodeó con un brazo. Pero él se apartó de su contacto.

Se levantó y la fulminó con la mirada. "¿Cómo has dejado que pasara esto?, ¿Cómo has podido permitirlo?" Empezó a pasearse para arriba y abajo, pasándose las manos por las mejillas y la boca como si estuviera limpiando la suciedad de la cara.

Kitty se levantó rápidamente y se puso el vestido de terciopelo negro, sintiéndose de repente avergonzada del cuerpo desnudo que este hombre había visto y tocado tantas veces. Pero ahora la veía desde otra perspectiva. Ella podía verlo en sus ojos. "Lamar, pensé que te alegrarías por nosotros. Sé que tu esposa no puede…"

"Deja a mi mujer fuera de esto. Nunca he hablado de mi mujer o de mi matrimonio contigo, y no tengo intención de hacerlo ahora."

"Ah, ya veo. El matrimonio sagrado, ¿verdad? La buena y protegida mujer en casa. Ajá. Bueno, entonces, ¿qué papel estoy jugando en este vida tuya, Lamar? En este punto, creo que deberías decirme si hay algún futuro para mí, para ti y ahora para nuestro bebé."

Delacroix soltó una carcajada estruendosa, una risa sarcástica e incontrolable y luego se puso una mano en el pecho, como si su risa le causara dolor, y así era. Pero era a Kitty a quien le dolía, a través de cada fibra de su ser. Pero el verdadero dolor comenzó cuando dejó de reír y empezó a hablar.

"¿Alguna vez te di alguna razón para creer que dejaría a mi mujer por ti?, ¿Alguna vez me quejé de mi esposa? Kitty, amo a mi esposa."

"¿Amas a tu mujer? Hace quince minutos, estabas intentando desnudarme para obtener placer sexual, ¡y me dices que amas a tu esposa!"

"No he dicho que mi mujer me excite sexualmente, como a ti. Mentiría si dijera eso. Pero el sexo es sólo una parte del matrimonio, Kitty. Mi mujer y yo nos casamos cuando éramos unos críos recién salidos de la universidad. Comencé mi práctica con ella a mi lado. Juré como juez con ella a mi lado, y luego como senador. Y a través de toda la campaña, noches y semanas que está sola en casa. Y nunca se queja. toda su vida adulta ha sido hacer su parte para ayudarme a tener éxito, para alcanzar mis objetivos, de estar ahí cuando la necesito, y la quiero por eso y nunca la dejaría por un sexo excitante."

"Espero que no esperes que te respete por este conmovedor pequeño tributo a tu encantadora mujercita. Porque he hecho un poco de investigación por mi cuenta, y resulta que sé que ella suministra un poco más que apoyo moral a sus esfuerzos políticos. Su familia está forrada y proporciona la mayor parte de su apoyo financiero también, ¿verdad senador?"

"Mira, no tengo que justificar mis sentimientos por mi esposa contigo o con nadie más. El punto es que ella me necesita ahora, y yo estaré allí para ella, como ella lo ha estado para mí."

"¿De qué estás hablando? ¿Está enferma?"

"Sucede, Kitty, que no eres la única mujer que lleva a mi hijo. Felicia está embarazada. Lo sé desde Acción de Gracias, quería terminar las cosas contigo, pero quería esperar hasta después de las vacaciones. Por eso no he estado mucho por aquí últimamente." El silencio llenó el espacio entre sus cuerpos, y luego volvió a hablar, en un tono más suave. "Entonces, ¿qué vamos a hacer con esta situación?", señaló con el dedo e hizo un gesto con la cabeza en dirección a su estómago.

"¿Esta situación? ¿Es eso lo que crees que es este bebé? ¿Una situación? Te diré lo que voy a hacer con esta situación. Voy a tener este niño. Y voy a ser una madre para este niño. Y ahora te diré lo que vas a hacer con esta situación. Vas a apoyar a este niño. Y vas a darle a este niño todas las ventajas y oportunidad que le darás al hijo de Felicia. Porque si no, no tendrás que volver a jurar un cargo político con o sin tu devota dama a tu lado."

"¿Y exactamente cómo se supone que voy a hacer eso?"

"Tendrá noticias mías, Senador. Ahora saca tu santurrón culo de aquí."

Cuatro días después, el nuevo plan de Kitty estaba en acción. Billy Charleville la invitó a salir en Nochevieja. Ella le dijo que todo había terminado entre ella y Lamar. Estaba cansada de pasar las fiestas sola y de ser la segunda de una esposa a la que él nunca dejaría. Le dijo a Billy que debería haber caído en sus sentidos hace mucho tiempo, y unos tragos después, le dijo a Billy que siempre se había sentido atraída por él, pero nunca quiso causar problemas entre los dos buenos amigos. Y cuando se besaron a medianoche. le dijo a Billy que llevaba mucho tiempo deseando que la besara y que el nuevo año traería un nuevo y brillante futuro para ambos. Y unas horas después, de vuelta en su apartamento, Kitty tendió su trampa. Un mes después, le dijo a Billy que estaba embarazada de él. Dos semanas después estaban casados, y ella vivía en Bayou Chouteau, a media milla por el camino de Lamar y Felicia Delacroix.

Marshall Lamar Delacroix nació ese verano, el 12 de julio y exactamente un mes más tarde Jacqueline Elizabeth Charleville llegó al mundo, ligeramente prematura, según su madre. Cada mes Kitty recibía un cheque de Jackson, Mississippi. afirmaba que se lo enviaba su tía, que había quedado al mando de la enorme herencia que le correspondía tras la prematura muerte de sus padres ricos, que murieron en un accidente de barco de verano, cuando ella era sólo una niña. Explicó con jactancia a todos en Bayou Chouteau que su padre había hecho su fortuna en bienes raíces. No sólo en Mississippi, por supuesto, sino en todo el mundo. Ella sólo tenía nueve años cuando murieron y fue enviada a vivir con la hermana de su madre, que tenía tres hijos propios. Ella juró que su tía había gastado la mitad de la herencia en esos tres primos mocosos suyos, y que realmente no le importaba hasta que tuvo un hijo propio. Lo único que podía hacer, insistió, era amenazar a su tía con demandarla por todo el dinero que le correspondía por derecho, y su tía, sabiamente, accedió a enviar pagos mensuales para mantener a la familia en paz. Nadie en el círculo de atentos oyentes de Kitty sospechó jamás que el cheque mensual en realidad provenía de una cuenta en un pequeño banco familiar en Baton Rouge, enviado a la tía Dee en River Bend, y luego por correo a Kitty. Era, después de todo, la solución de Kitty para manejar la "situación."

Sin embargo, Kitty no fue muy convincente en su papel de esposa cariñosa de Billy Charleville. Era un papel para el que tenía muy poca preparación, y mucho menos deseo. Era muy consciente de que la mayoría de las mujeres de Bayou Chouteau darían lo que fuera por estar casadas con su marido. Guapo, amante de la diversión, y bastante acomodado según los estándares de Bayou Chouteau. Los Charlevilles prácticamente eran dueños de la ciudad del pantano, y lo que no poseían, lo tenían en sus manos.

Fueron miembros fundadores del club de campo en The Manors, miembros fundadores y principales contribuyentes de Michael 's Catholic Church and School, y eran el motor económico de toda la comunidad, ya que poseían el único mercado de mariscos y tienda general en el pantano. Así que, casarse con un Charleville de Bayou Chouteau podría haber dado a Kitty esa sensación de estabilidad y seguridad que anhelaba de niña, pero no fue así, porque Kitty ya se había imaginado entrando en el gran salón de baile de un elegante hotel del brazo de su senador. Ahora, nada más tendría sentido. Nada ni nadie. Y el hecho de que Billy se tomara tan en serio su jueguecito de charadas sólo la hacía más amarga y cínica. Durante años, lo vio adorar a la niña que no era suya y pasearla como si fuera su propia princesa mientras le dedicaba pequeñas muestras de atención y afecto. Cada día de su vida le traía más y más rabia.

Al principio, Kitty encontraba placer en el control que ejercía encubiertamente en la vida política y doméstica del senador. Pero fue de poca importancia cuando se dio cuenta de que le había llegado al precio de la libertad efímera que había descubierto y disfrutado en su propia vida sólo meses antes. No hubo momento en que sintiera más esta pérdida que que cuando tenía que pasar tiempo con toda la familia Charleville, ya fuera por vacaciones, por el cumpleaños de un familiar o simplemente en la vieja cocina de Delilah Charleville. La volvía loca.

"Nunca entenderé por qué a tu madre le costaba tanto aceptarme, Billy, cuando ella trataba a tu cuñada de basura blanca como una princesa que agraviaba a la familia con su presencia". Era un lunes por la mañana cuando empezó a fastidiar a Billy con este tema que nunca dejaba de surgir varias veces a la semana, sobre todo los días siguientes a una reunión de la familia Charleville. El día anterior era Domingo de Pascua y como de costumbre, se celebró por todo lo alto, es decir, al estilo del Bayou Chouteau. Un amigo de la familia se había ofrecido voluntario para capitanear uno de los barcos de pesca de la familia en el lago. Joseph y Billy trajeron todo lo necesario para una barbacoa en el agua. Peggy Anne había horneado un hermoso pastel Selva Negra que todos sabían que había sido la contribución tradicional de Delilah Charleville a la celebración de la comunidad en el pasado. Y Jacqui y Elise estaban listas para saltar al agua en el momento en que el barco llegara a su destino.

Cuando el bote se acercó al lugar favorito de las niñas para nadar, se dieron cuenta de que había por lo menos otros diez botes anclados. Cuando la embarcación se acercó al lugar favorito de baño de las niñas, vieron que había al menos otras diez embarcaciones ancladas en círculo, y su barco estaba anclado justo en el centro de todos ellos. Toda la flota estaba afuera celebrando. Y lo celebraron. Música country a todo volumen llenaba el aire mientras todos preparaban sus parrillas y esparcían marisco hervido sobre mesas cubiertas con papel de periódico. Niños y mayores se balanceaban sobre el lago en las gruesas cuerdas atadas a los altos mástiles de las barcas. Luego se lanzaban al agua que daba de comer a todos los presentes. Resultó ser un día perfecto para todos. Para todos, menos para Kitty, claro. Todo lo que pasó ese día parecía recordarle que ella no pertenecía. Y había llegado a un punto en el que ocultar sus sentimientos se hizo imposible.

Así que Billy no se sorprendió al día siguiente cuando su esposa lo confrontó con sus viejos ataques de resentimiento. Había oído los lloriqueos tantas veces que no se molestó en responderle con comentarios reconfortantes. Así que, en lugar de eso, la única respuesta que oyó fue el tapón de su tercera lata de cerveza de aquella tarde.

"Sabes, creo que me casé con un alcohólico. ¿Te das cuenta de que son sólo las dos y media de la tarde, y Dios sabe cuántas latas vacías de cerveza has tirado ya al cubo de la basura?"

"¿Te das cuenta de que son sólo las dos y media de la tarde, y estoy cansado de oír tus quejas de siempre, Kitty. Supéralo, ¿quieres?" Se acercó a ella y le puso las manos en la cintura. "Vamos nena, hay una pequeña borrasca afuera, Jacqui está en la escuela, ¿Qué te parece si aprovechamos este tiempo a solas? Ha sido un largo tiempo para nosotros, ¿eh?"

Ese día se acabó. Toda la farsa había terminado. ¿Por qué esta mañana, en este momento, ella no lo sabía. Sólo sabía que se había acabado. Billy Charleville la repugnaba, su fuerte aliento a cerveza, sus manos en su cintura, la idea de fingir una vez más en la cama que él era el amor de su vida, todo eso la repugnaba. Lo apartó de un empujón.

"Quítame las manos de encima, idiota. Todos estos años, todo lo que has sido es un tonto."

"¿Qué demonios te pasa? ¿Qué he dicho?"

"Nada. Nunca has dicho nada. Nunca lo haces. Sólo caminas por aquí y por Bayou Chouteau como si lo tuvieras todo. Como si tú y tu familia lo tienen todo. Tu buena apariencia, tu dinero, y tu preciosa pequeña niña. Tu mimada, podrida y preciosa niña. Bueno, adivina qué, cariño, podría reventar tu pequeña burbuja en un segundo. Podría hacer que toda tu vida sea una farsa". Billy empezó a reír, sorbiendo su cerveza y riendo, lo que puso furiosa. "¿De qué te ríes?"

"Nada, Kitty. Cálmate antes de que te acalores y digas algo que realmente no quieres decir, eso es todo."

"Oh, sí que quiero decir algo. Sólo desearía que tu mamá viviera y estuviera aquí para escuchar lo que tengo que decir, eso es lo que deseo. Y desearía que tu hermano mayor y su perfecta esposa pudieran estar aquí, también, para que pudieran escuchar junto con ella. Eso es lo que deseo."

Billy cogió el teléfono y se burló de ella: "Vamos, señorita Kitty, llámalos. Yo marcaré el número por usted. Venga, vamos. ¿Qué te gustaría decirle a Joseph y Peggy Anne, ¿eh? ¿Que Jacqui no es su sobrina?, Que Jacqui no es realmente mi hija."

La cara de Kitty palideció en un instante. Se dejó caer en la silla que estaba detrás de ella, tenía la boca seca. Éstas eran sus mentiras. Se suponía que él debería estar sorprendido y herido. Y sin embargo, lo estaba. No podía hablar, de hecho, apenas podía tragar. Por lo tanto, Billy continuó hablando con su estilo de niño. "Realmente debes haber pensado que era estúpido, Kitty. El hecho es que te quería. Sabía que llevabas el bebé de Lamar cuando me dijiste que estabas embarazada, pero te quería. Y llámame loco, pero todavía te quiero. Y quiero a mi pequeña. Siempre será mi pequeña. No importa lo que digas, Kitty. Es mía."

"¿Cómo demonios lo sabías?", alcanzó a preguntar. Una sonrisa cruzó por su rostro.

"Porque desde niño he sabido que era estéril."

"¿Qué?", chilló ella.

"Así es, nena. ¡Disparando balas de fogueo!"

"¡Mentiroso hijo de puta! ¿No crees que deberías haberme dicho algo así? ¿No crees que tenía derecho a saberlo?"

"Bueno, Kitty, puede que le debiera esta información a alguna otra mujer, pero me imaginé que no estabas siendo exactamente sincera conmigo. ¿Sabes lo que quiero decir, cariño? Ahora, nuestros secretos están sobre la mesa. Vamos a tratar de seguir adelante desde aquí y hacer lo mejor de nuestras vidas. Ninguno de nosotros es perfecto. Entonces, qué, yo te quiero. Eso debería importar un poco, ¿eh, Kitty Cat?"

"Lo que importa es que todo esto... todo esto ha sido una mentira. Mentira sobre mentira sobre mentira. Y ahora no sé dónde terminan las mentiras y empieza la verdad y dime quién más sabe de nuestro pequeño secreto y no me digas que tu dulce y simplona cuñada ha estado en esto."

"Bueno, cariño, toda mi familia lo sabe, incluida Peggy Anne. Pero te prometo que nunca harían o dirían nada para arruinar nuestras vidas, especialmente por el bien de Jacqui."

"Deja de llamarla Jacqui. Su nombre es Jacqueline. Y si piensas por un minuto que una mujer de principios como yo podría seguir un minuto más jugando este pequeño drama frente al pretencioso clan que llamas familia, entonces no entiendes la clase de persona que soy."

Billy estrujó su lata de cerveza vacía y la arrojó hacia el desbordante cubo de basura, donde rebotó y cayó al suelo. "Mujer de principios, ¿eh? Bueno ahora, tengo que admitir Kitty, he admirado ciertas características tuyas, pero esos principios de los que hablas, ¿por qué no me iluminas? ¿Exactamente con qué principios vives?"

"¡Como si fueras a entenderlo! Eres igual que tu brood."

Billy estaba harto de sus comentarios sobre su familia, y la sonrisa desapareció de su rostro. "¿Exactamente por qué estás tan enfadada, Kitty? ¿Por no haberte dicho que conocía tu secreto desde el principio?, ¿o Es simplemente que estabas orgullosa de tu pequeño plan, orgullosa del hecho de que podías ser más lista que el chico del pantano, mientras chantajeabas a tu rico senador? ¿Toda esta rabia es por mí o por tu orgullo?"

"Vete de aquí, Billy Charleville. Sólo vete de aquí. Nunca quiero volver a verte nunca más." Empezó a tirarle cosas a él. Cualquier cosa y todo. Y él se reía mientras esquivaba sus armas voladoras. "¡Vete de aquí y no vuelvas nunca!"

"Oh, me voy por ahora pero volveré, te lo prometo, si no por ti, por mi niña." Y sólo para añadir un poco de leña al fuego, se rió y añadió, "¡No olvides que mi mamá me dejó esta casa! Es toda mía, cariño". Metió algunas de sus pertenencias en su bolsa de ciclista mientras ella seguía gritando furiosa desde la cocina. Luego se marchó en su moto y se dirigió a la escuela St. Michael, donde sabía que que encontraría a su hija sentada fuera de la escuela con los otros niños esperando para subir al autobús de regreso a casa.

Comenzó a llover, justo cuando Jacqui se encontraba entre la multitud de niños gritando, ansiosos por llegar a casa después de estar sentados en silencio en sus aulas todo el día. Ella estaba tan feliz de ver a Billy, y pensó, tal vez, que éste sería uno de esos días especiales en que Billy sacaría el casco de tamaño infantil, se lo pondría en la cabeza, la apoyaría en el gran asiento de cuero negro y montaría en su moto y la sacaría del aparcamiento del colegio. Ella era la envidia de todos los estudiantes de St. Michael 's en esos días especiales, su padre lo sabía y por eso lo hacía. Le encantaba hacer que su pequeña niña se sintiera especial, pero aquel no era un día especial. Había ido a St. Michael 's para decirle a Jacqui que tenía que ausentarse por unos días. Tenía una reunión de negocios en otra ciudad.

Pero se aseguraría de comprarle algo realmente especial. Jacqui lloró, pero sabía que tenía que subirse al autobús e irse a casa de la misma manera monótona en que lo hacían todos los demás. La lluvia comenzó a arreciar mientras el autobús avanzaba lentamente por el estrecho y sinuoso camino del pantano. Elise y Jacqui estaban sentadas juntas en uno de los asientos delanteros, ninguna de las dos podía recordar la secuencia de los acontecimientos que cambiaron su mundo aquel día.

Todo sucedió muy deprisa, la moto de Billy perdió el control al caer en un bache lleno con agua de lluvia. La moto cayó y se deslizó, mientras Billy se sujetaba tratando de recuperar el control. El Sr. Martin, el conductor del autobús, pisó a fondo los frenos del viejo autobús escolar, y los oídos de las niñas quedaron ensordecidos por la combinación de los neumáticos chirriantes y los gritos del asustado conductor y de los niños. Luego se oyó el fuerte estruendo, que resonaría en sus oídos años más tarde.

El Sr. Martin salió corriendo bajo la lluvia, llorando y gritando pidiendo ayuda. Él nunca volvería a conducir el autobús, no porque le quitaran el carnet ni porque tuviera que cumplir condena por conducción temeraria. Fue porque cada vez que ese hombre se ponía al volante de cualquier vehículo, recordaba el día que mató a Billy Charleville.

REPERCUSIONES

Era una mañana preciosa para volver a casa, pensó Elise. Dios había respondido a sus oraciones una vez más, y por eso estaba agradecida. Sus vidas se habían salvado. Su casa y la de sus padres, hace menos de dos días, un resultado como este habría parecido poco menos que milagroso. El coche debería haber estado lleno de risas, emoción y júbilo. Pero no fue así. Simplemente no podía ser. Porque algo más valioso que una casa había sido destruida, y a diferencia de una casa, nunca podría ser puesto de nuevo junto. No podía ser arreglado o reparado por un acuerdo de seguro de inundación o reconstruido con materiales más grandes y mejores. Fue destruido, aplastado, para siempre.

Elise le rogó a Brad que la dejara conducir hasta casa, esperando que la concentración que necesitaría durante el trayecto le impidiera pensar en los sucesos del día anterior. Él no discutió, y ella supo por qué. Él y Peggy Anne estaban tan preocupados por ella que se habían turnado sentados con ella durante la noche. Su madre incluso le dio una de sus "pastillas para los nervios" para ayudarla a calmarse. Y aunque se sentía un poco mejor esta mañana, todavía no podía escapar de la dura realidad y los recuerdos de su encuentro con Kitty, hacía sólo veinticuatro horas. Su mente seguía reproduciendo el drama una y otra vez.

"Es su hermano," había dicho Kitty, con la misma naturalidad que si le estuviera diciendo que él no era su hermano, como si le estuviera diciendo que no le gustaba el brócoli.

"¿Qué... qué me estás diciendo?"

"Te estoy diciendo que Jacqueline y Marsh tienen el mismo padre. Jacqueline es realmente una Delacroix."

Elise sintió que la habitación daba vueltas y que el estómago le daba un vuelco. No podía hablar. Se tapó la boca con la mano y corrió al baño, inclinada sobre el retrete, su cuerpo desdichado y tembloroso mientras intentaba vomitar, mientras intentaba liberar su cuerpo de lo que la consumía. Finalmente, su intento se redujo a un incontrolable sollozo lastimero. Su madre se arrodilló a su lado en el frío suelo del baño y le frotó suavemente la espalda como hacía cuando Elise era niña, sólo que esta vez no estaba consolando a una niña, cuyo dolor era tan profundo como el rasguño que tenía en la espalda, tan profundo como el rasguño de su rodilla desollada. Esta vez consolaba a una mujer adulta, cuyo dolor llegaba ahora hasta lo más profundo de su corazón. Ella sabía que era un dolor que nunca desaparecería, porque la herida nunca sanaría.

"Vamos. No tiene sentido que te pongas nerviosa, Elise. Eso no ayudará a nadie, especialmente a Jacqueline." Elise y Peggy Anne levantaron la vista y vieron a Kitty, de pie, despreocupada en el umbral de la puerta. Tal vez el hecho de que su tía intentara consolarla, aunque de forma poco convincente; pero lo más probable es que sólo los ojos mentirosos de su tía para convertir todo el dolor en ira, una ira muy apasionada.

"¿Lo sabías desde el principio? ¿Lo sabías y nunca le dijiste nada a Jacqui? ¿Por qué? ¿Cómo pudiste verla caer indefensa en un pozo y no ayudarla a salir? Todos estos años, sólo la observaste."

"Lo hice por su propio bien." Fue una simple declaración de auto exculpación de Kitty, pero no satisfizo a su sobrina, que se zafó del agarre de su madre y se levantó y recorrió la corta distancia que le permitía estar cara a cara con su tía.

"¡Lo has hecho por tu bien, zorra egoísta!". Y junto con estas palabras, Elise dio una fuerte bofetada en la cara de Kitty.

"¡Elise!" Oyó la voz temblorosa de su madre intentando hacerla entrar en razón a sus sentidos, y sabía que probablemente estaba luchando para conseguir a sus pies para acudir en su rescate. Pero esta vez no la iba a parar el deseo de su madre por proteger la armonía familiar.

"¡Cómo te atreves a abofetearme! Sigo siendo tu tía, y me mostrarás respeto."

"Apártate de mi camino. Voy a empacar nuestras cosas y sacar a mi familia de este lugar. No soporto mirarte."

"Oh, de verdad. Bueno, considera esto. Todavía soy la madre de Jacqueline. La cargué, la alimenté, la vestí, y le di un hogar decente toda su vida. Tuve el derecho de elegir si decírselo o no."

"Sí, eres la madre de Jacqui. La madre que la vio jugar con Marsh de niña, luego salir con él, enamorarse de él, planear un futuro con él. Y el aborto, esa fue la verdadera razón. Dios mío, todo tiene sentido. Todo tiene un asqueroso sentido. ¿Y crees que tenías derecho? ¿Crees que ser su madre te dio el derecho a destruir su vida? ¿Es eso lo que significa para ti ser madre? Obviamente, cuando tuviste tu pequeña aventura con Lamar Delacroix, fue tu elección, cuando tuviste a su bebé, fue tu elección, y cuando llegó el momento de decirle a su hija la verdad, de nuevo, fue su elección. La vida de Jacqui ha estado bajo tu control durante treinta y cinco años. Y mira la maravillosa vida que has creado para ella!"

"¿Podrías dejar de ser tan santurrona? La perfecta madrecita, ¿eh? Oh, es fácil cuando son jóvenes, como la tuya. Pero vamos a ver si eres tan perfecta cuando crezcan." Elise ignoró totalmente la advertencia de su tía y habló como si nunca la hubieran interrumpido.

"Cuando descubra la verdad, y algún día lo hará, aunque Marsh no confiese, tus mentiras le habrán arrebatado a los dos hombres más importantes de su vida. Ella adoraba al tío Billy, y tendrá que lidiar con el hecho de que ni siquiera era su padre. Y después de su muerte, adoró a Marsh, y - " tragó con fuerza para que el nudo en su garganta desapareciera, pero no desapareció, sobre todo cuando se dio cuenta de que ella y Jacqui, por muy unidas que estuvieran, nunca habían sido parientes. En el fondo de su mente, salieron a relucir las palabras de LaLa, "Cuídate de Jacqui, Elise. Ella no es como tú y yo. Se parece más a su mamá." Elise se volvió hacia Peggy Anne, con el cuerpo atormentado por el asco y el dolor, y aunque se sentía como si no pudiera dar un paso adelante sin desmayarse, se dirigió débilmente a Peggy Anne, "Mamá, ¿puedes ayudarme a recogerlo todo? Tengo que marcharme. Si me quedo aquí más tiempo, me voy a poner enferma."

"No te molestes en hacer las maletas, Pollyanna, ya me voy," dijo Kitty, de una manera asombrosamente natural. "Nunca formé parte de esta familia, y maldigo el día en que pensé que podría serlo." Kitty se fue sin ninguna de sus pertenencias. Caminó hacia el coche sin nada sobre su cabeza para protegerse de la lluvia que las bandas exteriores de Georgette hacían caer sobre Casa Victoria. Subió al BMW de Jacqui, sin mirar atrás para reconocer a las dos mujeres que estaban en el porche. Con los limpiaparabrisas a alta velocidad, se alejó a toda velocidad, probablemente preguntándose a dónde la llevaría ese día lluvioso.

Una vez que perdió de vista a Kitty, Elise pudo recuperar el aliento y dejar de temblar, calmándose hasta un nivel moderado de temblores. Peggy Anne encontró té de manzanilla en el armario de la cocina, probablemente olvidado por uno de los dulces de Adam, porque le resultaba difícil imaginarse a Adam tomando té durante uno de sus escandalosos fines de semana. Elise no estaba preocupada por su origen, porque parecía sentirse un poco más fuerte con cada sorbo. Le sorprendía la serenidad de su madre ante la repugnante revelación, y entonces comprendió que su madre siempre había sabido la verdad. Ella era testigo de las mentiras y de la destrucción del mundo de Jacqui.

"Mamá, ¿sabías que Jacqui y Marsh eran hermanos?". Ella deseaba tanto que su madre respondiera "no, claro que no," pero sabía que no era así.

"Lo sabíamos. Todos lo sabíamos: tu papá, tu abuela y yo. Por eso fue tan duro."

"¿Cómo te enteraste? ¿Cuándo te enteraste?"

"Bueno, como sabes, fui a la escuela con tu tío Billy y él y yo nos hicimos muy buenos amigos durante nuestro último par de años en St. Michael. Sé que oíste todo sobre eso. Trabajé para Delilah en la tienda general y todo eso. Billy y yo estábamos juntos mucho en ese entonces, y realmente nos ayudamos mutuamente de muchas maneras. En el proceso, nos hicimos muy amigos, muy especiales. Nada romántico, sólo especial, de una manera que nunca podría describir a mí mismo, mucho menos a nadie más. Billy y yo podríamos hablar horas y horas en esa vieja tienda, sobre todo, desde mis problemas en casa a sus problemas en el campo de fútbol. Antes de conocer a Billy, no podía imaginar que alguna vez tendría problemas. Diablos, llevaba una vida encantadora para un niño en el pantano. Pero Billy luchó con sus propios demonios, y uno por uno, y yo llegué a conocer cada uno de ellos. Sé que nunca hablaba de esas cosas con sus amigos, porque a Billy le gustaba su imagen en la escuela. Él era lo que ustedes llaman el Gran Hombre del Campus, pero esa gente sólo veía la cáscara de Billy Charleville. Lo conocían en la superficie, yo conocía la parte de Billy que se quedaba dentro de esa cáscara, la parte que nunca se aventuró a salir. Y es curioso, porque esa es la parte de Billy que llegué a amar, respetuosamente, ya me entiendes. Y Elise, uno de esos demonios con los que más luchó tu tío fue el hecho de que nunca podría tener hijos propios. Era estéril. Parece que había tenido un caso muy, muy malo de sarampión cuando era un niño de unos siete años, si no recuerdo mal. Dalila nunca habló de ello. Dicen que casi pierde la cabeza, porque él tenía la misma edad que su hermanito que murió en sus brazos cuando sólo tenía quince años, pero tu padre lo recordaba bien. Dijo que ella se sentó junto a la cama de Billy durante dos días mientras la fiebre hacía estragos en su pequeño cuerpo. Ni siquiera quería hablar con nadie, dijo. Por eso nunca se quejó de la forma en que Delilah mimaba tanto a Billy, dijo que sabía que Billy siempre tendría una parte especial del corazón de su madre por su encuentro con la muerte. De todos modos, salió adelante, gracias a Dios, pero el médico le dijo a Delilah que cuando los niños tienen fiebres altas por mucho tiempo, como Billy, se vuelven estériles. Y Billy confió en mí lo suficiente como para contarme y le prometí que nunca se lo diría a nadie Nunca lo hice hasta hoy. Y ahora confío en ti para que respetes su confianza en mí, Elise.

"Mamá, sabes que lo haré."

"Tienes que prometerme que no le dirás a nadie lo que te he dicho hoy."

"Mamá, te prometo que no diré ni una palabra. Pero dime, ¿la tía Kitty sabía esto?"

"No lo sé. Y en lo que a mí respecta, no necesito saberlo."

"Jacqui piensa que es hija única porque sus padres no se amaron lo suficiente como para tener más hijos. Ella piensa que su mamá atrapó a su padre para que se casara con ella porque estaba embarazada de un ilegítimo Charleville."

"Bueno, no hay duda de que ella lo atrapó. Nunca olvidaré ese domingo por la noche cuando nos reunimos en la cocina de la casa de Delilah, ya sabes que siempre cenábamos en casa de tu abuela. Tú tenías unos cuatro años, y te recuerdo sentada en el mostrador coloreando uno de esos grandes y gruesos libros para colorear que tanto te gustaban. Habíamos terminado de cenar y Dalila estaba a punto de sacar su pastel de ángel y su café y su café, cuando Billy entró en la tienda y volvió con una botella de champán frío. "¿Para qué demonios es eso, Billy? Todavía puedo oír la expresión de sorpresa de tu abuela. Es para una pequeña celebración, mamá. Quería que tú, Joseph y Peggy Anne fueran los primeros en saberlo. Y luego procedió a decirnos que iba a casarse con Kitty Pierce. Y que iban a tener un bebé, así de fácil. Como si ninguno de nosotros supiera que era estéril y todo eso. Bueno, pensé que me iba a sofocar, conteniendo mis sentimientos, y tu papá sólo se sentó allí en estado de shock. Todo lo que pudo decir fue. "¿Qué dijiste?, ¿Qué vas a hacer? Pero Delilah, bendita sea su alma, se soltó sobre él. Lo juro, creo que nunca vi a tu abuela tan alterada. Pensé que iba a tener un derrame cerebral esa noche. Se puso tan mal que tu papá me hizo llevarte a casa, porque empezaste a llorar de miedo en medio de toda la conmoción. Me sorprende que no recuerdes esa noche, con esa buena memoria que tienes."

Ella sacudió la cabeza, mientras intentaba escarbar en lo más profundo de su mente en busca de esa noche, pero sorprendentemente, no podía recordar nada. "Obviamente ignoró cualquier consejo que pudiera haber escuchado de su madre y hermano esa noche."

"Claro que sí. Le dije a tu papá esa noche que Billy sólo lo hacía por el bebé. Él sabía que no podía tener uno propio, y si esta mujer pensaba que llevaba a su hijo, bueno, eso sería lo más parecido a tener el suyo propio. Una vez me dijo que nunca podría casarse con una chica como yo, porque no podía vivir consigo mismo si no podía hacer bebés para la mujer que amaba. Y cómo le gustaban los niños, creo que ser el bebé en su propia familia le hizo querer a los niños aún más, porque nunca tuvo la oportunidad de vivir con pequeños en su propia casa."

"¿Por eso papá y tú elegisteis al tío Billy para que fuera mi padrino?"

"Shoot, no tuvimos elección. Tu tío Billy se ofreció voluntario y no tengo que decirte lo mucho que te quería". Empezó a reír, sacudiendo la cabeza. "Sé que te hablé de la fiesta que dio en el hospital la noche que naciste. Los médicos y enfermeras de ese hospital no sabían qué hacer cuando entró en la sala de espera con su hielera llena de cerveza y empezó a repartirlas a todos la gente que esperaba noticias de sus propios recién nacidos.

Trataron de detenerlo, pero ya conoces a Billy. Salía encantado de cada situación. Convenció a todos los responsables de que no había nada malo en celebrar en un momento como ese. Todos los que habían recibido una de sus cervezas estaban de acuerdo, y al final los responsables se rindieron ante él."

"Me lo imagino haciendo eso", dijo Elise, feliz de pensar en un acontecimiento alegre de la historia de su familia. "Era único en su clase, ¿verdad, mamá?"

"Sí que lo era. A tu padre y a mí nos divertía mucho Billy. Por supuesto, tu papá nunca le hizo saber que lo encontraba divertido podría volver loco a tu padre con sus travesuras. Cómo solía pavonearse, el Casanova de Bayou Chouteau. Delilah, El hijo playboy de Charleville. Todo el mundo hablaba de él, pero todo el mundo lo amaba. Pero cuando se casó con Kitty, la vida y la suerte de Billy empezaron a cambiar. Ella era tan diferente de cualquiera de las mujeres de Bayou Chouteau que pensamos que podría terminar. No puedo explicarlo, pero ella nunca encajaba."

Elise y sus pasajeros se detuvieron en el tráfico en el cruce de la I-10 en el aliviadero de Bonne Carre. Parecía que todo el mundo en la ciudad había elegido esta mañana para volver a casa. Sin embargo, a ella no le importaba. Todo el mundo dormía la siesta en el coche, excepto su padre, que estaba sorprendentemente despierto en el asiento del copiloto. No había dicho ni una palabra sobre la debacle que su hermano había contribuido a crear, y Elise tampoco quería obligarle a hablar de ello.

"Papá, ¿por qué nunca me has dicho que mi lasaña te da ardor de estómago?"

"¿De qué estás hablando? Me encanta tu lasaña."

"No pasa nada, papá, puedes decírmelo. Mamá me lo dijo la otra noche, antes de salir de casa."

Se rió entre dientes: "Te lo dijo, ¿verdad?"

"Sí, me lo dijo. Y ojalá me lo hubieras dicho tú, porque yo nunca querría darte nada que te hiciera enfermar."

"Nunca entenderé a esa mujer," suspiró. "Ella es la que no puede comer tu lasaña. Cada vez que la come, se queda despierta toda la noche con diarrea. No es sólo su lasaña, sin embargo, Lissy, es toda la comida italiana."

"Bueno, papá, ¿por qué no me dijo la verdad?" preguntó su hija exasperada.

"Supongo que no quería herir tus sentimientos."

Elise no se molestó en responder. Se limitó a negar con la cabeza. Siempre habría una tormenta en su vida, pensó. Siempre habría tormentas de las que podría escapar, y otras que causarían estragos en su vida. Pero siempre habría una tormenta. Después de todo, el clima y las condiciones para una tormenta siempre estaban presentes en la atmósfera.

www.ingramcontent.com/pod-product-compliance
Lightning Source LLC
Chambersburg PA
CBHW021146310726

48971CB00002B/510